위대한
감시
학교

SCORED
by Lauren McLaughlin

Copyright ⓒ 2011 by Lauren McLaughlin
All rights reserved.
This Korean edition was published by Dolbegae Publishers in 2015
by arrangement with Lauren McLaughlin c/o Jill Grinberg Literary Management,
LLC through KCC(Korea Copyright Center Inc.), Seoul.

꿈꾸는 돌
12 위대한 감시 학교

로렌 매클로플린 장편소설
곽명단 옮김

2015년 2월 23일 초판 1쇄 발행
2022년 6월 3일 초판 7쇄 발행

펴낸이 한철희 ┃ 펴낸곳 돌베개 ┃ 등록 1979년 8월 25일 제406-2003-000018호
주소 (10881) 경기도 파주시 회동길 77-20 (문발동)
전화 (031) 955-5020 ┃ 팩스 (031) 955-5050
홈페이지 www.dolbegae.co.kr ┃ 전자우편 book@dolbegae.co.kr
블로그 blog.naver.com/imdol79 ┃ 트위터 @Dolbegae79 ┃ 페이스북 /dolbegae

책임편집 우진영·권영민
표지 디자인 박진범 ┃ 본문 디자인 이은정
마케팅 심찬식·고운성·조원형 ┃ 제작·관리 윤국중·이수민 ┃ 인쇄·제본 상지사 P&B

ISBN 978-89-7199-652-2 44840
ISBN 978-89-7199-432-0 (세트)

책값은 뒤표지에 있습니다.

이 도서의 국립중앙도서관 출판예정도서목록(CIP)은 서지정보유통지원시스템 홈페이지
(http://seoji.nl.go.kr)와 국가자료공동목록시스템(http://www.nl.go.kr/kolisnet)에서
이용하실 수 있습니다.(CIP제어번호: CIP2015002605)

위대한
감시
학교

로렌 매클로플린 장편소설 — **곽명단** 옮김

돌베개

내 딸 아델리나에게

차례

—

1
금지된 우정

서머턴은 빈곤한 마을이었는데, 그나마 21년 동안 '감시 평가'를 받았다. 스코어 코프라는 기업과 계약을 맺고 시범 마을이 되면서부터였다. 기업은 아직 시험 중이던 감시 평가용 베타 버전을 무료로 제공하기로 했다. 스마트 캠코더까지 공짜로 설치해 주었다. 학생들은 그 스마트 캠코더를 '아이볼'eyeball이라고 불렀다. 지름 5센티미터짜리 까만 눈알처럼 동그란 것이 가로등이며 나뭇가지에 매달려 반짝거렸다. 꼭 크리스마스 장식 같았다. 몰래 숨겨 둔 것이 아니다. 그것은 설치 목적에 어긋난다. 학생이라면 으레 아이볼이 있다는 것을 알고, 그에 따라 행동해야 했다.

이마니 르몽드는 수업을 마치고 아이볼이 줄줄이 지켜보는 길을 따라 집으로 걸어갔다. 5월답지 않게 날씨가 쌀쌀했다. 차들이 코즈웨이 도로를 쌩쌩 달리며 튀긴 물이 이마니의 발목에 닿았다. 얼음처럼 차가워 선뜩했지만, 이마니는 잠시 걸음을 멈추고 파넘 해산물 식당을 넘겨다보았다. 식당 너머로 부모님이 운영하는 정박장이 보였다. 수상 레포츠를 즐기기에는 이른 철이라, 작업하는 배들만 정박해 있었다. 자원이 고갈된 북해 연안에서 생업에 매달리는 바닷가재잡이 배들과 고물 예인선 몇 척이 다였다.

이마니가 직접 모는 중고 고래잡이배는 빌 레이놀즈네 예인선에 가려서 보이지 않았다. 육상 수리대에는 보트 여남은 척이 오뚝오뚝 앉아 있었다. 개장일에 맞춰 아버지가 손봐야 할 보트들, 이를테면 '여가를 즐기는' 보트족들 것이었다. 그들은 다른 소도시에 사는 부자들이었다. 쓸데없이 매끈한 쾌속정들로 강을 메우는가 하면, 모래섬에 진을 치고 가소로운 짓들을 할 게 빤한 부자들. 이마니는 자기네 정박장을 이용하는 그딴 야후(『걸리버 여행기』의 주인공이 여행하다가 만난 동물로, 생김새는 인간과 똑같은데 지독한 혐오감을 주는 흉측한 짐승)들의 수가 해마다 점점 줄어드는 것이 기뻤다. 그러나 마냥 좋아할 수만은 없었다. 대합조개 양식장이 쇠퇴하고 바닷가재는 씨가 말라 가는 상황에서 야후들이 자기네 가족의 밥줄이기 때문이었다.

이마니는 다시 발걸음을 옮겨 코즈웨이 도로를 따라 걸어갔다. 위에서 대롱거리는 아이볼들이 자신의 옹졸한 속마음을 못 알아챌 리 없다고 확신했다. 아이볼은 이루 헤아리기 어려울 만큼 똑똑했다. 오디오 기능만 없을 뿐 입 모양을 읽고, 얼굴 표정도 분석하고, 걸음새로 신원을 파악해 냈다. 그러니까 코즈웨이 도로를 걸어가면서 무엇인가를 생각하기만 해도 성적을 내는 데 필요한 데이터를 입력하는 셈이었다. 게다가 이마니는 손목에 팔찌까지 차고 있었다. 감시 영역을 벗어나면 맥박 수와 위치 정보를 아이볼에 실시간으로 속속 전송하는 장치였다. 성적이 80점을 넘었을 때 스코어 코프 사에서 받은 상품이었고, 우등생과 열등생을 한눈에 구분해 주는 상징물 가운데 하나였다. 그 검정색 무광 금속 팔찌가 소맷부리에서 살짝 튀어나와 찰칵거렸다. 번갯불처럼 접속 속도가 빠르고 공짜 데이터를 무제한으로 쓸 수 있었다. 이마니는 이 팔찌를 휴대전화 대용으로도 썼다. 그러다 보니 반짝이는 화면에는 손자국이 덕지덕지 남아서, 이마니는 화면을 바지에 싹싹 문질러 닦는 조급증이 생겼다. 지금도 막 반질반질하게 닦고 난 참이었다. 이 소프트웨어가 자신이 하는 몸짓의 의미를, 심지어 자신이 모르는 것까지도 정확히 이해하리라는 것을 깨닫고 나서부터 생긴 버릇이었다.

이윽고 이마니는 모래가 단단히 다져진 정박장 길로 들어섰다. 코즈웨이 도로를 달리는 자동차 소음은 간데없고 갈대들이 조용히 사각거리는 소리만 났다. 가만히 서서 갈대 소리를 음미했다. 이곳은 이마니네가 4대째 물려받은 사유지였고 아이볼은 없었다.

이마니는 잘 알았다. 감시 평가제가 있는 게 자기 같은 아이들에게 이롭다는 것을. 감시 평가제가 없으면 자기 앞날은 암담하기 짝이 없으리라는 것을. 서머턴에는 일자리가 거의 없었고, 부모님이 운영하는 정박장은 수지를 맞추기도 빠듯했다. 감시 평가제는 그야말로 '위대한 평등화 장치'였다.("교육은 인간이 만든 것 가운데 평등한 사회, 조화로운 사회를 이룰 수 있는 가장 위대한 장치."

에서 따온 말로, 미국의 교육 개혁가 호러스 맨이 주장했다.) 그리고 자신은 '우등생'으로서 누구보다 혜택을 많이 누릴 수 있다는 것도 모르지 않았다. 그런데도 갈대밭에 도착하면 언제나 숨통이 트이는 기분이 들었다. 갈대밭이 여기부터는 분리된 공간이자 비감시 영토라고 알리는 푯말 같았다.

이마니는 고개를 들었다. 그리고 날렵하게 반원을 그리며 먹잇감을 서로 차지하려고 끼룩거리는 갈매기들을 바라보았다. 그 사이 자연의 소리가 그려 내는 풍경에 느닷없이 탈탈거리는 기계음이 끼어들었다. 저급하고 끈덕지고 필요 이상으로 요란한 소리. 애초에 공장에서부터 달고 나온 모터가 아니라고 단박에 알려 주는 소리. 탈탈탈탈. 그것은 개조품이 내는 소리였다. 이마니는 뒤로 물러서서 코즈웨이 도로 쪽을 넘겨다보았다. 탈탈 소리를 내면서 편의점을 끼고 돌아드는 것이 눈에 띄었다.

프랑켄스쿠터.

저것은 원래 폐품이자 죽은 기계로서, 망가진 혼다 제품들에서 쓸 만한 부품을 짜 맞춰 살려 낸 돌연변이 스쿠터다. 검정색 바탕은 여기저기 긁혀 희끗희끗하고, 크롬 도금 덮개는 곳곳이 우그러지고, 용접한 자국이 무슨 자랑스러운 상처라도 되는 양 버젓이 드러나 보였다. 온통 땜질한 몸체를 감안하면 모터는 아주 강력했다. 그래도 역시나 폐품이었다. 그런데도 움직일 수 있었다. 바로 그것이 이마니의 단짝, 케이디 파지오가 프랑켄스쿠터를 좋아하는 이유였다.

케이디와 이마니는 친구가 되어서는 안 될 사이였다. 이마니는 92점짜리이고, 케이디는 71점짜리인 데다 계속 점수가 떨어지고 있었다. 그런 까닭에 소속된 성적 집단이 서로 달랐다. 그러나 두 사람은 중학생일 적에 굳게 약속했다. 둘 다 90점대였던 그때, 성적에 상관없이 언제까지나 함께하기로 했던 것이다. '집단 일체성' 규정을 심각하게 위반하는 행위였는데도, 둘은 맹세를 굳게 지켜 왔다. 교내에서는 기피해야 할 사항을 철저히 지키면서도 은밀히 만나는 별종 집단이었던 셈이다.

케이디는 속도를 늦추지도, 회전 신호를 보내지도 않고 정박장 길로 돌아들었다. 교통 위반 사항이 근처 아브루치 골동품 가게의 코끼리 석상 꼭대기에 달린 아이볼에 찍힐 터였다. 그 영상이 곧바로 스코어 코프로 전송되면서 케이디의 성적이 순식간에 떨어지는 광경이 이마니의 눈에 보이는 듯했다.

그리고 연대 책임 규정에 따라 이마니까지 감점당할 게 뻔했다.

케이디는 자신이 가장 좋아하는 쪽으로 프랑켄스쿠터의 방향을 틀고 이내 질주했다. 갓길에서 비틀거리다 잠깐 붕 뜨는가 싶더니 뒤뚱뒤뚱 꼬리를 흔들며 이마니 주위를 빙 돌았다. 찌그러진 금속에 헌 가죽을 씌운 뒷좌석에 모래 먼지가 뿌옇게 앉았다.

"물건 구했어, 타."

케이디는 이마니가 올라타자마자 띠처럼 길게 뻗은 정박장 모랫길을 내달렸다. 속도를 높일수록 모터는 점점 더 요란하게 탈탈거렸다.

이마니는 오로지 프랑켄스쿠터 뒷자리에 올라탔을 때나 자기 배의 키를 잡고 있을 때만 진짜 자유다운 자유를 느꼈다. 얼굴을 세차게 때리는 바람을 맞으며, 이마니는 짜릿한 생동감을 만끽했다. 설령 팔찌가 아이볼로 속도위반 정보를 속속 보내면서 점수가 팍팍 깎여 나갈지라도 이때만큼은 그 걱정조차 뒷전으로 미룰 수 있었다.

　두 사람은 이마니의 배를 묶어 둔 계류장으로 왔다. 배의 모터 쪽을 물 바깥으로 끌어 올려 걸쳐 놓고 케이디가 내부를 점검할 준비를 했다.
　"제발 망가뜨리진 말아 줘."
　케이디가 이마니 말에 깔깔 웃으며 눈앞을 가린 노르끄름한 머리카락을 쓸어 올렸다. 케이디는 뻣뻣한 생머리를 귓등에 꽂거나, 대충 뒤로 넘겨 엉성하게 묶고 다녀서 머리가 늘 어수선했다.
　머리카락 운으로 말하면, 이마니는 아버지의 아프로 머리에 당첨되고 말았다. 그 부스스한 머리를 손질하느라 안달하지 않으려고, 아예 뒤로 넘겨 한 가닥으로 길게 땋고 살았다. 엄마의 아름다운 적갈색 반곱슬머리는 열네 살 된 남동생 아이제이어가 물려받았다. 그런 머리를 채 1센티미터도 안 되게 짧게 쳐서 스포츠머리를 했다. 이마니가 엄마한테 물려받은 것은 하필 주근깨였다. 콧등에만 잔뜩 뿌려 놓은 듯한 모습까지 빼쐈다.
　"이 모터가 말썽이지, 아저씨한텐 잘못 없어."
　이마니 아버지가 직접 만들어 준 이 배는 케이디의 스쿠터처럼 폐품을 재활용한 작품이었다. 그 때문에 이름을 프랑켄고래잡이배로 지었다.

　케이디는 회로 기판을 떼어 내고 조금 더 큰 것으로 바꾸어 달았다. 정작 정비사 아버지를 둔 이마니는 모터에 관해 잘 모르는데 케이디는 달랐다. 지금 아는 지식은 모두 이마니네 아버지에게 배운 것이었다. 일하는 동안 졸졸 따라다니면서 연장도 집어 주고 잔심부름도 하더니 공짜로 부리는 조수라고 해도 될 만큼 기술을 꽤 익혔다. 그런데 언제부터인가 케이디의 관심사가 스쿠터로 옮아갔다. 그레이네 자동차 정비소를 들락거리며 정비사들을 거드는 대신 부품을 공짜로 얻었다. 서머턴에서는 흔한 거래 방식이었다. 그만큼 여윳돈이 몹시 궁했다.

　"오늘 통발 걸어 올릴 거야?"

　"네가 용한 솜씨를 부려서 모터를 다시 제자리에 붙여 놓는다면."

　그때 르몽드 씨의 픽업트럭이 정박장 안으로 들어섰다.

　케이디가 생글거리며 큰소리쳤다.

　"보답할 방법이나 생각해 보셔."

　그렇잖아도 이마니는 벌써부터 생각해 두었다. 교체한 모터가 잘 작동하면 그날 잡은 바닷가재를 몽땅 케이디에게 줄 셈이었다.

　르몽드 씨가 트럭에서 내려서서 손을 흔들었다. 그러더니 다른 정비사의 실력이 못내 궁금했던지 기어코 살펴보려고 건너왔다.

　"속도 제한이 있다는 건 잘 알 테지, 파지오 양?"

　케이디가 모터에서 눈을 떼지 않은 채 대답했다.

"난 바다에서는 없잖아요."

르몽드 씨가 잔교로 와서 아이들 곁에 웅크리고 앉더니 자세히 들여다보는데, 짙은 갈색 손에 점점이 묻은 기름때가 위장용 얼룩무늬 같았다. 르몽드 씨와 케이디는 회로 기판과 전자 부품이 어쩌네, 타이머며 변속기가 저쩌네 하면서 둘만 통하는 언어로 이야기를 주고받았다. 이마니의 대표적 강점들과는 완전히 동떨어진 내용이었다. 여덟 살 때 스코어 코프에서 실시한 검사에 따르면, 이마니의 적성에 맞는 것은 기계 분야가 아니라 인문학과 순수 과학이었다. 컴퓨터 프로그램이 자기보다 훨씬 똑똑하다는 사실은 의심할 여지가 없었다. 그래도 이마니는 인문학을 전공할 뜻이 없었다. 고등학교에서 배우는 몇몇 과목 정도면 충분하다고 여겼다. 어류와 갑각류 공부가 더 재미있을뿐더러, 벌써 오래전에 해양생물학계에 몸담기로 마음먹었기 때문이다.

드디어 케이디가 교체 작업을 마쳤다. 이마니는 배를 다시 물에 띄우고 기다리다가 케이디가 뱃머리에 올라타자마자 출발했다. 대번에 모터가 달라진 것을 느낄 수 있었다. 움직임이 한결 가벼웠고 소리까지 달랐다. 꼭 옛날 영화에 나온 가솔린 발동기 소리처럼 들렸다.

르몽드 씨가 계류장에서 배를 뒤로 빼는 것을 지켜보며 소리쳤다.

"미친 듯이 몰지 마라. 여울 조심하고."

이마니가 큰 소리로 대답했다.

"여울은 저도 안다고요."

이마니는 유유히 정박장을 벗어나 서머턴 강어귀로 들어섰다. 파넘 식당을 스쳐 지나갈 때였다. 갈매기 배설물이 덕지덕지 긴 창 안쪽에 앉아 조개 한 접시를 시켜서 같이 먹던 노부부가 손을 흔들어 보였다. 두 소녀도 손을 마주 흔들어 주었다. 노부부 모습이 시야에서 사라지고 배 한 척 없는 곳에 이르렀다. 이마니는 본격적으로 모터를 시험하기 시작했다. 모터는 순식간에 시속 64킬로미터까지 속도를 냈다. 교체하기 전에는 그것이 최대 속도였다. 얼마쯤 같은 속도를 유지하다가 차츰 시속 75킬로미터, 77킬로미터로 높였다. 바닷물이 빠져 나가면서 양쪽으로 진흙 둑이 어렴풋이 드러난 강기슭에 이르렀을 때는 마치 시속 100킬로미터로 달리는 기분이었다.

케이디는 뱃머리에 앉아 얼굴을 들고 바람을 쐬었다. 새삼스럽게 실력을 뽐내려는 듯 이마니에게 고개를 돌렸다. 그 순간 머리카락이 오징어 다리처럼 케이디 얼굴을 휘감았다. 이마니가 윗옷 주머니에서 고무줄을 꺼내 내밀었다. 머리 끈 챙기는 걸 늘 깜박하는 케이디 대신 따로 챙겨 둔 것이었다.

이마니가 모터 소리를 뚫고 외쳤다.

"바닷가재 너 다 줄게!"

케이디가 의기양양하게 웃었다.

"이마니 르몽드, 너랑 거래를 트다니 영광인걸?"

"반사!"

배가 굿웰네 해산물 식당을 에돌아 흐르는 좁다란 물목으로 진입했다. 이마니는 속도를 늦추긴 했지만 그래도 여느 때보다 훨씬 빨리 배를 몰았다. 시속 72킬로미터로 몰 때 모터가 가장

행복한 비명을 질러 대는 것 같았다! 디지털 전자음이 아니라 옛날 아날로그식 기계음처럼 들리는 것도, 이마니 마음에 쏙 들었다!

이마니는 좁다란 물목을 빠져나오자마자 다시 속도를 높였다. 작은 삼각파(절벽이나 방파제 따위에 부딪치면서 삼각형 모양을 이루는 불규칙한 물결)가 일어 위험했다. 그런데도 케이디는 배가 삼각파에 실려 위로 붕 떠오를 때마다 신이 나서 꺅꺅 소리를 내질렀다. 이마니는 배를 기우듬히 해서 돌다가, 뱃머리를 번쩍 들어 제자리에서 두 바퀴를 돌았다. 통발 작업을 시작하기 전에 묘기를 펼치면서 모터를 교체한 배를 시운전해 보려는 듯이.

이마니네는 바닷가재 어장에 통발 세 개를 공짜로 설치했다. 아버지가 어장 관리 위원장네 보트를 1년 내내 최상으로 관리해 주는 대가였다. 그 통발 점검을 이마니가 도맡아 했다. 열한 살 때부터 죽 그랬다. 늘 아슬아슬한 불안이 현실이 되어 정말로 정박장 문을 닫게 되더라도, 통발 치고 물고기 잡고 대합조개 캐서 가족을 먹여 살릴 수 있을 것 같았다. 수산업체가 대부분 파산한 터라, 남은 어획량을 두고 경쟁할 대상도 거의 없었다.

통발 두 개는 텅 비어 있었다. 이마니는 코로나 포인트 절벽 쪽으로 프랑켄고래잡이배를 몰았다. 거센 물살이 절벽에 부딪치면서 세차게 부서지는 곳이었다. 나머지 통발 하나를 설치한 곳이 바로 그 해협 어귀였다. 여기가 그나마 풋내기 배꾼한테는 안전했다. 해협의 거센 물살은 멋모르고 얕잡아보다 큰코다치기 십상이기 때문이었다. 이마니는 통발 주위를 맴돌다가 후

진한 다음 배를 통발 옆에 바짝 댔다. 케이디가 이마니한테 배운 대로 물속으로 두 팔을 뻗어 통발을 끌어 올렸다.

이마니는 바닷가재 다루는 일을 항상 케이디에게 맡겼다. 두려움을 이겨 낸 자신을 무척 대견해했기 때문이다. 이마니가 바닷가재 다루는 것을 옆에서 보기만 해도 곧 숨이 넘어갈 것처럼 벌벌 떨던 친구였다. 이마니가 볼 때, 이 사례는 아무리 원초적인 본능이라도 열심히 노력하면 누구든 극복할 수 있다는 증거였다.

케이디는 능숙하게 바닷가재를 끈으로 묶어 냉각기에 던져 넣었다. 일을 다 끝낸 케이디가 뱃전에 팔다리를 쫙 벌리고 누워서 말했다.

"어째 맥주라도 한 잔 마셔 줘야 할 것 같은데? 바닷가재잡이 아저씨들, 그러지 않나?"

"그래. 맥주도 마시고, 욕도 하고, 마누라 흉도 보고. 우리 잠깐 닻 내리고 되는대로 둥둥 떠다녀 볼까?"

케이디가 오후 햇살에 반짝거리는 검푸른 강철빛 물결을 곁눈질하면서 입을 열었다.

"역시 통한다니까. 나 진짜 집에 들어가기 싫거든. 요즘 엄마 아빠가 날 아주 들들 볶아."

닻을 내리고 나서 이마니도 맞은편 뱃전에 대자로 누웠다.

"갈수록 심해지시는 거야?"

케이디가 어깨를 으쓱하고는 저 멀리 지나가는 배를 눈으로 좇았다.

고등학교 2학년 때, 이마니와 케이디는 함께 앞날을 계획했다. 그때는 둘 다 90점대였다. 90점대라는 것은 곧 매사추세츠 주에 있는 어느 주립 대학교에 진학하든 스코어 코프에서 학비를 보장해 준다는 뜻이었다. 케이디는 공학을, 이마니는 해양생물학을 전공할 작정이었다. 어류 및 야생 생물 보호국에서 활동하며 지역 수산업과 조개 양식장을 되살리는 것이 이마니의 목표였다. 누구도 훼방 놓을 수 없는 상상 속에서, 이마니는 케이디를 수석 정비사로 채용해 함께 어선 회사를 운영하는 앞날을 그려 보았다.(물론 케이디가 겸업으로 최첨단 스쿠터를 설계해도 좋다는 조건으로.)

"우리 엄마는 병적으로 대학교에 매달려. 엄마도 안 갔으면서, 내가 대학 안 가면 하늘이 무너지기라도 하느냐고."

케이디네 엄마는 직접 빚은 질그릇을 수공예품 전시회장에서 판매했다. 이마니가 아는 케이디네 엄마는, 할 수만 있다면 장기라도 팔아서 예술대학에 갔을 사람이다. 그러나 그 시절은 '제2차 대공황' 여파로 수많은 대학교가 폐교한 직후였다. 따라서 고등교육이 애당초 그랬던 것처럼, 이제 대학 교육은 부유층만의 전유물이 되어 버렸다. 케이디와 이마니 같은 빈곤층 아이들에게 대학 교육의 문을 다시 열어 준 것이 다름 아닌 스코어 코프였다.

"그렇긴 한데 문제는, 성적이 나쁘면 어지간한 일자리조차 얻기 힘들다는 거지. 경찰을 뽑는 데도 최저 점수를 85점으로 올렸다더라."

"내가 언제 경찰 되고 싶댔어?"

"그냥 예를 든 것뿐이야."

"난 아저씨 밑에서 일할래. 나, 받아 주시겠지?"

"그러실 거야. 르몽드 정박장이야 아주 잘나가니까. 사실 며칠 전에도 아빠가 겸업으로 스쿠터 수리하고 개조하는 가게를 하나 낼까 하시더라."

"그럼 금상첨화네. 난 다 준비된 몸이니까."

케이디가 거침없이 술술 말했다. 눈으로는 느릿느릿 수평선으로 다가가는 배를 좇고 있었다.

자기 앞날인데 저렇게 시큰둥하다니. 저것이 케이디의 진심인지 방어 심리인지 이마니는 아리송했다. 일자리는 부족하고 감시 평가제는 나날이 보편화되고 있으니, 채용 업체는 까다롭게 굴 수 있었다. 89점짜리한테도 퉁기는 마당에 누가 케이디 같은 71점짜리를 거들떠보기나 할까. 고작 1점 때문에 장학금을 받지 못해 인생이 바뀌어 버린, 89점짜리 성실한 우등생들도 숱한걸.

"얼마 동안만이라도 그레이네 자동차 정비소에 나가는 거그만둬. 너 거기서 보내는 시간이 너무 많아. 게다가 그 집 애들은 '감시 평가 비대상자'잖아. 걔네 중에 실제로 거기서 일하는 애도 있지 않니?"

케이디는 고개를 끄덕하고는 해협 쪽으로 눈을 돌렸다. 남쪽 바닷가에서 해조류가 덕지덕지 낀 코로나 포인트 절벽에 물결이 부서지면서 하얀 포말이 일었다.

이마니가 찔러 보았다.

"파커 그레이, 맞지? 작년에 나랑 체육 수업 같이 들은 것같아. 금발에 덧니박이였나?"

"이는 가지런해."

"딴소리하지 말고, 거기서 일하다 보면 걔랑 사귀게 될 거잖아. 어쩌면 그래서 네 성적이 자꾸 떨어지는지도 몰라."

"그럼 어쩌라고? 걔를 없는 사람 취급해? 보이지 않는 것처럼 굴까?"

"그래. 걔네는 보이지 않는 존재야. 감시 평가 비대상자라는 게바로 그런 뜻이야. 부품 교환하는 거, 다른 정비소에서 하면 안되니?"

케이디 얼굴에 언뜻 고민스러운 빛이 스쳤다. 그것을 감추려는 듯 케이디는 힐끗 해를 쳐다보았다.

"그럴지도."

케이디가 말끝을 내렸다. 그 얘긴 그만하자는 표시였다.

이마니는 더 몰아붙일 수도 있었다. 하지만 오래전 둘이서 약속했다. 강에서는 성적 얘기를 하지 않기로. 그리고 대체로 잘 지켜 왔다. 성적 이야기란 것이 워낙 슬그머니 끼어들기 십상인데, 지금은 말할 것도 없었다. 졸업을 겨우 두어 달 앞두고 가슴 졸이며 최종 성적을 기다리는 때였으니까.

이마니는 찝찔한 바닷바람을 깊이 들이마시며 마음을 다잡고 생각을 정리해 보려 애썼다. 해협 어귀, 깎아지른 듯 우뚝 솟은 코로나 포인트 절벽 아래 세상에서 근사한 공연이 펼쳐지고 있었다. 갈매기들은 다이빙을 하고 소금기 머금은 바람은 살갗에 들러붙었다. 아이볼은 보이지 않았다. 팔찌가 스코어 코프에 위치 정보를 속속 보내고 있기는 했지만 문제 될 건 없었다. 어디에 있든 그 사실 자체는 성적에 반영되지 않았다. 코로나 포인트 고원을 쳐다보니, 소나무 두 그루 사이로 저택들 가운데 석조 건물 한 채만 정면이 가까스로 보였다.

코로나 포인트에 들어선 저택은 스무 채쯤 되었다. 저 절벽 위는 전체가 사유지로서 외부인 출입 금지 구역이었다. 거기에 사는 아이들은 단 한 명도 서머턴 고등학교에 다니지 않았고, 어른들은 웨이벌리에 있는 다른 정박장에 보트를 맡겼지 르몽드 정박장을 이용하지 않았다. 말하자면 저들은 이제 얼마 남지 않은, 조개 캐고 바닷가재 잡으며 살아가는 지역 주민들과 가까이하려 들지 않았다.

케이디가 이마니처럼 절벽 면을 따라 고원까지 눈으로 치훑으면서 말했다.

"저기 사는 애들은 아무도 감시 평가를 받지 않는데……."

"그럴 필요가 없잖아. 쟤네야 세상 어느 대학이든 입학 증서를 살 수 있을 테니까."

"더럽다, 더러워."

"너 말하는 게 딱 우리 아빠 같다."

이마니도 엄청나게 부당한 일들이 있다는 것은 알았지만, 또 한편으로는 머지않아 감시 평가제가 보편화되리라는 것도 알았다. 모두 그렇게 말했다. 정말이지, 만일 그렇게만 된다면, 제아무리 부자라도 별 수 없을 터였다. 감시 평가를 받지 않으면 출세할 수 없을 테니까. 파커 그레이 같은 부류의 감시 평가 비대상자들과 똑같이 파멸하고 말 테니까.

이마니와 케이디는 한참 동안 서쪽을 바라보았다. 저 멀리 떠 있는 야트막한 호그아일랜드 섬이 해를 야금야금 삼키고 있었다.

"우아, 저 하늘 좀 봐. 진짜 죽인다, 응?"

아닌 게 아니라 기막힌 마술이 따로 없었다. 새파란 불꽃 같던 하늘이 짙어지더니 검푸른 강철빛으로 바뀌었다. 마침내는 어둠이 모든 것을 집어삼킬 때까지 마지막 격정을 불태우듯 새빨갛게 타오를 것이다.

"저기 말이야, 이마니?"

"응?"

"네가 나 버리고 싶대도 다 이해할게."

"닥쳐."

"그러지 마, 내 말 진심이야. 너도 알잖아. 신중하게 생각해야지, 너무 늦기 전에."

"강에서는 성적 얘기 안 하기로 했잖아."

"그 맹세를 한 건 열두 살 때야."

케이디가 기억을 일깨웠다.

그들만의, 분리된 공간이자 비감시 영토인 이곳마저 결국 감시 평가제에 침범을 당하고 말았다. 모든 것이 하릴없이 그랬던 것처럼.

곧 어둠이 내릴 테지만 그건 별 문제가 안 되었다. 바닷물이 빠지려면 아직 세 시간이나 남았고, 강물만 있으면 집에 갈 수 있으니까. 꼭 그래야 한다면, 이마니는 눈을 감고도 집까지 배를 몰고 갈 수 있으니까.

"케이디."

이마니가 한참 만에 말문을 열었다.

"이 세상에서 두 가지만큼은, 나 절대 포기 못 해. 성적이 아니라 그보다 더한 것이 걸려 있다고 해도."

"두 가지?"

"응."

케이디는 잠깐 생각해 보더니 말했다.

"아, 알겠다."

굳이 말하지 않아도 알아주는 것. 그것이야말로 참된 우정의 증표였다. 90점대 동급생들은 아무도 이마니가 무슨 말을 하려는지 모를 터였다. 그 누구도 케이디만큼 이마니를 이해하지 못하니까.

이마니가 절대로 포기 못 할 두 가지, 그것은 케이디와 강이었다.

2
첫 번째 화요일

서머턴 고등학교는 코즈웨이 도로변에 납작 엎드린 단층 건물이었다. 색깔도 맞지 않는 벽돌이 군데군데 박힌 건물은 볼썽사나웠다. 원래 대합조개 가공 공장으로 쓰던 건물이라, 썰물이 지면 인근 갯벌에서 갯내가 풍겨 오기도 했다.

케이디가 이마니를 학교 정문, 그러니까 세 단짜리 콘크리트 계단으로 이어지는 쌍여닫이 철문 앞에 내려 주었다. 케이디는 스쿠터를 세워 두려고 건물 뒤로 돌아갔다. 그때부터 학교에서 지내는 동안 두 사람은 말 한마디 건네기는커녕 알은척도 하지 않았다.

서머턴 고등학교 실내는 온통 회색이었다. 사물함도 벽도 바닥도 심지어 공기조차 우중충했다. 3미터 간격으로 천장에서 대롱거리는 아이볼만 예외였다. 가장 분위기가 좋을 때도 삭막한 곳인데, 매달 첫 번째 화요일에는 삭막하다 못해 으스스했다. 다름이 아니라, 성적이 새로 발표되는 날이기 때문이다.

이날은 서머턴 고등학교 재학생 763명이 거의 대부분 겁에 질렸다. 곳곳에서 주시하고 있는 아이볼 아래 서로 눈치를 살 피며 과연 무난히 제자리를 지킬지, 감히 진급을 꿈꿔도 될지, 떨어질 처지에 놓인 건 아닌지 전전긍긍했다. 지난 4주 동안 어떻게 지냈는지 학생들의 행동을 평가하는 월간 성적이 곧 발표될 터였다.

이마니가 속한 90점대 졸업반은 매달 첫 번째 화요일 오전 만큼은 서로 모른 척하기로 했다. 적어도 성적이 게시되기 전까지는 그러기로 했다. 본의 아니게 오염되는 일이 없도록 미리 조심하자는 취지였다. 먼저 건의한 사람은 애닐 하네시였다. 그러나 그것이 자기 계발에 심혈을 기울이고 있다는 사실을 보여 주는 성숙한 태도라는 데에는 모두 한마음 한뜻이었다.

이마니는 아침마다 자기 사물함으로 가는 길에 애닐 앞을 지나갔다. 여느 날에는 자기도 웃을 줄 안다는 듯이, 애닐은 따 뜻한 미소를 지어 보이며 가만가만 인사말도 몇 마디 건넸다. 그러나 첫 번째 화요일만 되면 이마니에게 눈길도 주지 않았 다. 애닐은 꾸준히 상승세를 탔다. 현재 96점으로, 1점만 더 올 리면 90점대에서도 가장 높은 성적 집단에 합류할 터였다. 서 머턴 고등학교에서 최우수 성적 집단에 속하는 학생은 단 둘뿐 이었다. 98점인 키아라 히슬롭과 97점인 알레한드로 비달. 애 닐은 그 아이들과 점심 친구가 되기를 간절히 바랐고, 꼭 그렇 게 되고야 말겠다고 별러 온 아이였다. 그런 기회를 위태롭게 할 '불우한 친구'를 둔 92점짜리는 애닐한테 아무 짝에도 쓸모 없는 존재였다.

이마니는 스스로 끊임없이 다짐했다. 나 때문이든 케이디 때문이든 애닐의 저런 모습을 기분 나쁘게 받아들이지 말자고. 애닐은 나도 동의한 약속을 실천하는 것뿐이라고. 그것이 '적응성' 기준을 잘 지키는 아주 냉철하고 현실적인 자세라고.

이날은 대다수가 1교시와 2교시 수업을 아예 포기했다. 총알 혹은 키스하는 입술로 둔갑한 점수가 눈앞에 실제로 둥둥 떠다니는 듯한 상황에서 수업에 집중한다는 게 거의 불가능하기 때문이었다. 교사들도 그런 사정을 잘 알고 있는 터라, 성적이 게시되는 9시에서 11시 사이에는 구태여 중요한 내용을 다루지 않았다.

1교시는 몰타 선생의 에스파냐어 수업이었다. 이마니는 동사 변화 일람표를 깔끔하게 정리해 놓은 스마트 칠판만 멍하니 바라보았다. 수업에 집중하지 못하는 것은 적응성 평가 요소 중 두 번째인 '충동 억제력'과 네 번째인 '근면성' 항목을 위반하는 행동이었다. 두 책상 건너에, 이마니가 본보기로 삼아야 할 키아라 히슬롭이 앉아 있었다.

키아라는 한 치의 흐트러짐도 없이 스마트 칠판을 응시하고 있었다. 얼굴이 마치 한 폭의 정물화처럼 고요했다. 키아라는 스코어 코프에서 97점이 넘은 학생에게 수여하는 금테 데이터 안경을 끼고 있었다. 학생에게는 눈으로 인터넷에 접속할 수 있는 장치였고 스코어 코프로서는 최우수 학생들을 훨씬 내밀하게 감시할 수 있는 장치였다. 이마니도 중학교 2학년 시절 97점까지 성적이 오른 그 명예로운 달에 안경을 받았더랬다.

그다음 달에 딱 1점이 떨어져 96점이 되자, 스코어 코프에서 곧바로 작동을 중단해 버렸다. 그때부터 안경은 이마니 방 서랍 안에서 여태 잠자고 있다.

키아라는 올가을에 하버드 대학교에 진학할 예정이었다. 이대로 최고 성적을 유지하면 전액 장학금을 받게 된다. 원래는 매사추세츠 주에 있는 주립 대학교에 입학할 때에만 스코어 코프에서 학비를 전액 지원하는 것이 규정이었다. 다시 말해서 (사립인) 하버드 대학교에 진학하는 90점대 최우수생에게 전액 장학금을 지급하는 것은 특전이었다. 40점짜리 열등생에서 4년 만에 98점짜리 최우수 학생으로 뛰어오른 키아라는 감시 평가제 성공 신화의 주인공이었기 때문이다. 그렇게 된 데는 키아라 부모님의 공이 컸다. 오래전 서머턴에 마지막으로 남은 수산물 가공 공장에서 해고되었을 때, 딸 이야기를 뉴욕의 어느 신문기자에게 팔았던 것이다. 이제 6월까지만 별 탈 없이 잘 넘기면 서머턴의 자랑, 키아라 히슬롭은 수천 명, 아니, 어쩌면 수백만 명의 본보기가 될 터였다.

몰타 선생의 머리 위쪽 벽에 걸린 시계가 시나브로 째깍째깍 돌아갔다. 학생들은 갈수록 안절부절못했다. 충동 억제력과 근면성을 어기는 것은 이마니만이 아니었다. 초조하다 못해 산만하게 구는 소리가 교실 뒤에서부터 앞쪽으로 물결처럼 서서히 퍼져 나갔다. 누구는 탁탁 발을 쳤고 누구는 부스럭부스럭 옷자락을 만지작거렸다. 마침내 수업 종료 종이 울렸다. 학생들이 거의 동시에 벌떡 일어나 교실 문으로 몰려갔다. 오직 키아라만 침착하게 교과서를 챙겨 들고 더할 나위 없이 차분한 걸음새로 복도를 걸어갔다. 이마니는 키아라의 행동과 걸음새를 따라 하려고 애썼다. 그런 다짐도 잠깐, 이마니의 발은 어느새 걷잡을 수 없이 흘러가는 서머턴 고등학교의 열등생 물결 속으로 뛰어들고 있었다.

교내에서는 휴대용 단말 장치가 모두 작동되지 않았다. 학교 안 곳곳에 설치된 센서가 팔찌, 안경, 휴대전화, 태블릿 컴퓨터, 스마트 스크롤smart scroll, 장갑 따위를 자동으로 차단했다. 부정행위와 수업 분위기를 흐트러뜨리는 행동을 막기 위한 조처였다. 결국 성적을 확인할 길은 두 가지, 학교 도서실에 비치된 태블릿으로 온라인에 접속하거나 교장실 앞에 나붙은 성적표를 확인하는 것뿐이었다. 학생들은 앞다퉈 교장실 옆 대기실로 우르르 몰려갔지만 허탕이었다. 성적이 아직 게시되지 않았다. 교장 비서로 일하는 브론슨 부인은 성적표를 알파벳순으로 정리해 대기실 유리 벽에 테이프로 붙이는데, 몰려드는 학생들을 쫓아내기만 할 뿐 성적이 정확히 몇 시에 게시되는지 알려 주는 법이 없었다. 자기도 모른다는 것이 매달 꼬박꼬박 덧붙이는 이유였다.

2교시 수업은 캐럴 선생이 담당하는 21세기 미국사였다. 캐럴 선생은 걸핏하면 농담이랍시고 짜증나고 괴로운 이야기를 해 댔다. 그나마 이마니가 듣는 수업 중에 가장 흥미로운 과목이어서, 충동 억제력과 근면성 항목을 잘 지키는 데 보탬은 되었다. 하지만 이마니 생각에는 교과목 이름을 바꿔야 할 것 같았다. '이 멍청한 나라에서 얼마나 멍청한 일이 많이 일어났는지 깨닫지 못하는 모든 사람에게 자신이 얼마나 멍청한지 일깨워 주는 캐럴 선생의 강의'쯤으로.

캐럴 선생은, 이를테면 감시 평가 제도가 사회 전역으로 '침투'하는 것을 우려하는 '침투 공작원'이었다. 모든 침투 공작원이 그렇듯, 캐럴 선생도 '미끄러운 비탈'(slippery slope, 일단 시작되면 멈추기 어렵고 한순간에 파국으로 갈 수 있는 상황이나 행동 방식을 비유하는 표현)이라는 표현을 즐겨 썼다. 무시무시한 뜻이 담긴 말인데도, 이마니에게는 선하품 나는 자장가처럼 들렸다. 캐럴 선생은 종신직 교사라서 신념을 빌미로 해고될 염려는 없었다. 그러나 휠러 교장이 무슨 수를 써서라도 캐럴 선생을 쫓아내려고 단단히 벼르고 있다고 했다. 캐럴 선생이 어떤 학생을 껴안았다는 둥 스마트 칠판에 음란물을 내려받았다는 둥 소문이 돌았던 것이다. 한번은 캐럴 선생이 교실에 설치된 아이볼 렌즈를 조그만 미국 국기로 덮어 버린 적도 있었다. 결국 휠러 교장에게 들켜서 캐럴 선생이 국기를 걷어 내고 학생들에게 촬영을 방해해서 미안하다고 사과하는 소동까지 벌어졌다. 모두 얼마나 난처해했던지.

평상시에는 감시 평가 비대상자만 캐럴 선생의 수업에 배정되었다. 서머턴 고등학교에 다니는 감시 평가 비대상자는 36명이었다. 그런데 그해 한 차례 교사 해직을 단행한 탓에 역사 교사 한 명이 모자랐다. 그 바람에 이마니를 포함해 감시 평가 대상자 세 명이 캐럴 선생의 역사 수업에 배정된 것이었다.

이마니는 감시 평가를 받지 않는 아이들이 안쓰러웠다. 더러 법으로 보장된 지위를 존중해 달라며 신랄하게 정치 공세를 펴기도 했지만, 그건 순전히 자기 합리화라고 이마니는 확신했다. 감시 평가 비대상자는 대부분 나쁜 부모를 만난 희생자 같았다. 실제로 게을러터졌거나, 술에 절어 있거나, 너무 방심하다가 미처 동의서에 서명하지 못한 부모도 있었다. 감시 평가제는 감시 평가를 받지 않는 것을 당연히 최악으로 여겼다. 그런 만큼 감시 평가 비대상자와 교제하는 것은 '집단 일체성'을 가장 심각하게 위반하는 행위로 간주했다.

캐럴 선생의 역사 수업을 듣는 학생은 적었다. 졸업할 무렵이면 감시 평가 비대상자가 거의 다 중퇴했기 때문이다. 캐럴 선생은 '자유분방한 토론을 장려한다.'라는 명분을 내세워 책상을 원형으로 배치했다. 그러나 실제로는 감시 평가 대상자 세명, 즉 클러리사 테일러(74점)와 로건 바이스가르텐(93점)과 이마니가 한쪽에 쭈르르 앉고, 비대상자 네 명은 맞은편에 자기들끼리 붙어 앉는 결과만 낳았다. 가운데가 갈라진 원은 날마다 조금씩 사이가 벌어졌다. 캐럴 선생은 그 모습을 발견할 때마다 책상을 다시 붙여 놓으며 교실에서 이루어지는 상호작용은 '감시 평가 중립 영역'이라는 사실을 일깨웠다. 인용할 때마다 빼놓지 않는 손가락 따옴표까지 써 가면서.

이마니는 평소처럼 클러리사와 90점대 동급생인 로건 사이에 앉아서, 눈치껏 애닐이 건의한 매달 첫 번째 화요일 규칙을 지켰다. 로건은 노련하게 이마니를 외면했다.

수업에 늦게 들어온 캐럴 선생은 오전이거나 말거나 언제나처럼 능청맞게 '굿 이브닝' 하며 저녁 인사를 건넸다. 누구 하나 웃어 주는 사람이 없는데도 그 썰렁한 농담을 그만둘 줄 몰랐다. 고물을 깁듯이 정치 구호 스티커를 더덕더덕 붙인 스마트 스크롤과 대충 잡히는 대로 성의 없이 챙겨 온 듯한 유인물을 손에 들고 있었다. 수업 교재로 쓰려고 '인터넷 속 위대한 벌 떼 지성'(the great hive mind of the Web, 벌 떼 지성이란 다수의 협력과 경쟁을 통해 얻은 집단 지성에 대비되는 표현으로, 여왕벌을 좇는 벌들처럼 우두머리 한 사람에게 충성을 바치는 집단 의식을 가리킨다.)에서 인쇄해 온 자료였다. 이 표현 역시 웃기지도 않는, 캐럴 선생의 농담이었다.

"교육 나치주의자께서 여러분에게 시험을 더 자주 내라신다. 해서……."

캐럴 선생은 교실을 죽 둘러보았다.

"디에고, 제2차 대공황에 관한 문제를 내 봐라. 다섯 개만."

감시 평가 비대상자인 디에고 랜디스가 고개를 끄덕이더니 공책에다 쓱쓱 써 내려가기 시작했다. 비대상자라는 걸 감안해도 디에고는 괴상한 아이였다. 지난해 3학년 말에 서머턴 고등학교로 전학을 왔는데, 이마니는 디에고가 어디 사는지도 몰랐다. 항상 까만 생머리로 얼굴을 반쯤 가린 채 파란 눈 한쪽만 내놓고 다녔다.

캐럴 선생이 원을 둘로 나눈 분계선 격인 책상에 걸터앉아서 말했다.

"혹시, 여러분 중에 오티스 연구소에 관해 아는 사람 있나?"

아무도 없었다.

"좋아. 지그문트 오티스라고 어느 괴짜 교육자가 세운 교육 정책 연구소에서……."

"선생님?"

클러리사가 불쑥 손을 들더니 말을 자르고 나섰다. 캐럴 선생은 그런 행동을 허용했다. 학생을 교사와 동등하게 대우해야 한다는 게 캐럴 선생의 소신이었다.

"노트를 해야 하나요, 아니면 이것도 선생님의…… 그……."

"또 엉뚱한 소리냐고? 아니야. 이 오티스 연구소라는 데서 신설한 장학생 선발 제도가 있다. 응모 자격은 공립 고등학교 졸업반 학생들이고, 심사 대상은 논문 한 편이야. 장학금은 4만 달러란다."

"4만 달러요?"

클러리사가 놀라서 소리쳤다. 성적이 74점으로, 스코어 코프에서 정한 장학금 기준선을 한참 밑도는 아이였다.

"내가 알기론 그래. 게다가 일정 학점만 유지하면 장학금도 해마다 받을 수 있어. 아마 규정이 평균 B학점쯤 될 거다."

클러리사가 어깨를 쫙 폈다. 캐럴 선생의 말에 희망의 창이 활짝 열린 듯한 기분에 빠진 게 분명했다. 성실한 학생으로서 1년 내내 죽어라 노력했지만 74점을 넘지 못한 아이였다. 감시 평가제의 기이하고 불가사의한 특징 가운데 하나가 성적이 떨어지기는 쉽고 오르기는 어렵다는 것이다.

"그래서 내가 곰곰 생각해 봤는데 말이다. 기말 보고서 대신, 여러분 모두 오티스 장학생 선발 대회에 제출할 논문을 쓰는 게 좋겠다. 어때, 일석이조라고 생각하지 않니?"

캐럴 선생은 단순히 숙제를 내는 게 아니었다. 논문을 쓰도록 권했다.

"농담하시는 거죠?"

레이철 슬론이 대뜸 물었다. 감시 평가 비대상자로, 오렌지색 머리카락을 삐죽삐죽 세운, 입버릇이 고약한 아이였다.

"천만에."

"그럼 정말로 감시 평가 비대상자에게도 장학금을 준다는 얘기예요?"

"가장 훌륭한 논문을 쓰기만 하면."

"뻥까시네."

"얘들아, 날 믿어. 요즘 장학금 제도가 거의 없다는 건 안다만, 이건 합법적인 거야. 더구나 아주 좋은 기회고. 새로 생긴 장학금 제도라서 아직 아는 사람이 별로 없으니까 말이야. 여러분 가운데 당선자가 나와도 사실 그다지 놀랄 일은 아닐 것 같은데?"

캐럴 선생은 자제하지 못하고 디에고를 향해 눈을 찡긋해 보였다.

로건이 나섰다.

"선생님, 고작 우수한 논문 한 편 썼다고 장학금을 주는 게 공정하다고 생각하세요? 스코어 코프가 정해 놓은 장학금 기준에 들기 위해 인생 다 걸고서 죽어라고 노력해 온 학생들은 어쩌라고요?"

"성적에 몸 판 사람에게 주는 메달이라도 받고 싶니?"

토론을 할 때면 저런 표현들을 잘도 끌어다 대는 레이철이 받아쳤다.

레이철 옆에 앉은 디에고가 시험 문제를 작성하다 말고 손가락 하나를 삐죽 들어 보였다.

"디에고, 말해 봐라."

캐럴 선생이 지명하자, 디에고는 쓰던 문장을 끝마치고 나서 흘러내린 머리카락 사이로 얼굴을 내밀었다.

"내 말이 틀리면 지적해 줘. 감시 평가 비대상자들을 멍청하고 변변찮은 탈선자로 보는 고정관념을 통쾌하게 뒤집어엎을 수 있지 않을까? 우리 중에서 누군가가 장학금을 따내면?"

디에고는 레이철에게 음흉한 웃음을 지어 보였고, 말뜻을 알아챈 레이철은 잠깐 동안 그럴 가능성을 음미해 보았다.

디에고가 말을 계속했다.

"그리고 로건, 네 의견에 대해 한마디 하자면 말이지. 네가 생각하는 공정함이라는 것이 혹시라도 너희가 대학교까지 무사히 순항 중이라는 사실과 관련이 있다면, 너흰 단단히 속고 있는 거야."

로건이 창문 쪽을 바라본 채로 대답했다.

"내게 묻는 거라면, 그건 '신 포도' 타령이라고 답해 줄게."

디에고가 대꾸했다.

"네 생각을 물은 사람은 없는 것 같은데?"

이마니가 끼어들었다.

"캐럴 선생님."

두 사람의 논쟁을 중단해야 할 책임이 이마니에게 떨어졌다. 그냥 내버려 두면 디에고는 로건을 작살내 버리고 말 터였다. 매번 그랬다. 디에고가 또다시 지식을 뽐내며 설쳐 대는 꼴을 가만두고 볼 기분도 아니었다. 더욱이 로건이 자칫 방심해서 감시 평가 비대상자에게 적개심이라도 드러내면 곤란했다.

로건 자신은 물론 연대 책임을 져야 하는 이마니까지 감점을 당할 터였다.

"그러니까 선생님 말씀은 그 장학생 선발 대회에서 감시 평가 비대상자가 당선될 가능성이 더 높다는 뜻인가요?"

"물론 그건 아니다, 이마니."

"그럼 사기 집단은 아닌가요? 침투 공작원 단체나 뭐 그런 곳도 아니고요?"

캐럴 선생은 절대 아니라는 듯 머리를 세차게 흔들더니 설명했다. 어김없이 손가락 따옴표를 써 가면서.

"오티스 연구소가 내건 사명은 오직 하나다. 현행 교육제도가 '외면하고 있는' 학생들에게 교육받을 기회를 제공하자는 것뿐이야."

이마니는 클러리사를 염두에 두면서 말했다.

"그 연구소가 터무니없이 불공정하게 심사하는 곳이라면, 그 대회에 참여하도록 우리를 잘못 이끈 선생님도 교직 생활을 하시는 데 불이익을 당할 수도 있을 텐데요."

"이마니 르몽드, 넌 의문도 의심도 아주 많구나. 맘에 든다. 그 정신 죽 유지해라. 자, 내 얘기를 마저 하면 논문 분량은 오천 단어고, 또……."

"오천 단어요?"

클러리사가 놀라서 되물었다.

"그래, 총 오천 단어로 작성하고 각주도 따로 달아야 한다. 여러분은 미처 몰랐겠지만 나는 대학교 수준으로 수업을 해 왔어. 대학교에는 객관식 선다형 시험도 없으니까. 사실 그런 식의 평가야말로 어리석기 짝이 없는 짓이야. 디에고, 시험 문제는 마무리됐니?"

"두 문제 남았어요."

"좋다. 너무 쉽게 내면 곤란해. 내가 어디까지 말했던가?"

"어리석기 짝이 없는 짓까지요."

감정이 상한 로건이 심드렁하게 말했다.

"아, 그랬지. 그러니까 말이야, 이건 여러분이 수업에서 배우고 익힌 것을 한껏 발휘할 수 있는 기회다."

캐럴 선생이 오른손을 불끈 쥐어 보이고는 말을 이었다.

"여러분이 빛을 발할 때가 온 거야. 알겠지? 그러니까 원대하게 생각해라. 나는 이번 일을 기사회생의 밑거름으로 삼았으면 한다. 폭넓고도 깊이 있는 글을 기대하겠다. 반론을 제기하는 글도 좋다. 안이하게 자기주장만 펴지 말고. 반대쪽 견해도 다루도록. 아, 그리고 원한다면 공동 작업을 해도 된다. 여러분은 서로에게 많은 것을 배울 수 있는 나이니까."

이마니는 일곱 명이 단체로 혼란에 빠져 절절매는 것을 느낄 수 있었다.

클러리사가 물었다.

"아무거나 자기가 원하는 주제를 쓰면 되나요? 제2차 대공황이나……."

캐럴 선생이 고개를 가로저었다.

"아니, 그건 안 돼. 제2차 대공황은 미국 고등학생이라면 누구나 쓸 수 있는 주제니까. 내가 바라는 것은 확실하게 돋보일 주제를 선택하는 거다. 이건 내가 곰곰이 생각한 문제인데……

이것을 주제로 선택할 사람도 거의 없을 테지만……."

말꼬리를 흐리며 음흉하게 웃는 캐럴 선생을 보면서 이마니는 알아챘다. 또 무모한 제안을 하리라는 것을, 교직 생활에 불이익을 당할 수 있는 '지배적인 패러다임을 뒤엎을' 일을 또다시 꾀하리라는 것을.

"내가 바라는 건, 감시 평가 대상자가 감시 평가제에 반론을 펴는 논문을 쓰는 것이다."

"네? 우리한테 그런 걸 시키면 안 되죠."

로건이 따지자 캐럴 선생이 대답했다.

"안 될 거 없어."

이번에는 클러리사가 나섰다.

"선생님, 저는 이번 기말 보고서를 면제해 주셔야겠네요. 성적을 완전히 망칠 수 있다는 명백한 사유가 있으니까요."

"안 돼, 그건 사유가 될 수 없다."

"될 수 있어요. 왜냐하면 그런 사례가 있었거든요? 저랑 같이 보건 수업을 듣는 여학생이 생식기관 수업을 면제해 달라고 요청한 적이 있어요. 충동을 억제하기 어려워 적응성 평가에 불리하다는 게 이유였죠."

"그게 도대체 무슨 상관이지?"

"그래서 컨시니 선생님은 그 여학생 성적을 매길 때 그 단원은 반영하지 않겠다고 했어요."

이마니가 나섰다.

"캐럴 선생님. 저도 클러리사의 제안에 동의할 수밖에 없습니다. 저희더러 감시 평가제를 비방하라는 건 우리를 위험에 빠뜨리는 것이고 또…….”

디에고가 끼어들었다.

“그건 아니지.”

평소에는 애써 눈길을 피하던 이마니가 디에고를 똑바로 바라보며 말했다.

“미안하지만 내 말 아직 안 끝났어.”

디에고도 파란 두 눈을 매섭게 뜨고 마주 노려보았다.

이윽고 평정을 되찾은 이마니가 캐럴 선생 쪽으로 고개를 돌리고 말했다.

“아무튼, 그 때문에 선생님도 곤경에 빠질 수 있어요. 국기로 아이볼을 덮었을 때처럼요.”

“어이쿠, 이렇게 고마울 데가. 이마니, 나를 걱정해 주는 마음은 정말 고맙게 생각한다.”

캐럴 선생은 이마니를 향해 손가락을 흔들며 말을 이었다.

“그런데 이번은 잘못짚었어. 왠지 그 이유는 네가 알 거라는 생각이 드는구나. 스코어 코프에서 학문 탐구 활동까지 벌점 처리를 하지는 않아. 그건…….”

캐럴 선생은 이번에도 손가락 따옴표를 치면서 덧붙였다.

“‘성적에 유리한’ 활동이거든.”

디에고가 맞장구쳤다.

“옳소.”

로건이 디에고를 보지도 않고 물었다.

“네가 뭘 알아서?”

“너보단 잘 알걸? 너흰 감시 평가를 받으면서도 대부분 그

제도에 관해 깜깜무식이잖아."

"누가 할 소릴. 깜깜무식인 건 너야."

디에고가 다시 말했다.

"누가 무식한지는 이미 충분히 입증된 문제고."

"자, 자. 애들아, 내가 오티스 연구소에 낼 논문을 특정 주제로 쓰라고 강요할 수는 없다. 제2차 대공황이든 『연방주의자 논문집』이든 흔해 빠진 다른 주제든 괜찮아. 하지만 이 수업에서 내는 기말 보고서 주제는 내가 정하겠다. 종신직 교사로서 그만한 자격은 있어. 내친김에 하는 소리다만, 공교롭게도 내가 아는 사람 몇이 오티스 연구소 연구 위원이야. 마침 또 그 연구 위원들은, 뭐랄까, 인습을 깨는 사고방식에 우호적이다. 이제 이 얘기는 이쯤에서 마무리하자, 됐지?"

이마니가 물었다.

"내부 정보를 아신다는 말씀인가요?"

"방금 말한 것까지만 알아. 그리고 난, 거기 연구 위원 같은 거 절대 아니니까, 음모설 따위로 괜히 덤터기 씌우지는 마라. 아까 내가 말한 대로 감시 평가를 받고 있는 사람은 감시 평가제에 반대하는 글을 쓰고, 반대로 감시 평가를 받지 않는 사람은 감시 평가제를 옹호하는 글을 쓰기 바란다. 철저한 옹호론을 펴도록."

레이철이 내뱉었다.

"아, 진짜. 농담하신 거, 맞잖아요."

디에고가 실실 웃음을 흘리며 감탄했다.

"탁월한 제안이십니다."

레이철이 불을 뿜을 듯한 눈으로 디에고를 째려보았다.

"너 돌았어? 우리더러 감시 평가제를 옹호하라는 게 말이 돼? 노골적으로 차별하는 제도인데."

캐럴 선생이 나섰다.

"옳거니, 감시 평가를 받는 친구들이 그 논쟁을 다루면 썩 훌륭한 소재가 되겠다. 그런데 너흰 아니야. 너희가 할 일은 그 반대편에서 논쟁하는 거다."

"반대편이라는 게 있기나 한가요?"

레이철 말에 디에고가 대답했다.

"또 다른 편은 언제나 있게 마련이지."

캐럴 선생이 말했다.

"고맙다. 내 뜻을 잘 알아주는 학생이 있다니 기쁘구나. 시험 문제는 어떻게 됐지?"

디에고가 공책에서 종이 한 장을 북 찢어서 건네자, 캐럴 선생은 내용을 훑어보면서 잘했다는 듯이 고개를 주억거렸다.

"흥미롭구나, 아주 흥미로워."

느긋이 자리에 앉은 디에고가 거만한 표정으로 교실을 둘러보았다. 머리카락에 가려 한쪽 눈밖에 보이지 않았다. 그러나 이마니는 정면으로 바라보지 않고도 디에고가 자신을 찾고 있다고 확신했다.

드디어 성적이 게시되었다. 미국사 수업이 끝난 뒤였다. 여파는 즉각 나타났다. 세설리 모리스는 사물함에 얼굴을 들이밀고 울음을 터뜨렸다. 90점대에서 뚝 떨어진 모양이었다. 그나마 세설리는 아직 3학년이라 만회할 시간이 있었다. 1학년 남학생 둘은 손뼉 맞장구를 했다. 나란히 점수가 올랐다는 증거였다.

이마니는 도서실도 교장실 앞 복도도 그냥 지나쳤다. 학생들이 워낙 빽빽이 몰려 있어서 확인하기도 어려웠지만 불안감에 마음이 찌르르해서 내처 걸었다. 막상 확인하자니 와락 겁이 났다. 성적표에서 자기 이름을 찾고 그 옆에 쓰인 두 자리 숫자를 확인해야 하는 그 순간이 두려웠다. 상상만 해도 가슴이 철렁 내려앉았다. 차라리 점심시간까지 기다렸다가 동급생들에게 듣기로 마음을 굳혔다. 그러면 적어도 혼자서 그 두려운 소식을 듣지 않아도 될 테니까.

이마니는 어슬렁거리다 남들보다 한참 늦게 식당으로 갔다. 그러고도 90점대 졸업반이 함께 식사하는 자리로 선뜻 다가가지 못했다. 엉거주춤 서서 저마다 새로 배치된 식탁으로 옮겨 가는 것을 지켜보았다. 난리를 피우거나, 눈물을 흘리며 작별하는 따위의 소동은 없었다. 학년 말이라 1학년조차도 이미 단련이 될 만큼 되었다. 다들 성적표가 일러 주는 곳으로 가서, 새로운 성적 집단 구성원들에게 자기소개를 하고 자리에 앉았다. 예전 동급생들과 떨어지는 것이 아무리 괴로워도 가슴에 묻어야 했다. 구성원이 단 한 번도 바뀌지 않은 자리는 교사 휴게실 뒤쪽에 마련된 감시 평가 비대상자들의 식탁뿐이었다. 이따금은 그 아이들이 부러웠다.

이마니는 자기 동급생 식탁을 보자마자 애닐이 빠진 것을 알았다. 식당을 둘러보니 애닐이 키아라 히슬롭, 알레한드로 비달과 한자리에 앉아 있었다. 애쓴 보람을 얻었구나 싶었다. 며칠 뒤에는 스코어 코프에서 금테 안경을 상품으로 받겠구나. 아이비리그 대학들에서 날아드는 입학 원서가 한두 장이 아니겠지. 최고 성적을 유지하면 그 대학교에서 비용까지 부담해가며 최고 엘리트 계층에 합류하게 된 것을 환영해 주겠지.

이제부터 애닐에게 한마디도 건네서는 안 된다는 사실을 떠올리면서 이마니는 마음속으로 인사했다. 잘 가, 애닐. 영영 모르는 사람이 되어 줘서 고마워. 그런데 케이디는 어디 있지? 아무리 둘러봐도 눈에 띄지 않았다. 하긴 점심시간이면 동급생들 틈에 끼는 것보다 운동장에서 혼자 지낼 때가 워낙 많았다. 케이디는 케이디대로 70점대 동급생들한테 유대감을 느끼지 못했고, 동급생들은 동급생들대로 케이디를 기꺼이 무시했다. 모르긴 몰라도, 케이디 성적이 앞으로도 계속 떨어지리라 짐작했기 때문일 것이다.

이마니는 거의 1년 내내 점심을 함께 먹은 90점대 졸업반 식탁으로 갔다. 그 순간 애너벨 크롭스키의 입이 떡 벌어졌다. 제이슨 프라이버그와 이치아르 고메스는 둘이서 속닥거리기 시작했고, 로건은 휘둥그레진 눈으로 이마니를 빤히 보다가 문득 정신이 든 것처럼 홱 얼굴을 돌렸다.

"뭐야? 왜들 이래?"

이마니가 묻자 애너벨이 벌떡 일어나 자리를 떴다. 다른 아이들은 그대로 있었지만 얼굴 마주하기를 꺼렸다. 이마니는 로건의 뒤통수를 뚫어져라 쳐다보다가 알아차렸다.

이런 행동을 설명할 수 있는 이유는 딱 한 가지뿐이었다.

로건이 얼굴을 돌린 채 입만 달싹였다.

"소란 떨지 마. 올바로 처신해, 이마니."

단 몇 초면 알아챌 수 있는 상황이었다. 그런데 한 시간은 흐른 것 같았다. 이마니는 그제야 후닥닥 식당을 뛰쳐나갔다. 꼭 바깥에 있는 어떤 세력에게 명령을 받은 사람 같았다.

복도는 텅텅 비어 있었다. 뒤늦게 휴게실을 찾는 교사만 몇 명 보였다. 이마니는 교장실 옆 대기실 유리 벽 앞에 도착했다. 저학년 여학생 둘이 자신들이 차지한 행운을 축하하면서, 희망에 찬 밝은 앞날을 상징하는, 새로 발표된 두 자리 숫자에서 눈을 떼지 못하고 있었다. 이마니는 슬금슬금 다가가서 유리 벽에 나붙은 성적표를 눈으로 훑어 내려갔다. 자기 이름을 발견한 순간 입에서 헉 소리가 터져 나왔다.

르몽드, 이마니 : 64

이마니는 저도 모르게 소리쳤다.

"64점!"

저학년 여학생 둘이 뒷걸음질로 물러갔다. 홀로 남은 이마니는 자기 이름과 도무지 영문을 알 수 없는 두 자리 숫자만 뚫어져라 바라보았다. 도대체 내가 무슨 짓을 한 거지? 무엇을 지키지 않은 걸까? 단시간에 이렇게나 뚝 떨어지다니, 뭔가 엄청난 짓을 저지른 게 틀림없었다. 이마니는 얼굴을 유리 벽에 바짝 들이대고 자기 이름과 점수를 연결하는, 보이지 않는 선을 눈으로 따라가 보았다. 잘못 본 게 아니었다. 자신이 64점짜리가 되었다.

장학금 기준선을 밑돌았다. 아주 한참 밑돌았다.

"너한테 말하지 않으면 네 성적에는 지장을 주지 않을 줄 알았어."

이마니는 큰 충격에 휩싸인 나머지 그것이 누구 목소리인지도 몰랐다. 그런데 돌아보니 케이디가 서 있었다. 두 눈은 벌겠고, 한 손으로 다른 손을 반죽하듯 짓이겨 댔다. 이마니는 알파벳순으로 발표한 성적표를 죽 훑어 내려갔다. '파지오, 케이디'를 찾았다. 이름 옆에 적힌 숫자는 27이었다.

"이럴 수가."

"정말 미안해."

"너 대체 무슨 짓을 한 거야?"

대기실의 인조 목재 책상 뒤에 있던 브론슨 부인이 두 사람을 발견하고 득달같이 쫓아 나왔다. 지금은 '노닥거릴 시간'이 아니니 교실이나 식당으로 가란다.

"정말 미안해. 진짜, 진심으로 미안해."

대기실 문 위에 달린 아이볼이 꾸물거리는 두 사람을 촬영했다. 점수가 조금씩 계속 깎이고 있을 터였다. 이마니는 케이디한테 따라오라고 손짓하며 식당으로 향했다.

"네가 짐작한 대로야. 나 걔 사랑해."

이마니가 걸음을 뚝 멈췄다.

"뭐? 누구?"

이마니와 케이디가 멈춰 선 곳은 식당 쌍여닫이 옆이었고, 식당 안에 있던 모든 학생이 두 사람에게 관심을 쏟고 있는 것 같았다.

"널 지켜 줄 수 있을 거라고 생각했어, 너한테 털어놓지 않으면."

"뭐가 어쨌다고, 케이디?"

케이디의 입술이 파르르 떨리기 시작했다.

"나 그 애 사랑해. 어쩔 수 없었어. 난 그냥……."

케이디는 말도 끝맺지 못하고 홱 돌아서서 복도를 뛰어갔다. 모든 아이볼이 도망치는 케이디를 촬영하고 있었다.

3
60점대 동급반

그다음 날 점심시간. 앰버 프램튼이 입방아를 찧어 댔다.

"내가 들었는데, 걔가 파커 그레이랑 잔 게 한두 번이 아니래. 고작 그깟 붕신 스쿠터 부품을 얻으려고 말이야."

이마니는 거짓말이라고 믿었다. '붕신'이라는 저속한 말을 쓴 것도 성적에 불리할 터였다.

앰버가 계속 나불거렸다.

"그래 놓고는 둘이 사랑에 빠졌네 어쨌네 하면서 둘러대는 거야. 그래 봐야, 뭐냐, 스쿠터에 몸을 팔았다는 사실이 어디 가겠느냐고."

앰버 프램튼. 66점. 강점은 자기 일관성과 집단 일체성. 약점은 충동 억제력, 근면성, 친화력.

이것이 이마니가 처음 한자리에 앉았을 때 앰버가 자신을 소개한 내용이었다. 이제 이마니는 60점대였다. 예전 동급생들은 낯선 타인이 되어 버렸다. 앞으로는 날마다 앰버와 같이 점심을 먹어야 한다. 껌을 짝짝 씹어 대도, 빨간 곱슬머리를 어깨 너머로 탁탁 쳐 넘겨도, 다른 성적 집단 아이들 험담을 주저리 주저리 늘어놓아도 싫은 내색을 하면 안 된다. 열등생들은 멍청하다고 비웃고 우등생들은 거들먹거린다고 트집해도 꾹꾹 참아야 한다.

수요일, 그러니까 폭탄을 터뜨려 놓은 다음 날부터 케이디는 코빼기도 보이지 않았다. 아무런 소식도 없었다. 어제 이마니를 집에 데려다 주지 않은 것은 물론, 오늘 아침에 학교로 태워다 주지도 않았다. 이마니가 전화해도 받지 않았다. 이마니는 돌풍에 휩쓸린 쓰레기처럼 학교 안을 휘도는 소문들을 짜깁기해 보았다. 이야기는 벌써 감시 평가 비대상자와 가까이 지내는 게 얼마나 위험한지 경종을 울리는 교훈담으로 가닥이 잡혀 있었다. 그 이야기 속에서 케이디는 재수 없이 걸려든 희생자가 되었다가 뻔뻔하기 짝이 없는 걸레가 되기도 했다. 그리고 파커 그레이는 이러나저러나 '케이디 파지오를 농락해 영원히 파멸시킨 사악한 감시 평가 비대상자'였다.

"우리가 걱정하는 건 말이야, 이마니. 한마디로 네가 케이디 파지오와 교제를 계속할 거냐는 거야."

현재 68점인 코너 라일리가 말했다. 예전 대표가 70점대로 승급하면서 새로 60점대 동급반 대표를 맡은 아이였다.

새로 동급생이 된 여덟 명의 눈길이 한꺼번에 이마니에게 쏠렸다. 앰버, 머리카락을 머리통에 촘촘히 땋아 붙인 제일라, 이름이 디온으로 기억되는 맹해 보이는 남자애, 이마니는 존재조차 몰랐던 처음 보는 네 명까지.

앰버가 물었다.

"애초에 왜 케이디 파지오와 가깝게 지낸 거야? 걘, 너보다 2등급이나 아랜데."

앰버 옆에 앉아 있는 디온도 왜 그랬는지 어리둥절하면서도 호기심이 생긴 모양이었다. 헤벌린 입술 사이로 위아래에 긴 은제 치열 교정기가 보였다.

"둘이서 맹세를 했거든."

이마니가 대답하자 코너가 물었다.

"무슨 맹세?"

"우정 맹세."

"너랑 동급반도 아니었잖아."

"맞아. 그런데 그게 바로 우정 맹세의 핵심이야."

앰버가 끼어들었다.

"흐음, 이마니. 적응성 5대 평가 요소 중에서도 집단 일체성이 가장 중요하다고."

"그거야 나도 알지."

"그러니까……."

이마니가 그쯤에서 이야기를 끝낼 요량으로 못을 박듯이 말했다.

"그러니까 맹세를 한 거야."

다시 코너가 나섰다.

"저기 말이야, 이마니. 우린 너랑 같이 점심 식사를 하게 돼서 기뻐. 우리가 바라는 건 그저 네가 적응성 기준에 맞는 결단을 내리는 것뿐이야."

해석하면 이런 뜻이겠지. 케이디를 버리고 성적을 팍 끌어올려. 그럼 연대 책임이라는 마법으로 졸업할 때가 되면 우리 모두 덩달아 성적이 오를 테니까.

코너는 이마니를 움직여 보려고 했지만, 이마니는 코너 뜻대로 움직여 줄 기분이 아니었다. 이마니의 삶은 어제부로 산산이 부서졌다. 자신은 꿈에도 몰랐던 어떤 사랑의 무게에 짓눌려 앞길이 폭삭 무너져 버렸다.

"나 도서실 갈 거야."

이마니는 디온을 쳐다보며 말했다. 자신을 이용해 잇속을 챙기려는 마음이 가장 적어 보였기 때문이다. 예전에 몇 번 수업을 같이 들은 적이 있는데, 똑똑하지만 병적으로 수줍음을 많이 타는 아이였다.

이마니가 자리를 뜨자마자 앰버는 고개를 절레절레 흔들며 이마니를 헐뜯기 시작했다. 이마니가 어깨 너머로 슬쩍 보니 코너는 자기 뒷모습을 지켜보고 있었다. 두 눈을 가늘게 뜨고 혹시 쟤도 걸레가 아닌지 살피는 것 같았다. 70점 고지를 돌파해야 하는 코너에게 있어 죽을힘을 다해 지켜야 할 마지막 보루가 자신이라는 것을 이마니는 잘 알았다. 그러나 그것은 이마니가 케이디를 버려야만 가능한 일이었다.

모든 것을 다 알고 난 지금도 케이디를 버리지 않으면, 다음 달에는 이마니의 성적이 더 떨어질 게 뻔했다.

그날 이마니가 수업을 마치고 집에 갔더니 케이디가 제1 잔교를 오락가락하고 있었다. 윌 델바르도네 고래잡이배 난간을 손으로 쓸면서.

"네가 원하면 떠나 줄게. 아브루치 골동품 가게에 있는 아이볼에 올라가서 말할 수도 있어. 근처에는 얼씬도 말라면서 네가 정박장에서 쫓아냈다고."

"거짓말인 거 다 알아챌 거야."

"네가 진짜로 얼씬도 하지 말라고 하면 거짓말 아니지."

"언제부터였어?"

케이디가 한숨을 쉬면서 되물었다.

"꼭 알아야겠니?"

"네가 감쪽같이 숨겼다는 사실이 나는 지금도 도무지 믿기지 않아."

"널 지켜 주려고 그런 거야."

나란히 놓인 보트 트레일러 두 대 중 작은 것 옆에 프랑켄스쿠터가 서 있었다. 그리고 묵직한 가방들이 프랑켄스쿠터에 끈으로 묶여 있는 게 보였다. 케이디가 가방들을 돌아다보며 말했다.

"그래, 나 집에서 쫓겨났어."

케이디네 부모님이 으름장을 놓은 것이 여섯 달 전부터였다. 이마니도 그 사실은 알았다. 하지만 진짜로 딸을 쫓아낼 줄은 상상도 못 했다. 케이디는 덤덤한 표정을 지으려고 안간힘을 다했다. 그러나 두 눈에는 절박함이 어려 있었다. 이마니가 말해야 할 차례였다. 우리 집에 있어도 된다고.

두 사람은 맹세를 했다. 이 말을 하는 것은 맹세만큼 간단했다. 게다가 조건부 맹세를 한 것도 아니었다. 둘은 친구였지,

성적 동급생이 아니었다. 곤경에 빠졌을 때 서로 함께하지 않는다면 도대체 친구가 무슨 소용일까.

그러나 이마니는 우리 집에 있어도 된다고 말하기는커녕 입도 벙긋하지 못했다. 둘 사이의 말 없는 틈을 비집고 간교한 망설임이 불쑥 솟구쳤다. 누군가가 실재의 구조fabric of reality에서 새로 발견한 주름, 그 외계 어딘가에서 온 것도 같았다. 과연 원래부터 내내 있었을까, 아니면 이마니가 침묵하면서 창조해 낸 것일까?

그 침묵에서 두 사람을 끌어낸 것은 좋은 쪽으로 생각하려고 애쓰는 케이디였다.

"파커네 친척 아주머니가 던버스에 사는데 집이 꽤 커. 페인트칠만 도와주면 남는 방 써도 된댔어."

이마니가 말했다. 너무 늦게.

"아냐, 우리 집에……."

케이디가 고개를 저으며 대꾸했다.

"진짜야. 이제 속이 후련해. 암튼, 너 잘 지내나 보러 올게."

이마니는 어물거렸다. 케이디에게 자기랑 같이 있자고 말했으면 좋았을 방금 전으로 돌아가고만 싶었다. 아니, 훨씬 더 전으로, 케이디가 사랑에 빠지지 못하게 막을 수 있었을 시절로 돌아가고만 싶었다.

"그런데 너랑 파커는 정확히 어떤……."

"이마니, 그건 네가 모를수록 좋아."

"그냥 알아 두려는 것뿐이야."

"아니야. 네 성적을 위해서 아예 모르는 게 좋아."

이마니는 한숨을 내쉬었다.

"그럼 네 성적은 어쩌고? 27점이면……."

"내 걱정은 말고, 너나 성적 만회해서 장학금 타."

케이디가 헬멧 끈을 단단히 조인 뒤 한쪽 다리를 휙 돌려 스쿠터에 걸터앉고 나서 다시 말했다.

"너 머리 좋잖아. 꼭 대학 가."

케이디는 뒷걸음질로 프랑켄스쿠터를 빼서 정박장 길 쪽으로 방향을 잡은 뒤 덧붙였다.

"무슨 일이 있어도 가야 해, 알겠지? 나랑 약속하는 거다?"

이마니가 할 수 있는 건 고작 고개를 끄덕이는 것뿐이었다.

"그런 눈으로 보지 마. 한 달 뒤에 만나러 올게. 넌 꿋꿋이 잘해 낼 거야, 내가 장담해."

"하지만……."

"어떤 희생을 치르더라도. 진심이야."

케이디는 대답을 기다리지 않았다. 액셀을 꽉 밟아 시동을 걸었다. 처음에는 낮게 탈탈거리던 소리가 점점 요란해졌다. 프랑켄스쿠터가 갈대밭에 흔적을 남기며 정박장 길을 내달렸다. 다른 차들이 다 지나갈 때까지 코즈웨이 도로 갓길에서 기다리는 사이 탈탈거리는 소리가 잠깐 그쳤다. 이윽고 제한 속도보다 훨씬 빠르게, 프랑켄스쿠터가 다시 요란한 소리를 내며 출발했다. 던버스에 도착할 때까지 곳곳에서 아이볼이 번득거리며 지켜볼 터였다.

그날 밤 이마니네 저녁 식사 시간에 르몽드 씨가 말문을 열었다.

"젠장, 정말 유감이다! 그 애가 얼마나 착한데. 어디 그뿐이야? 훌륭한 기술자라고, **훌륭한 기술자.**"

르몽드 부인이 저녁으로 미트볼 스파게티를 차려 냈다. 이마니가 가장 좋아하는 음식이었다. 그런데도 이마니는 스파게티 위에 얹은 고기 완자 세 개를 이리저리 굴리며 깨작거렸다.

누나 맞은편에 앉은 열네 살 된 아이제이어는 기다란 스파게티 면발을 쭉 빨아들이고 나서 손등으로 입을 쓱 닦았다. 어제 발표된 아이제이어의 성적은 85점이었다. 지난달보다 1점이 올랐다.

"나는 도대체 이해가 안 돼. 사람이 어떻게 자기 인생을 함부로 굴리지? 말도 안 되는 그……."

이마니가 말을 낚아챘다.

"그 뭐? 쓰레기 같은 감시 평가 비대상자 때문에?"

"그래, 딱 그거야."

르몽드 부인이 여분으로 남겨 둔 소스 통을 아들 앞에 일부러 탁 소리 나게 내려놓으며 타일렀다.

"아이제이어, 우리 그런 말은 쓰지 말자."

아이제이어가 이미 소스 범벅인 스파게티에 소스를 더 끼얹으며 말했다.

"제가 안 썼어요, 누나가 썼지."

"난 반어법으로 말했을 뿐이야."

"나는 그저 유감스럽기만 하다, 젠장. 그 성적으로 어디 취직이나 제대로 할 수 있겠어?"

르몽드 씨가 아까 한 말을 되풀이했다.

"아빠, 저희 앞에서 욕설을 하면 안 되죠."

아이제이어가 꼬투리를 잡았다.

식당은 후텁지근했다. 꽃샘추위가 닥쳐서 장작 난로를 다시 피운 탓이었다. 같은 실내여도 기온이 제각각이라 싸늘한 곳도 따뜻한 곳도 추운 곳도 있었는데, 식당은 푹푹 찌는 열대 같았다. 처음에는 훈훈하고 아늑해서 좋지만 식사를 반쯤 하다 보면 티셔츠를 벗어젖힐 만큼 덥고 짜증이 났다. 지금은 짜증이 나는 지점도 벌써 지난 때였다.

르몽드 부인이 말했다.

"여보, 욕은 아껴 뒀다가 나한테 해요."

"싫소. 해외 참전 재향 군인회에서 써먹을 거요."

르몽드 씨는 아내에게 눈을 찡긋해 보이고는 아들에게 사과했다.

"미안하다, 아이제이어. 앞으로는 점잔히 말하도록 하마."

"점잖이!"

아들은 눈을 칩뜨고 보며 아버지가 잘못 쓴 말을 바로잡았다. 중학교에 다니는 저맘때가 아니면 할 수 없는 짓이었다.

아이제이어는 그야말로 고약스럽게 구는 반항기에 접어들었다. 그러나 이마니는 동생을 탓하지 않았다. 탓할 것은 중학교였다. 자신이 중학교에 다니던 때가 기억났다. 독이 잔뜩 올라 서로 물어뜯으려 덤비는 뱀 소굴 같았다.

르몽드 부인이 더할 나위 없이 살가운 목소리로 물었다.

"얘, 이마니. 이제 어떻게 할 생각이야? 앞으로도 케이디를 계속 만날 거니, 아니면······."

세 사람이 모두 이마니를 빤히 쳐다보았다.

르몽드 씨가 거북한 침묵을 깨고 나섰다.

"옳은 일을 해야겠지. 물론 네가 옳다고 여기는 일을."

부모님과 성적 이야기를 하는 것은 아주 드문 일이었다. 엄밀히 말해 부모님은 감시 평가제를 이해하기에는 너무 나이가 많은 세대였다. 엄마 아빠 세대도 청소년기에 힘겨운 일들을 감당해야 했을 것이다. 수능SAT에, 표준 학력고사에, 낙오 학생 방지법(No Children Left Behind, 2002년 미국에서 학교와 교사의 책임을 강화한다는 명분으로 도입한 정책으로, 우리나라의 '학업 성취도 평가 시험'도 이것을 본뜬 것이다.)에 따른 일제 고사까지 별별 시험을 치렀을 테니까. 그러나 항상 감시당하면서 평가를 받아야 하는 삶이 어떤 것인지는 알 리 없었다. 부모님이 감시 평가제 안내 책자를 읽고 동의서에 서명한 것은 이마니가 여덟 살 때였다. 감시 평가제를 실시해야 하는 이유를 이해했기 때문이다. 감시 평가제가 제공해 줄 기회라는 것이 어떤 의미인지 이해했기 때문이다. 그러나 정작 그 제도의 실상은 몰랐고, 알 수도 없었다.

그리고 이마니는 지금 그 실상을 부모님에게 일깨워 줄 기분이 아니었다.

"못 먹겠어요."

이마니는 식탁에서 물러나 위층에 있는 자기 방으로 뛰어 올라갔다.

할머니가 손수 뜨개질해서 만들어 준 담요를 두르고 침대에 앉아 물끄러미 창밖을 바라보았다. 하늘은 보랏빛으로 물들어가고, 쾌속정들이 덮개를 쓰고서 줄줄이 웅크리고 앉은 강독에는 어스름이 내렸다. 이마니는 한참 만에 결론을 내렸다. 자신이 저녁 식탁에서 짜증을 부린 건 부모님 때문이 아니었다. 엄마 아빠한테는 불만이 하나도 없었다. 인내심 많고 다정하고 나름대로 자식을 위해 최선을 다한 분들이었다. 나와 다른 사회 환경에서 자란 것이 부모님 잘못은 아니었다. 식사를 하다 말고 뛰쳐나온 이유는 따로 있었다. 부모님이 묻는 말에 차마 대답할 수 없었기 때문이다. 솔직히 털어놓을 용기가 나지 않았다. 케이디는 나를 위해 이미 결단을 내렸다는 것을, 내가 나를 스스로 구해 낼 수 있도록 깨끗이 물러나 주었다는 것을.

그리고 자신은 케이디가 하는 대로 내버려두었다. 결심이라기보다 의식이 마비된 행위에 더 가까웠다. 그 행위는 배신과 맞먹는 짓일까. 아니면 뼛속까지 적응이 되어서 이미 오래전에 했어야 마땅한 단계로 마침내 첫발을 내디딘 것일까. 이마니는 아직 판단이 서지 않았다. 지금 확실히 아는 것은 자기 느낌뿐이었다. 마음이 독감에 걸린 것처럼 몹시 괴롭고 몸이 자꾸 처지는 기분이었다.

이마니는 팔찌 화면이 반짝반짝 빛나도록 담요에 문질러 댔다. 이제는 죽은, 이미 작동이 중단된 물건이었다. 그걸 알면서도 하루를 더 차고 다녔다. 차가운 바람이 손목 맨살에 닿는 느낌을 견디기 힘들 것 같아서였다. 마침내 팔찌를 풀었다. 손목 주위의 눌린 자국을 빤히 보다가 양말 서랍을 열어 오래전에 죽은 안경 옆에 놓았다. 자신의 파멸을 상징하는 물건이라는 생각을 애써 떨쳐 버리면서.

서랍을 뒤적거리다 보니 오래된 휴대전화가 눈에 띄었다. 몇 년간 사용하지 않은 것이었다. 무심코 켜 보았는데, 놀랍게도 배터리가 아직까지 조금 남아 있었다. 버튼 몇 번만 누르면 가족 요금제로 등록할 수 있을 터였다. 그러면 팔찌로 할 수 있는 것들은 다 할 수 있다. 인터넷 접속과 통화도 가능하고, 위치 확인 장치로도 쓸 수 있다. 또 스코어 코프에 위치 정보도 속속 알려 줄 터였다. 거의 모든 면에서 팔찌를 차고 있을 때와 비슷했다. 다만 휴대전화를 쓴다는 것은 이제 자신은 우등생이 아니라는 뜻이었다.

보랏빛 노을은 어느덧 캄캄해졌고, 덮개를 씌운 쾌속정들은 형체가 스러져 뒤쪽 갈대밭과 한데 뒤엉켰다. 이마니는 벌점 받을 걸 뻔히 알면서도, 케이디에게 몇 번이나 전화를 할 뻔했다. 끝내 전화를 하지 못했고, 둘도 없는 친구에 관한 판단은 여전히 갈팡질팡하는 상태였다. 그 사실이, 얄궂게도 위안이 되었다. 케이디는 이마니에게 가장 좋은 길을 선택하려고 스스로 결단을 내렸을지 모르는데, 이마니는 아직도 마음을 정하지 못했다.

4
따라지들의 운명

이마니와 아이제이어 남매는 매일 아침 정박장 길을 걸어가 중학교 스쿨버스를 기다렸다. 대개 돌멩이 하나를 주거니 받거니 발로 차면서 사이좋게 갔다. 돌멩이가 옆길로 새서 갈대밭에 떨어지면 남동생이 달리기 시합을 제안했다. 누나는 몇 년 동안 마지막 순간에 일부러 져 주었다. 아직 키가 20센티미터나 작은 남동생이 요즘에는 제힘으로 이겼다. 운동을 하는 남동생은 중학교 하키 팀 주전 선수였다. 바야흐로 '프로 선수'가 되겠다는 꿈이 한창 영글기 시작한, 잘나가는 동생이었다. 그래서 더욱 '대학 운동선수'가 되어야 한다는 야망이 컸고, 그만큼 위험한 시기였다.

목요일은 등굣길 풍경이 달랐다. 남동생은 발을 재게 놀리며 누나가 발로 차 준 돌멩이도 본체만체했다. 정박장 길 어귀가 가까워지자 들입다 뛰어가더니 코즈웨이 도로 가장자리에 쌓인 젖은 나뭇잎을 밟고 말았다. 하키 선수답게 재빨리 멈춰 서긴 했지만 하마터면 찍 미끄러질 뻔했다.

이마니가 소리쳤다.

"조심해!"

아이제이어가 쏘아붙였다.

"나한테 말 걸지 마!"

가장 가까운 아이볼은 아브루치 골동품 가게에 있는 코끼리 석상 꼭대기에 달려 있지만 거기서는 남매를 볼 수 없었다. 아이제이어는 스쿨버스에 올라타면서부터 감시를 받기 시작했다. 이마니에 대한 감시가 시작되는 것은 언제나 프랑켄스쿠터가 코즈웨이 도로변에 있는 전당포를 지나는 순간부터였다.

말 한마디 없이 한참 동안 골난 얼굴로 있던 아이제이어가 물었다.

"설마 진짜 계속 친구로 지낼 생각은 아니겠지? 걘 끝장난 거야. 다들 아는 사실이라고."

"중학생들이 다 안단 소리야? 정말? 중학교 2학년쯤 되면 좀 영양가 있는 얘기를 해야 하는 거 아냐?"

"멍청하게 굴지 마. 자기를 끌어내리는데도 가만히 두면, 누나도 똑같은 사람이 되는 거라고."

"네 성적이 우리보다 낮을 때도 케이디는 눈곱만큼도 신경 안 썼어. 엄마 아빠가 바쁠 때 대신 널 하키 경기장에 태워다 주면서도 불평 한마디 안 했고."

"누가 뭐래? 그때만 해도 완전히 걸레는 아니었지."

이것이 요즘 돌아가는 상황을 한마디로 알려 주는 말이었다. 케이디가 파커 그레이와 어떤 관계인지 정확히 아는 사람은 아무도 없었다. 이마니조차 몰랐다. 내남없이 아는 사실은 그저 케이디가 감시 평가 비대상자인 남학생과 데이트를 해서 성적을 까먹었고, 그 때문에 케이디가 걸레로 낙인 찍혔다는 것뿐이었다. 그게 다였다. 그리고 이제는 이마니에게 강요 아닌 강요를 하고 있었다. 너를 구하려면 케이디를 증오하는 무리와 한통속이 되라고. 그것이 성적에 유리한 선택이라고. 그것이 적응성 기준에 맞는 행동이라고.

스쿨버스가 편의점 모퉁이를 돌아 나오는 게 보였다. 아이제이어가 멀찍이 떨어지면서 누나를 다잡았다.

"나한테 말 걸지 마, 알았지?"

스쿨버스가 도로 맞은편에 멈춰 서서 번쩍이는 빨간색 정지 표지판을 펼쳤다.(미국, 캐나다 등지에서는 스쿨버스에 학생이 타고 내릴 때 버스 운전자가 차체 옆에 부착된 정지 표지판을 펼치면 같은 차선은 물론 반대 차선 차량까지 모두 일시 정지해야 한다.) 아이제이어는 인사말조차 하지 않고 버스로 뛰어갔다. 아이제이어가 맥스 옆자리에 앉는 게 보였다. 뚱뚱하고 까만 곱슬머리가 덥수룩한 맥스는 아이제이어와 동급반이었다. 스쿨버스가 출발하려고 움직이기 시작했다. 맥스는 그제야 눈을 가늘게 뜨고 창밖으로 이마니를 바라보았다.

참 중학생다운 반응이라고, 이마니는 생각했다. 잔혹하기로는 똑같아도 만일 훨씬 능숙하게 처세술을 발휘해야 하는 고등학교에서 저런 짓을 한다면, 절대 무사하지 못할 것이다. 아무튼 맥스의 반응이야말로 케이디 이야기가 이미 서머턴 구석구석까지 퍼졌다는 사실을 말해 주는 명명백백한 증거였다. 서머턴 주민이라면 누구나 그 사건과 연결되어 있었다. 모든 주민은 감시 평가제로 엮여 있기 때문이었다. 아이제이어만 해도 겨우 두 다리만 거치면 케이디와 이어졌다. 자칫하면 불똥이 튀기 쉬웠다. 이마니와 남매라서, 자신보다 성적이 낮은 64점짜리 누나를 두었다는 이유로 피해를 입을 수도 있었다. 가족까지도 장애물이 될 수 있는 것이다.

이마니는 교내 식당의 전사들을 가득 싣고 코즈웨이 도로를 달려가는 스쿨버스를 물끄러미 바라보았다. 아이제이어를 지켜 주고 싶은 갈망이 엄습했다. 동생은 너무 어렸다. 주어진 선택권보다 야망이 훨씬 더 큰 학생이 겪게 될 공포의 실체를 오롯이 느끼기엔 아직 어렸다. 그러나 머지않아 그 엄청난 공포가 동생을 옥죄고 들 것이다. 꼭 그러란 법은 없지만, 85점은 사람을 감질나게 할 가능성이 큰 점수대였다. 그리고 동생은 현재 85점짜리였다.

정말이지, 열등생이 되는 게 동생에게 더 나을지도 모른다는 생각까지 들었다. 아니면 아예 감시 평가 비대상자가 되거나. 그러면 적어도 자신이 어떤 운명인지 알 테니까.

케이디와 파커는 그날 등교하지 않았다. 두 사람이 결석한 사이, 둘의 애정 행각을 소재로 삼은 교훈담이 그리스 비극 못지않은 작품으로 완성되었다.(케이디가 강제로 당했다는 둥, 돈 때문에 그랬다는 둥, 순전히 미쳤다는 둥 판본도 다양했다.) 끼리끼리 모여 쑥덕공론을 펼치며 설을 풀고 그럴싸한 해석도 내놓았다. 이따금씩 이마니를 핼끔거리기도 했다. 더러는 동정이 어린 눈이었고, 더러는 두려움이 서린 눈이었다. 아이볼에 감시당하는 데에는 이골이 난 이마니였지만, 매섭게 뜯어보는 동급생들의 눈빛은 거북했다.

그러나 코너 라일리는 달랐다. 이마니네 동급반 대표로서 그 상황을 승급할 기회로 이용하기로 마음먹었다. 마침내 그날 점심시간에 코너는 이마니에게 최후통첩을 했다.

"이해해 주었으면 해. 꼭 우리만 좋자고 이러는 게 아니니까. 너한테도 좋은 일이야. 우리는 알아야겠어. 네가 계속 교제할 작정인지 아닌지……."

이마니가 말허리를 자르고 나섰다.

"아니, 천만에. 케이디 파지오가 내 인생에서 빠져 줬거든."

이마니는 이마니대로 코너는 코너대로 아이볼의 위치를 염두에 두었다. 이마니 쪽에서 보면 코너의 오른쪽 위에서, 코너 쪽에서 보면 이마니의 왼쪽 위에서 아이볼이 대롱거리고 있었다. 이미 둘이 주고받은 수작이 아이볼에게 보이기 위한 연기라는 냄새가 풀풀 났다. 그런 와중에도 이마니는 아이볼을 역이용한다는 인상을 풍기지 않으려고 슬기롭게 대처했다. 하지만 코너는 자신과 나머지 60점대 동급생들이 지난번에 이마니가 저지른 부적절한 행동을 받아 주기로 각오한 것이 얼마나 '너그러운' 일이고, 심지어 얼마나 '도량'이 큰지 같은 말을 하고 또 했다. 어떻게든 점수를 조금이라도 받아 보려고 두서없이 '너그러운'이니 '도량'이니 하는 말을 기를 쓰고 내뱉었다. 그것은 오히려 벌점을 받을 일이라는 걸 이마니는 알았다.

코너가 말을 마치자 어색한 침묵이 흘렀다. 그때 디온이 샌드위치를 먹다가 고개도 들지 않고서 불쑥 읊조리듯 말했다.

"도량은 숭고하고 담대한 영혼의 특징. 고결하고 너그러운 마음씨를 베푸는 것."

식탁에 정적이 감돌았다. 잠시 후 제일라가 고개를 잘래잘래 저었다. 뒤이어 앰버는 어이없다는 듯이 눈을 되록되록 굴렸다. 나머지 아이들의 반응도 조금씩은 달랐지만 고개 젓기나 눈알 굴리기와 오십보백보였다. 보아하니 '소리 없는 격분'이 평소에 디온을 대하는 태도 같았다. 이마니가 받은 인상으로는 그랬다. 앰버라면 디온을 친화력이 심각하게 결핍된 남자애라고 소개했을 법하다. 60점대 동급생들은 이마니도 디온을 경멸하기를 바란다는 뜻을 분명하게 드러냈다. 그런데 정작 이마니는 디온의 행동을 보고 나서 마음이 정반대로 움직였다. 샌드위치를 조금씩 뜯어서 다람쥐처럼 한입 가득 물고 있는 디온이 가여워 보였다.

이마니는 개별 자습 시간에 잰걸음으로 도서실로 가서 태블릿 사용을 신청했다. 도서실에 비치된 태블릿은 도난을 방지하기 위해 창가에 놓인 기다란 나무 책상에 붙박아 두었다. 애초에 워낙 구식 제품을 구입한 탓에 미디어 파일은 거의 읽어 내지 못했다. 하지만 학교 안에서 바깥 세계와 통할 수 있는 유일한 통로였으므로, 수업 시작종이 울리기 전에 반드시 반납해야 했다.

태블릿은 숙제용으로만 쓰는 것이 규정이었다. 또 사용자는 반드시 서명을 해야 했기 때문에 스코어 코프에서 사용 내역을 추적할 수 있었다. 그리고 실제로 추적했다. 그런데도 열등생들은 해킹 실력을 발휘해 방화벽을 뚫고 금지된 음란물 사이트에 접속하기도 했다.

이마니도 언뜻번뜻 스치는 그런 영상을 곁눈으로 종종 보았다. 그러나 호기심에 지면 안 된다는 것쯤은 분별할 줄 알았다. 그래서 절대로 자기 태블릿 화면에서 눈을 돌리지 않았다. 그랬다가는 머리 위에서 대롱거리는 아이볼에 단박에 걸릴 게 뻔했다.

이마니도 숙제를 하는 것은 아니었다. 사실 자료를 검색하고 있었다. 스코어 코프는 감시 평가 알고리즘에 관한 어떤 정보도 공개하기를 거부했다. 다만 적응성을 평가하는 다섯 가지 항목은 과학자들이 역분석reverse engineering으로 도출한 것이며, '나날이 스마트해지고' 있다는 말만 강조했다. 특히 성적이 오른 학생과 떨어진 학생의 행동 양식을 연구하는 데 심혈을 기울였다고 했다. 감시 평가 대상자라면 누구나 그렇듯 이마니도 평가 요소를 달달 외웠다. 적응성 5대 평가 요소는 집단 일체성, 충동 억제력, 자기 일관성, 근면성, 친화력이었다.

자신의 약점은 집단 일체성이었다. 그런데 그것은 케이디만 버리면 해결될 일이었다. 문제는 그것만으로 장학금 기준선까지 성적을 만회할 수 있느냐 하는 것이었다. 손가락이 태블릿의 터치스크린 위를 날아다니며, 곳곳에 박힌 놀라운 이야기 세상을 구경시켜 주었다. 성적이 껑충 뛰어오른 놀라운 사례도 있었고 성적이 뚝 떨어진 비극적인 사례도 있었다. 이마니의 손가락이 어느 순간에 뚝 멈췄다. 이런 자료가 눈에 들어왔다.

성적이 급락하는 사례는 숱하다. 심지어 한 달 만에 60점이나 하락하는 경우도 있다. 그러나 성적이 급상승하는 사례는 극히 적다.

성적이 오르긴 어렵고 떨어지긴 쉽다는 이야기는 이마니도 익히 들었다. 그러나 진지하게 생각해 본 적은 없었다. 몇 년간 92점에서 97점 사이를 오르락내리락했을 뿐 큰 변화는 없었다. 하지만 지금은 사정이 달랐다. 한 달 만에 26점을 올려야 했다. 케이디를 버리는 것만으로 가능할지 궁금했다. 조금 더 낙관적인 답변을 찾으려고 이 사이트 저 사이트를 뒤져 보다가, 이마니의 눈길이 도서실 사서 책상으로 쏠렸다. 휠러 교장이 선 채로 주임 사서와 나직나직 뭔가를 상의하고 있었다.

젊은 여교장 휠러는 차갑고 거리감이 느껴지는 사람이었다. 검은 머리는 짧게 자르고 뽀얀 얼굴에 두꺼운 은테 안경을 쓰고 있었다. 테가 조금 낡고 더 둥글지만, 스코어 코프에서 90점대 우등생에게 주는 안경과 비슷했다. 휠러 교장은 조회나 방송에서 '열린 교장실 정책'을 자주 소개했다. 그러나 이마니로서는 학생이 자발적으로 교장실을 찾아간다는 것을 상상하기 힘들었다. 이마니도 찾아간 적이 없었다. 휠러 교장은 왠지 사람을 주눅 들게 했다. 입으로는 '부담 없이 찾아오라'고 하면서, 행동으로는 정반대로 말하는 사람 같았다. 물끄러미 바라보고 있는 이마니를 발견했는지, 주임 사서와 얘기를 끝낸 교장이 쌀쌀맞은 표정으로 고개를 까딱해 보이고는 도서실을 떠났다.

이마니는 '열린 교장실 정책'을 시험해 보기로 마음먹었다. 용기를 냈다기보다 지푸라기라도 잡아 보려는 심정에서였다.

이마니가 대기실에 도착했을 때는 이미 휠러 교장이 교장실 안으로 사라지고 없었다.

"휠러 교장 선생님 뵈러 왔는데요?"

브론슨 부인은 이마니를 난데없는 침입자처럼 대했다.

"교장 선생님께서 부르셨니?"

이마니는 고개만 저었다. 일찍이 자신이 '열린 교장실 정책'에 관해 품었던 생각이 옳았던 게 아닐까 하는 의문이 들었다. 아닌 게 아니라 교장실 문은 굳게 닫혀 있었다.

브론슨 부인이 교장실 안으로 고개를 쑥 디밀고 뭐라 뭐라 했다. 휠러 교장이 브론슨 부인의 비대한 몸집을 피해 비스듬히 고개를 빼고 안경 낀 눈으로 이마니를 보면서 잠깐 생각하는 듯하더니 들어오라고 손짓했다.

브론슨 부인이 주의를 주었다.

"빨리 끝내. 교장 선생님은 아주 바쁜 분이야."

이마니가 교장실 안으로 들어서자 휠러 교장이 문을 닫으라고 했다.

"이마니 맞지? 이마니 르몽드."

휠러 교장은 확인 삼아 묻고 나서 책상에 탭 패드를 펼치고 자판을 두드리기 시작했다. 눈이 시린지 가늘게 뜨고서 안경 화면에 깜박거리며 뜨는 자료를 읽었다. 손톱에는 피콕블루 매니큐어를 칠했다. 어른치고는 특이한 취향이라는 생각이 들었다. 그런데 막상 가까이에서 보니 짐작보다 훨씬 젊어 보이는 게, 이십 대 후반 정도밖에 되지 않은 것 같았다. 빛이 번쩍거려서 휠러 교장의 게슴츠레한 눈빛을 읽기는 어려웠다. 그러나 짐작건대 학생부 파일을 불러오고 있을 터였다. 이번 달 성적부터 지난 성적들, 평균 성적, 징계 기록까지.

"아하, 엄청난 직격탄을 맞았구나. 성적 면에서."

휠러 교장은 시려서 반쯤 감긴 눈으로 이마니를 바라보았다. 안경으로 자료를 훑어보려면 그럴 수밖에 없었다. 이마니는 몇 주 만에 그 기술을 익혔다. 겨우 숙달하자마자 작동이 중단되고 말았지만.

"파지오라는 학생과 친구로 지냈구나, 맞지? 동급반이 아니었는데도?"

휠러 교장의 말투는 모호했다. 신기해하는 듯도 하고 나무라는 듯도 했다.

"좀 앉아라."

이마니는 휠러 교장 책상 맞은편에 놓인 크림색 의자에 앉았다. 교장실은 조촐했다. 책장 하나에 책 몇 권이 있고 책상 한 귀퉁이에는 가지런히 정리된 서류 더미가 쌓여 있었다. 작은 유리창 창문턱에 놓인 아담한 꽃병에는 하얀 카네이션 한 송이가 꽂혀 있었다. 왼쪽 벽에는 금박 입힌 액자가 걸려 있었다. 휠러 교장의 최종 성적표를 끼워 둔 액자였다.

휠러, 패트리나: 98.

"98점이라니. 우아. 그럼 그게……."

이마니가 휠러 교장의 안경을 가리키며 말했다.

"스코어 코프에서 받은 상품이냐고? 맞아. 물론 안경알은 갈아 끼웠지만, 안경테는 그대로지."

"멋져요."

휠러 교장의 입꼬리가 살짝 올라갔다. 손가락은 계속 자판을 두드렸고 자료를 훑는 눈은 게슴츠레했다. 이윽고 타이핑을 끝낸 교장이 눈을 몇 번 깜작이더니 화면에서 이마니에게로 눈을 돌렸다. 그러고는 눈부시도록 활짝 웃으며 말했다.

"이것이 내게 세상의 문을 열어 주었지. 내 고향도 시범 지역이었거든."

"정말요?"

휠러 교장은 크림색 가죽 의자에 등을 기대면서 대답했다.

"플로리다 주 와카치인데, 거기서 살던 사람 눈에는 서머턴이 베벌리힐스 같지."

이마니는 여고생 휠러를 상상해 보았다. 꽤 세련된 소녀였을 것이다. 상상한 김에 아주 살까지 붙여 보았다. 야자수에서 대롱거리는 아이볼, 교내 주차장에 세워 둔 자동차 보닛 위에 앉아 있는 여고생 휠러, 저 멀리 햇볕에 달구어진 아스팔트에서 뜨거운 열기가 신기루처럼 아롱아롱 피어오르는 광경까지 그려 보았다. 여고생 휠러는 플로리다 주 와카치의 키아라 히슬롭이었으리라.

"그래, 날 찾아온 용건이 뭐지, 이마니?"

"저기, 그게요. 지난주 아침 방송 때 교장 선생님께서 하신 말씀이 떠올라서요. 우리가 왜 교장 선생님을 같은 편으로 여겨야 하는지에 관해 말씀하셨거든요. 또 선생님이 계신 까닭은 저희를 돕기 위해서라고. 공부뿐만 아니라······."

"성적 관련 문제도 도울 수 있다고 했지. 그래, 기억나. 그 이후로 찾아온 학생은 아무도 없었다. 네가 처음이야."

이야기를 주고받는 와중에도 플로리다 주 와카치 생각이 이마니의 머릿속에서 떠나지 않았다. 파탄 난 플로리다의 늪지대 마을에서 기껏 파탄 난 매사추세츠 주 갯마을로 오다니. 뭔가 영 이상했다. 맹그로브 숲이 지천이고 모기떼가 극성을 부리는 와카치에 살던 사람이 왜 하필 갈대밭이 지천이고 모기떼가 극성을 부리는 서머턴으로 온 거지? 최종 성적이 98점이면 얼마든지 원하는 곳으로 가고도 남았을 텐데.

"이마니, 사적인 질문 하나 해도 되겠니?"

그제야 이마니는 알아챘다. 휠러 교장의 말씨에는 남부 사투리가 배어 있었다. 조금 전까지만 해도 깨닫지 못한 사실이었다.

"네, 그럼요."

"그냥 궁금해서 말인데, 너랑 케이디가 죽 함께한 것은 무엇 때문이지?"

휠러 교장의 손가락은 탭 패드 위를 날아다녔고 안경에는 이마니가 읽을 수 없는 자료들이 뜨면서 번쩍거렸다.

"지금 보니 케이디 성적이 한동안 계속 떨어졌던데. 넌 신경 쓰이지 않았니?"

"쓰이긴 했을 거예요. 그런데 그게, 우리는……."

이마니는 입을 다물어 버렸다. 그 이유가, 옛날에는 철석같이 믿었던 그 이유라는 게, 이제 보니 어설픈 것 같았다. 유치 찬란하다는 생각마저 들었다.

휠러 교장이 재우쳐 물었다.

"우리는?"

이마니가 맥이 빠진 목소리로 대답했다.

"맹세를 했어요."

휠러 교장이 어리둥절해서 고개를 갸웃하더니 물었다.

"맹세? 그게 무슨 말이지?"

"친구로 지내자고요, 무슨 일이 닥쳐도."

휠러 교장의 눈이 휘둥그레졌다.

"성적 문제라도 말이니?"

이마니가 고개를 주억거렸다. 비로소 확실히 깨달은 기분이었다. 자신이 케이디와 맺은 우정이 얼마나 위험한 본성인지 휠러 교장은 이해했다. 그런데 그것은 자기 엄마 아빠는 죽었다 깨어나도 이해하지 못할 사고방식이었다. 성적 집단에 따라 교우 관계가 달라지는 세상에서 두 소녀가 굳게 신의를 지켜 나가는 모습을 '기특하고 훈훈하게' 여기는 부모니까. 지금 생각하니 엄마 아빠가 너무나도 고지식한 것 같았다.

휠러 교장은 한숨을 푹 내쉬고는 두툼하고 푹신한 크림색 의자 등받이에 다시 등을 기댔다.

"신의라. 재미있구나. 너도 알겠지만 사람들이 한때는 그런 특성을 소중하게 여겼지."

우리 부모님 같은 사람들이겠죠, 이마니는 생각했다.

"물론 요즘 사람들은 정신을 차렸지. 신의는 덫이야, 이마니. 무력하게 만드는 유대감일 뿐이지. 사람은 누구나 자신이 존중받아야 한다고 생각해. 매일같이."

"케이디랑은 완전히 끝냈어요."

그럴 마음은 없었는데도 이마니 말은 변명처럼 들렸다.

"잘했다, 아주 잘했어."

휠러 교장이 흐뭇한 미소를 띤 채 다시 물었다.

"그래, 새로운 동급생들과는 잘 지내니?"

그제야 이마니는 알아챘다. 교장실에는 아이볼이 없었다. 여기에서는 무엇이든 말해도 될 것 같았다. 새로운 동급생들이 끔찍이 싫다거나, 앰버 프램튼이 못마땅해서 온갖 쩨쩨하고 부적절한 생각을 품었다는 얘기까지 스스럼없이 털어놓아도 괜찮을 것 같았다. 그러나 이마니는 처세술을 발휘하기로 마음먹었다. 휠러 교장에게 잘 보이고 싶었기 때문이다.

"아직은 알아 가는 중이에요."

"아무렴. 당연히 시간이 걸리겠지, 그렇지? 어디 보자……."

휠러 교장이 다시 자판을 두드리면서 말했다.

"이제 보니 매사추세츠 주립 대학교에서 입학을 수락한 상태구나. 물론 최종 결과는 집안 경제력과 성적 관리에 따라 달라지겠고. 희망 전공은…… 해양생물학?"

휠러 교장은 자판을 두드리다 말고 번쩍거리는 안경 너머로 이마니를 응시했다.

"맞니? 해양, 생물학?"

이마니가 고개를 끄덕였다.

"그냥 생물학 아니고?"

"전 바다와 관련된 공부를 하고 싶어요. 어장과 조개 양식장 복원을 돕고 싶어서요."

"아, 그렇구나. 그럼 서머턴에 남고 싶겠구나."

"네, 꼭."

"여기 남아서 바꿔 보겠다는 말이지? 장하구나. 솔직히 나는 와카치를 벗어날 날만 손꼽아 기다렸거든. 눈도 보고 싶었고."

"재미있네요. 여기 사람들은 눈이라면 진저리를 치는데."

휠러 교장이 웃음을 터뜨리며 말했다.

"그러게 말이다! 흠, 그런 사람들은 8월에 와카치를 다녀와야 해. 그럼 그 병은 씻은 듯이 나을 거야."

휠러 교장이 반짝, 지어 보인 웃음은 눈부시도록 아름다웠다. 그 웃음은 전염성이 강했다. 이마니는 교장에게 호감을 느꼈고 열린 교장실 정책을 더 일찍 활용하지 못한 것이 아쉬웠다. 90점대 우등생 출신과 인맥을 쌓을 수 있으니 얼마나 좋은 기회인가! 게다가 휠러 교장은 아주 다정하기까지 했다.

"가만 있자, 그러니까 날 찾아온 이유가 이거니? 성적을 만회해야 하는데, 케이디 파지오만 치워 버리면 장학금 기준선 위로 성적을 끌어올릴 수 있는지 궁금해서?"

휠러 교장과 함께 있는 동안 내내 미소를 짓고 있던 이마니 얼굴에서 웃음기가 싹 가셨다. '치워 버리면'이라는 한마디가 마음에 걸렸다. 케이디가 무슨 껌 종이나 사과 꽁다리라도 된단 말인가.

"아까 도서실에서 검색해 봤는데요. 점수가 뚝 떨어지긴 쉬워도 쑥 오르긴 무척 어려운 것 같아서요."

"맞아, 무척 어려운 정도가 아니라 거의 불가능해."

이마니는 목이 꽉 메는 것 같았다. 다시 말문을 열었을 때, 목소리가 가성처럼 가늘게 떨려 나왔다.

"왜요?"

휠러 교장은 안쓰러운 듯이 미소를 지었다.

"너도 알 테지만, 아이볼 프로그램은 인간 본성을 우리보다 훨씬 잘 알아. 우리 스스로 자신을 얼마나 빨리 파괴할 수 있는지, 자기 계발에 걸리는 시간이 얼마나 긴지 훤히 알거든."

"하지만 전 진짜 아무것도 안 했어요. 순전히 케이디가 한 일이고, 저는 그런 사실조차 까맣게 몰랐는걸요."

휠러 교장은 이를 지그시 물고 잇새로 숨을 들이쉬었다.

"이제야 좀 이해하겠니? 신의라는 게 사람을 얼마나 무력하게 만들 수 있는지?"

이마니는 의자에 몸을 푹 파묻었다. 집단 일체성이 가장 중요한 평가 요소라는 건 이마니도 잘 알았다. 그런데도 지금껏 버젓이 어겨 왔다. 위험성을 몰라서가 아니었다. 다만 케이디가 감시 평가 비대상자와 데이트를 즐길 만큼 바닥으로 떨어질 줄은 꿈에도 몰랐을 뿐이다.

"그럼 전 이제 어떻게 해야 하는데요? 장학금을 못 받으면……."

이마니는 말도 다 끝맺지 못하고 얼굴을 두 손에 묻었다.

책상 양쪽 모서리를 짚고 있던 휠러 교장이 일어섰다.

"알겠다. 물론 대학교 진학을 목표로 하지 않는 학생에게도 기회는 많아, 이마니."

대학교 진학을 목표로 하지 않는 학생? 그 말이 이마니의 심장에 비수처럼 꽂혔다. 이마니가 기억하는 한, 대학교 진학은 자기 삶의 목표였다. 그것 말고는 생각조차 해 본 적이 없었다. 휠러 교장은 안타까운 눈으로 이마니를 바라보았고, 이마니는 허리를 꼿꼿이 펴고 앉아 애써 감정을 추슬렀다.

"죄송합니다."

"아니다, 이마니. 네가 이렇게까지 당황할 줄은 몰랐구나. 난 그저 입에 발린 소리를 늘어놓기는 싫었다. 네 총명함이 아까워서."

이마니는 스스로도 느낄 만큼 숨이 거칠었다.

"괜찮니, 이마니?"

"네."

"요는, 장학금 기준선을 깨끗이 잊어버려야 하는데. 어디 보자……."

휠러 교장은 다시 의자에 앉아 타이핑을 하더니 물었다.

"군대에 지원할 생각은 해 본 적 있니?"

이마니는 비위가 뒤틀렸다. 군대야말로, 누구든 환영하는 열린 정책의 대명사 같은 곳이었다.

"너는 현재 64점이니까, 1점만 올리면 장교 훈련을 받을 자격이 돼."

"저는 전쟁터에 나가고 싶지 않아요."

"전쟁을 하는 게 아니야, 이마니. 평화 유지 활동이지."

휠러 교장은 빵 만들어 파는 자선 모금 활동이라도 설명하듯 가볍게 말했다.

"전 서머턴을 떠나고 싶지 않아요."

"좋아, 그럼 70점을 기준으로 이야기해 보자. 6점을 올리기도 여간 어려운 게 아니지만, 그렇다고 아주 불가능한 건 아니야. 70점만 돼도 선택권이 넓어지지. 보육, 공공 의료 분야, 소매 업종 관리직 자리 정도는 얻을 수 있어. 물론 서머턴에서는 안 돼. 여긴 일자리가 아예 없으니까."

"전 정말로 서머턴을 떠나고 싶지 않아요."

"이마니, 내 말은 네 선택권을 재검토할 수밖에 없다는 뜻이야. 이제 넌 90점대 우등생이 아니야. 선뜻 받아들이기 어렵다는 건 이해한다만, 현실을 직시해야지."

이마니는 엉켜 버린 인생의 실타래를 푸느라 머릿속이 어지러웠다. 확실히 떠오르는 대안이 하나 있기는 했다. 부모님이 하는 낚시 가게였다. 그것은 생각만 해도 엄청난 충격이었다. 오두막이 회오리바람에 휩쓸려 오즈 나라에 쿵 떨어졌을 때 도로시가 느꼈을 법한 충격이랄까. 해마다 여름이 되면 이마니는 그 낚시 가게에서 엄마랑 교대로 일했다. 1년에 두어 달쯤 하루에 몇 시간씩 일하는 것은 견딜 만했다. 단골손님 이름도 다 외웠고, 낚시 어종에 따라 어떤 미끼를 팔아야 하는지도 정확히 알았다. 그런데도 교대 시간이 가까워지면 어서 벗어나고 싶어 몸이 달았다. 비좁은 가게에 앉아 있다 보면 나무 곰팡내 때문에 답답하고 등에가 꼬여 죽을 맛이었다. 가게를 벗어나고도 한 5분간은 강바람을 쐬어야 코끝에서 살충제며 낚싯밥 벌레 냄새가 겨우 가셨다. 죽어도 평생을 그런 데서 썩기는 싫었다. 또 그 길밖에 없다는 생각은 단연코 해 본 적이 없었다.

"온 힘을 다 쏟으면 성적을 얼마큼은 올릴 수 있을 거야. 어디서든 웬만한 일자리는 구할 수 있을 테고, 그러다 보면 돈도 모을 수 있겠지. 또 누가 아니? 몇 년 만 지나면 앞길이 탄탄대로……."

환상 같은 이야기를 늘어놓던 휠러 교장이 말끝을 흐렸다. 그런 낙관이, 이마니네 가정 형편에서는 어림없다는 것을 모를 리 없을 테니까. 대학 진학은 부유층 자식과 90점대 우등생들의 운명이었다. 이마니는 따라지 운명이었다.

"어디에서든 기회를 잘 잡으면 자기 계발을 꾀할 수 있어. 다만 두 눈 부릅뜨고 지켜봐야 할 거야. 그런 기회가 극히 적은 건 어디나 마찬가지니까. 너도 알겠지만."

이마니는 휠러 교장이 하는 말을 도무지 이해할 수 없었지만 솔직하게 말하기가 겁났다. 입을 열었다간 또다시 걷잡을 수 없이 감정을 쏟아 낼 것만 같았다.

그때 문을 똑똑 두드리는 소리가 나더니 브론슨 부인이 고개를 들이밀고 말했다.

"그분이에요."

휠러 교장은 알았다며 브론슨 부인에게 문을 닫고 기다리라고 지시한 뒤 이마니에게 말했다.

"나 전화 받아야 하는데. 괜찮겠지, 이마니?"

이마니는 중압감에 눌려 사실대로 대답하지 못하고 어정쩡하게 고개만 끄덕였다.

휠러 교장은 책상 위로 몸을 수그리고 공모라도 하듯 소곤거렸다.

"다음 달이 중요한 고비야, 이마니. 자포자기하지 마라. 다섯 가지 평가 요소를 성실하게 잘 지키고."

휠러 교장의 얼굴에 어른거리는 낙관, 그 희미한 낙관에 이마니는 매달리고 싶었다. 물에 빠진 사람이 지푸라기라도 붙잡는 심정으로.

"기회는 극히 적어. 두 눈 크게 뜨고 잘 지켜봐."

휠러 교장은 또다시 안경 속으로 사라졌다. 안경 화면은 번쩍거리고, 피콕블루 매니큐어를 바른 손가락은 날아다녔다.

"아, 참, 언제든 찾아오렴. 내 방문은 항상 열려 있으니까."

수업이 끝난 오후에는 햇볕이 쨍쨍했다. 이마니는 아이볼들이 대롱거리는 코즈웨이 도로를 따라 집으로 걸어갔다. 정박장 길로 들어서니 조용히 사각거리는 갈대 소리가 났다. 이마니는 숨을 훅 들이마셨다. 멀리서 끼룩거리는 갈매기 소리에 가만히 귀를 기울이며, 여기는 내 안식처이자 피난처라고 자신에게 일깨웠다. 그러나 이제는 이곳마저 달라진 느낌이었다.

갈대밭 너머에서는 낚시 가게가 때를 기다리고 있었다. 비수기라 닫아 둔 그 문은, 머지않아 열릴 것이다. 그러고 나면 이마니를 통째로 집어삼킬 것이다.

그리고 그것이 이마니가 선택할 수 있는 최선이었다.

5
뜻밖의 제안

그다음 날 아침에도 아이제이어는 정박장 길 어귀에서 누나를 따돌렸다. 스쿨버스가 출발할 때쯤에는 맥스까지 이마니를 따갑게 쏘아보았다. 그러나 이마니는 그런 모욕쯤 별로 개의치 않았다. 휠러 교장이 신신당부했건만, 이미 자포자기한 상태였다. 마침내 날씨가 포근해졌지만, 밤새 비가 내려 웅덩이마다 빗물이 고였다. 학교까지 가는 동안 물웅덩이를 요리조리 피해 걸어야했다. 건성으로 피했던지 교문에 다다라서 보니 신발도 바짓단도 진흙투성이인 것이, 이마니의 마음속을 완벽하게 재현해 놓은 듯했다.

이마니가 사물함에서 교과서를 꺼내 챙기고 있는데, 떼를 지어 나타난 감시 평가 비대상자들이 왁자하게 웃음을 터뜨리면서 감시 평가 대상자들을 양쪽으로 쫙 갈라놓고는 복도를 어슬렁어슬렁 지나갔다. 그런데 무리에 끼어 있던 디에고가 느닷없이 뒷걸음질을 쳤다. 레이철에게 귓속말이라도 하려는 모양이었다. 행여나 옷깃이라도 스칠세라, 이마니는 문을 열어 놓은 사물함에 바짝 기대섰다. 그런데도 디에고가 이마니랑 세게 부딪치고 말았다. 몹시 당황한 이마니 입에서 악 소리가 터져 나왔다.

디에고가 속삭였다.

"미안."

디에고는 넘어질 뻔한 이마니의 손을 붙잡아 주고는 잰걸음으로 일행을 따라잡았다. 이마니는 자기 손에 쥐어진 작은 종잇조각을 느낀 순간 소름이 쫙 끼쳤다. 디에고가 쪽지를 건넨 거였다. 이럴 수가, 내 몸을 만지다니! 남자애가 이마니 몸에 손을 댄 것은 2학년 때 이후로 처음이었다. 수치스러운 나머지 얼굴이 새빨갛게 달아올랐다. 맬러카이 빈이 이마니의 셔츠를 억지로 끌어 올리려고 했던 그때처럼. 이마니가 잘못한 건 아무것도 없으니 자기 탓이 아니었다. 그걸 알면서도 이마니는 잽싸게 가장 가까운 아이볼 위치부터 살폈다. 벌점은 받지 않겠다는 사실을 확인하고 나서야 안도의 한숨을 내쉬었다.

이마니는 사물함 문을 닫고서 쪽지를 펼쳐 보았다. 난생처음 보는 깨알 같은 글씨로 이렇게 쓰여 있었다.

꼼수 써서 미안. 제안할 게 있는데 아무리 궁리해 봐도 네 성적에 지장을 주지 않을 방법은 이 길밖에 없더라. 난 그 장학생 되고 싶어. 생각해 보니 너도 그럴 것 같고. 그럼 우리가 경쟁자가 될 테지만, 서로 도우면 안 된다는 법은 없지. 내 제안은 분별력 있는 공동 작업을 하자는 거야. 관심 없으면 아무 말 어떤 행동도 할 필요 없어. 만일 관심이 있다면 오늘밤 7시에

도서관에서 만나자.

D.L.

쪽지를 읽고 나서 이마니가 고개를 들어 보니, 디에고는 무리와 함께 복도 모퉁이를 돌아가고 있었다. 학생들이 속속 교실로 들어가면서 복도는 점점 비어 갔다. 이마니는 쪽지를 손에 꼭 쥔 채 눈알만 굴려 머리 위와 오른쪽에 있는 아이볼을 얼른 살폈다. 쪽지에 쓰인 글자는 보이지 않을 것 같았다. 설령 보인다고 해도 워낙 작아서 읽지는 못할 터였다. 그런데도 쪽지 사건에 말려들 것만 같았다. 수업 시작종이 울렸다. 이마니는 쪽지를 주머니에 욱여넣고 서둘러 교실로 향했다.

생각해 보니 너도 그럴 것 같고, 라니.

담임인 러스킨 선생이 출석을 점검하는 동안 이마니는 골똘히 생각에 빠졌다. 도대체 무슨 뜻으로 이 말을 한 거지? 나에 관해서 뭘 안다고? 언제부터 나에 관해 '생각'이란 걸 한 거지? 로건이나 클러리사도 있는데 왜 하필 나를 선택했을까?

혹시 미국사 수업을 듣는 학생들 중에 내가 가장 똑똑하다고 생각한 걸까?

아니면 내가 탈선할 가능성이 제일 커 보였나?

디에고는 미국사 수업 시간에 이마니와 눈 마주치는 것을 피했다. 그러나 이마니는 디에고가 자신을 의식하고 있다는 것을 알았다. 파란 눈이 이마니의 무릎과 신발을 훑고 있었던 것이다. 그날따라 이마니는 국기 위에 매달린 아이볼이 유난히 크게 느껴졌다. 자신이 초조해하고 있다는 사실을 아이볼이 탐지할 것만 같았다.

이 초조함이 디에고와 관련이 있다고 보려나?

혹시 두 번 접어서 바지 주머니 속에 욱여넣은 쪽지가 표를 낼까?

혹시 내가 피해망상에 사로잡혀 있나?

피해망상은 성적에 불리할까?

불리하다면 적응성 5대 평가 요소 중에서 어떤 항목을 위반하는 거지?

행여나 캐럴 선생이 자기한테 질문을 하면 어쩌나 그것마저도 겁이 났다. 얼굴이 새빨갛게 달아올라 스스로 실토하는 꼴이 될지도 몰랐다. 다행히도 캐럴 선생은 시민권에 관해 혼자서 열변을 토하느라 질문할 겨를도 없었다. 수업이 끝났다. 그제야 캐럴 선생은 시험 치를 교재를 다루었어야 한다는 사실을 떠올렸다. 또다시 '교육 나치주의자'를 들먹거리면서 다음 주에는 '정말이지 좀 애를 써야' 한다고 학생들에게 일렀다.

이마니는 서둘러 교실을 빠져나왔다.

디에고가 건네준 쪽지 때문에 죄책감에 시달릴 이유가 없다고, 이마니는 자신을 다독였다. 부적절한 일을 제안한 건 디에고이지 내가 아니라고. 그러나 쪽지를 주머니에 넣고 다니면 다닐수록 죄책감은 커질 수밖에 없었다. 할 수만 있다면 쪽지를 버리고 싶었다. 쓰레기통을 지나칠 때마다 이번엔 꼭 버리겠다고 별렀다. 그런데 무엇인가가 마음에 걸렸다.

3교시 영어 시간이었다. 이마니는 어느 결에 자문하고 있었

다. '휠러 교장이라면 어떻게 했을까?'

이마니는 또다시 여고생 휠러를 상상해 보았다. 디에고에게 쪽지를 받았다면 어떻게 했을까. 쪽지를 펼쳐서 읽고 아마도 잠깐 생각에 잠겼을 것이다. 그다음에는? 다들 서둘러 교실로 몰려가는데 여고생 휠러가 혼자 복도에 서 있다. 아이볼은 머리 위에 있고 디에고는 모퉁이를 돌아 사라진다. 내친김에 여고생 휠러가 자진해서 아이볼로 걸어가 조용히 이야기하는 모습까지 떠올려 보았다. 실제로 90점대 우등생들은 아이볼에 대고 자주 말했다. 키아라 히슬롭과 알레한드로 비달이 그러는 것을 숱하게 목격했다. 대다수가 두려운 감시자로 여기는 아이볼을, 90점대 우등생들은 듬직한 친구처럼 대한다는 소문도 익히 들었다. 여고생 휠러라면 아이볼에 대고 정확히 무슨 말을 했을까. 아무리 생각해 보아도 감이 잡히지 않았다. 그러나 그다음 행동만은 분명하게 알 것 같았다. 쪽지를 펼쳐 아이볼에게 읽어 준 다음 쫙쫙 찢어서 가장 가까운 쓰레기통에 던져 버렸을 것이다. 여고생 휠러라면 쪽지를 받았다고 해서 죄책감을 느끼지도 않았을 것이다. 90점대 우등생으로서 자기 일관성이 투철해서, 언제 누가 보더라도 자신이 옳다고 여기는 모든 생각과 행동이 딱 맞아떨어졌을 것이다. 그랬기 때문에 최종 성적이 98점이었을 것이다.

비로소 이마니는 곧바로 그렇게 행동에 옮기지 않은 것을 후회했다. 쪽지를 계속 지니고 있으면, 디에고의 잘못까지 자기가 덮어쓸 터였다. 이제라도 고백해야 한다고 생각했다. 그렇게 하는 것만이 궁지에서 벗어날 수 있는 유일한 길이라고.

이마니는 개별 자습 시간까지 기다리기로 했다. 복도가 텅 빈 다음에 가장 가까운 아이볼로 당당하게 걸어가서 털어놓자고 작정했다. 자기 일관성 항목을 어긴 사실을 실토하고, 디에고 랜디스가 부적절한 제안을 한 것은 자기로서는 불가항력이었다고 밝힐 셈이었다.

"오늘 밤 댄스파티에 갈지 안 갈지 적어도 토론은 해 봐야 하는 거 아냐?"

앰버가 속사포처럼 불만을 쏟아 냈다.

60점대 다른 아이들은 비교적 조용히 점심을 먹고 있는데, 앰버와 코너는 댄스파티의 적합성을 두고 옥신각신했다. 코너는 댄스파티도 데이트처럼 성적을 위태롭게 하는 지뢰밭이므로 한사코 피해야 한다고 주장했다. 그러나 앰버는 사회적 상호작용을 기피하는 것이야말로 부적응 행동이라고 맞섰다. 앰버는 참고하라는 듯이, 대놓고 디온을 곁눈질했다. 사회적 고립의 수호성인이 저기 있지 않느냐는 뜻이었다. 디온은 알아채지 못했는지 시치미를 떼는 것인지 아리송했다. 결국 너도나도 한마디씩 거들었다. 끼어들지 않은 건 이마니뿐이었다.

디에고는 식당 맨 끝 한구석, 교사 휴게실 옆에 마련된 감시평가 비대상자 식탁에 앉아 있었다. 두 사람 사이는 시야를 가리는 것 없이 환히 트여 있었다. 이마니는 몇 번이나 디에고를 힐끔힐끔 훔쳐보았지만 디에고는 단 한 번도 이마니를 건너다보지 않았다.

앰버와 코너는 데이트의 위험성에 관한 일반론을 두고 옥신각신하다 격렬한 난타전으로 치달았다. 이 주제를 다룬 글은 숱하게 많았고 이마니는 이미 결단을 내린 문제였다.

성적 집단 동급생끼리 데이트를 해도 적응성 기준을 잘 지킬 수는 있다. 그러나 이론적으로만 가능할 뿐 실제로 성공한 사례는 드물었다. 데이트 자체에 5대 평가 요소를 모두 어길 위험이 내재되어 있는 탓이었다. 집단 일체성의 경우, 누구든 둘 중 하나는 언제 성적이 오르거나 떨어질지 모르기 때문이다. 자기 일관성은, 육체적 욕망과 도덕성이 자주 충돌하기 때문이다. 근면성은, 숙제처럼 먼저 해야 할 일들을 뒷전으로 미루고 사귀는 사람에게 정신이 팔리기 쉽기 때문이다. 친화력은, 한창 사랑이 무르익어 갈 때면 대개 다른 구성원들한테 소홀해지기 때문이다.

그 모든 위험을 무릅쓰고, 이마니는 딱 한 번 데이트를 한 적이 있다. 고등학교 2학년 때 여섯 달 내리 90점대 동급생이던 맬러카이 빈이랑 사귀었다. 맬러카이가 점심시간에 치근댄 것을 계기로, 둘은 익히 알려진 모든 위험성을 미리미리 조심하면서 성적에 유리한 관계가 되기로 약속했다.

그러던 어느 금요일 밤 댄스파티에 갔다가 결국 사달이 났다. 둘은 몇몇이 일어서 있는 계단식 관람석 뒤쪽으로 들어갔다. 이른바 체육관 사각지대였다. 이미 진하게 애무하는 열등생들로 빈틈이 없었다. 이마니는 일찌감치 거부할 작정을 하고 있었다. 하지만 맬러카이는 이마니의 침묵을 묵인으로 받아들였는지, 입술을 포갠 채 한 손으로는 바지 위로 엉덩이를 더듬거리고 다른 손으로는 이마니의 셔츠를 들어 올렸다. 이마니가 밀어내자 맬러카이는 육체적 욕구의 선언서는 아주 솔직하다고 속삭였지만, 이마니가 보기에는 거의 치료를 받아야 할 문제 같았다. 아무튼 이마니가 거세게 저항할 뿐만 아니라 설득해도 통하지 않으리라는 것을 깨닫고 나서, 맬러카이는 진심으로 사과했다. 대단히 부적절한 자신의 성향을 중화해 주어서 고맙다고까지 했다. 그래서 이마니는 그 자리에서 맬러카이를 용서했다.

나흘 뒤 성적이 새로 발표되었다.

르몽드, 이마니: 93

빈, 맬러카이: 71

아니나 다를까, 옥외 관람석 뒤쪽 공간은 사각지대가 아니었다. 학교 측에서 댄스파티가 있기 얼마 전 아이볼을 추가로 설치해 달라고 요청했고, 그에 따라 스코어 코프에서 배구 선수권 대회 깃발 두 개 사이에 아이볼을 설치했던 것이다.

새로 성적이 발표된 그날 이마니는 세 가지 결심을 했다. (1) 맬러카이와 관계를 끝내겠다. (2) 앞으로는 댄스파티에 가지 않겠다. (3) 두 번 다시 데이트를 하지 않겠다.

논쟁이 흐지부지되는가 싶더니 조금 뒤 앰버와 코너는 또다시 같은 이야기를 되풀이했다. 둘 다 지쳐서 한숨 돌리는 사이에, 디온이 불쑥 밑도 끝도 없는 말을 읊조렸다. 결론을 내리지 못하는 '오늘의 얼치기 논쟁'에서 자기 몫을 완수하기라도 하려는 듯이.

"시험받지 않은 믿음과 사랑과 순결이 무슨 소용이에요?"(존 밀턴의 장편 서사시 『실낙원』에서, 유혹에 빠질 것을 걱정하는 아담에게 홀로 숲 모두 어안이 벙벙해져 아무 말도 못 했다. 조금 뒤 앰버가 콧등에 텐트를 치듯 두 손으로 입을 가리고 말했다.

"못 살아, 너 완전히 또라이구나."

설령 아이볼이 탐지하지 못했다고 해도, 저런 말을 하고도 앰버가 끝까지 무사하리라는 보장은 없었다.

"디온, 그거 인용한 말이야? 책 같은 데서?"

이마니가 묻자 디온이 대답했다.

"엉."

앰버와 코너는 다시 옥신각신 입씨름을 벌였고, 디온은 먹다 만 샌드위치를 다시 먹기 시작했다. 어느 책에서 인용했는지는 알려 줄 필요성을 조금도 느끼지 못하는 눈치였다.

드디어 개별 자습 시간이 왔다. 이마니는 사물함 앞에서 서성였다. 수업 예비 종이 복도에서 학생들을 대부분 몰아내 주었다. 쪽지를 손에 쥔 채 가장 가까운 아이볼을 슬쩍 올려다보는데 조바심이 일기 시작했다. 마침내 수업 시작종이 울렸고 복도에는 이마니만 홀로 남았다. 이마니는 심호흡을 하면서 고백할 준비를 했다. 그때 곁눈으로 캐럴 선생 모습이 들어왔다. 교실 문을 열어 놓고 책상 앞에 앉아 있었다. 수업이 없는지 두 다리를 뻗어 책상에 올려놓은 채로 포테이토칩을 먹으며 고물 태블릿을 들여다보는 중이었다. 이마니는 쪽지를 도로 주머니에 찔러 넣고 그 교실 쪽으로 걸어가서, 캐럴 선생이 알아챌 때까지 문가에 서 있었다.

"이마니, 수업에 늦지 않겠니?"

"개별 자습 시간이에요."

캐럴 선생이 과자 봉지를 쭉 내밀었다.

"아니에요, 전 됐어요."

"무슨 할 말 있니? 혹시 내가 수업 시간에 뭐 빼먹었어?"

캐럴 선생은 수업 시간에 해야 할 일, 그것도 가르쳐야 할 수업 내용을 곧잘 잊어버렸다.

"아니요. 전 그냥……."

캐럴 선생은 들어오라고 손짓하며 책상에서 다리를 내렸다.

"이리 앉아. 사람 불안하게 하지 말고."

이마니는 아이볼을 힐끔 돌아다보았다. 그냥 다시 갈까 하다가 잠깐 캐럴 선생과 함께 있기로 했다. 이마니는 둥그렇게 배치된 책상에 걸터앉아 다리를 까딱거렸다.

"오늘 수업 시간에 보니 딴생각에 푹 빠져 있던데? 무슨 문제라도 생겼니?"

"아니요."

캐럴 선생 뒤편, 미국 국기 조금 위쪽에서 아이볼이 대롱거렸다.

"다행이구나. 내가 그 수업에서 믿고 기대는 사람은 너랑 디에고야. 그러니 나 졸도할 일은 하지 마라. 요즘 같은 시대에 선생질하는 것만으로도 힘이 쭉 빠지니까. 그나마 내가 버텨나가는 건 뇌세포를 가진 학생이 더러 남아 있기 때문이야. 그나저나 정말 아무 일 없는 거야? 얼굴이 해쓱한데."

이마니가 손을 뺨에 대며 대꾸했다.

"그런가요?"

캐럴 선생이 고개를 끄덕였다.

"이번 기말 보고서 때문에 그런 건 아니겠지, 설마? 클러리사가 부모님 항의 편지를 가져왔더라만, 지레 포기할 생각은 없다. 나도 다 조사해 봤어. 그건 절대로 성적에 불리한 활동이 아니야."

"네, 저도 알아요. 그런데 뭐 하나 여쭤 봐도 돼요?"

"얼마든지."

"저기, 그냥 좀 궁금해서 말인데요. 지난번에 원하면 공동 작업을 해도 된다고 하셨잖아요?"

캐럴 선생이 고개를 주억거리면서 포테이토칩 하나를 입에 툭 던져 넣었다.

"그 말씀은 꼭 감시 평가 대상자와 비대상자가 같이 해야 된다는 뜻인가요?"

캐럴 선생이 침을 꿀꺽 삼켰다.

"비대상자랑 공동 작업을 하고 싶은 거니?"

이마니가 고개를 가로저었다.

"선생님 의도를 잘 모르겠어서요. 그것뿐이에요. 꼭 선생님이 원하는 대로 해야 하나요?"

"아하, 그러니까, 너한테 감시 평가 비대상자랑 공동 작업을 하도록 지정해 달라고 부탁하는 거니, 지금?"

아이볼은 정확히 캐럴 선생의 머리 뒤쪽에 있었다. 캐럴 선생의 입술을 절대 읽을 수 없는 위치였다. 이마니는 캐럴 선생도 그 사실을 알고 있다고 확신했다. 선생이 되묻는 말에 설령 자신이 그렇다고 대답할지라도 덜미 잡힐 염려는 없었다.

캐럴 선생은 과자 봉지를 내려놓고 손을 바지에 쓱쓱 문질러 닦고는 상체를 앞으로 숙였다.

"마음 같아서는 너한테 감시 평가 대상자와 비대상자의 경계선을 뛰어넘어 보고서를 쓰라고 지시하면 딱 좋겠다만, 그랬다간 분명코 날 해고하려 들 거야. 날 한번 믿어 볼래? 네가 갈 만한 데가 있어. 알겠니, 내 말?"

"무슨 말씀이신지."

"예컨대 도서관이 있어. 학교 말고 코즈웨이 도로변에 있는 도서관. 하늘이 도왔는지 네가 사는 지역 도서관 사서들은 감시 장치를 없애려고 힘쓰는 중이야. 적어도 공공장소에서는 말이야. 내친김에 하는 소리다만, 거기 말고도 카페와 칵테일 바 몇 곳이 더 있다. 모두 안전지대야. 아, 네가 꼭 비대상자와 공동 작업을 하고 싶거든 참고하라는 거야. 물론 내가 지정해 주겠다는 소린 아니고…… 그, 뭐냐…… 내가 무슨 말을 하려는 건지 알 거야."

이마니는 정확히 알아들었다.

"네, 알아요. 고맙습니다."

"고맙긴. 그건 그렇고, 내일은 수업 시간에 너무 조용히 있지 마라."

"내일은 토요일이에요."

"아차차, 내가 주말에 읽을 숙제는 내줬던가?"

이마니가 고개를 잘래잘래 흔들었다.

"나는 정작 이놈의 정신머리부터 챙겨야 하는데, 응?"

캐럴 선생이 포테이토칩 봉지를 집어 들더니 또다시 이마니에게 내밀었다.

"안 먹을래요."

이마니는 캐럴 선생 교실에서 나왔다. 개별 자습 시간이 아직 40분이나 남았다. 고백을 하고도 남을 시간이었다. 쪽지를 주머니에 넣어 둔 채로 텅 빈 복도를 오락가락하면서 고백하리라 마음을 다졌다. 그런데 자꾸만 또 다른 관점도 있지 않을까 하는 의문이 들었다.

6
어떤 숙제

그날 밤, 이마니는 부모님에게 새로운 동급생들을 만나러 도서관에 갈 거라고 말했다. 자전거로 겨우 5분 거리였고 아이볼도 설치되어 있는 길이라, 도서관까지 간다고 해서 흠 잡힐 까닭은 없다고 결론지었다.

도서관 자체는 사정이 달랐다. 내부에 아이볼도 없을뿐더러 비치된 태블릿에도 감시 장치가 내장되지 않았다. 처벌받지 않고 무언가를 하고 싶은 열등생들을 공개적으로 초대하는 곳이나 다름없었다. 음란물을 내려받거나 서가 사이에서 진한 애무를 하러 가는 곳이기도 했다. 한마디로 은밀한 죄악의 소굴이었다. 심지어 '도서관에서 생기는 일은 도서관에 묻어 둔다.'라는 규약까지 자기들끼리 정해 놓을 정도였다. 그러나 실제로 그 규약이 잘 지켜지는지는 미심쩍었다. 딱히 적응성 기준에 어긋나는 행동을 하지 않은 아이는 모르면 몰라도, 성적을 올릴 수 있다는 희망 때문에 나중에 근처 아이볼로 가서 부적절

행위자를 고발할 여지가 컸다. 사실 열등생들은 배신을 잘하기로 악명이 높기도 했다.

이마니는 자전거를 보관대에 쇠사슬로 묶어 두고 도서관 입구에 서 있었다. 다른 자전거는 없었고 스쿠터 한 대와 직원 주차장에 세워 둔 소형차 한 대뿐이었다. 디에고에게 받은 쪽지는 주머니 속에 들어 있었고, 아이볼 하나가 길 건너편에서 대롱거렸다. 그 아이볼은 자신이 도서관에 들어가는 모습을 지켜볼 터였다. 만일 들어간다면? 아직 늦지 않았다. 지금이라도 마음을 바꾸면 된다. 곧장 길을 건너가 아이볼에 대고 고백해도 된다.

아니면 디에고의 말을 끝까지 들어 보든가.

이마니는 도서관 밑문을 열었다. 실내는 놀랍도록 조용했다. 어떤 사서가 곡선형 접수대 뒤편에서 책을 쌓아 올리고 있었다. 뒤통수 아래께에서 하나로 질끈 묶은 은발이 눈에 띄었다. 그뿐, 텅 빈 열람실은 아가리를 떡 벌린 동굴처럼 숨 막힐 듯한 정적이 감돌았다.

"무슨 일로 왔지?"

사서가 물었다.

"검색할 게 좀 있어서요."

이마니가 둘러댔다.

여느 때 없이 도서관은 매우 더웠다. 땋은 머리가 묵직하게 내리덮은 이마니의 목덜미는 땀이 나서 끈적거렸다. 이마니는 윗옷 지퍼를 내리고 천장이 낮은 열람실 안으로 걸어갔다. 책이며 신문들은 책상 위에 어지럽게 널려 있는데, 사람은 그림자 하나도 보이지 않았다. 음수대 위쪽에 걸린 옛날 시계가 째깍째깍 돌아갔다.

뒤쪽 비상구 옆 의자에 검정 가죽 재킷이 걸쳐져 있었다. 다른 사람이 있다는 유일한 징표였다. 이마니는 혹시 지켜보는 사람이 없는지 살피면서 가만가만 다가갔다. 장담할 순 없지만 오른쪽 서가에는 아무도 없는 것 같았다. 댄스파티가 열린 밤이어서, 딴 속셈으로 도서관을 애용하던 아이들이라면 지금쯤 학교 체육관 언저리에 아직 남아 있는 사각지대를 찾아들었을 가능성이 컸다. 디에고는 오늘 밤 도서관이 텅 빌 줄 알았던 게 틀림없었다.

이마니는 검정 가죽 재킷이 걸린 곳까지 갔다. 그제야 몇 발짝 떨어진 화재 비상구 문기둥에 디에고가 기대서 있는 게 보였다. 비상구 문을 열고 휴지통으로 괴어 놓아서 시원한 바람이 통했다. 디에고는 한쪽 다리를 쭉 뻗어 맞은편 문기둥을 짚은 채, 조그맣고 표지가 누렇게 바랜 보급판 『1984』를 읽고 있었다.

책에서 눈을 떼지 않은 채 디에고가 말했다.

"간절히 원하긴 했나 보네."

디에고는 헐렁한 흰색 와이셔츠 소매를 팔꿈치 위까지 걷어붙이고, 긴 앞머리를 귀 뒤로 쓸어 넘긴 모습이었다. 오른쪽 눈을 드러낸 건 처음이었다.

"그 장학금 말이야."

디에고는 머리를 마구 흔들어서 흘러내린 머리카락으로 얼굴 반쪽을 가렸다. 그러고 나서야 이마니를 바라보았다.

"댄스파티까지 빠지고 여기 온 걸 보면."

"난 원래 댄스파티 같은 데 안 가."

"나도. 음악이 썩었거든."

디에고가 읽고 있던 책의 책장을 접었다.

"책장을 접으면 안 되지. 저 앞 접수대에 가면 책갈피 있을 거야."

"이건 내 책이거든?"

디에고는 가리지 않은 한쪽 눈으로 이마니를 빤히 바라보다 가 덧붙였다.

"그럼."

"그럼?"

"서가로 갈까?"

"어림없는 소리."

디에고가 하하 웃었다.

"내 말은 프라이버시를 위해서 가자는 거야."

이마니는 주위를 둘러보았다. 아무리 살펴봐도 디에고와 자 기 둘 말고는, 늙은 사서 한 사람뿐이었다. 게다가 사서는 이마 니가 누군지도 모르는 사람이었다.

"여기가 좋겠어."

이마니는 웃옷을 벗어 책상 가장자리에 올려놓았다. 그러 고는 입구가 직통으로 보이는 것을 확인한 뒤 의자를 끌어내서 앉았다.

디에고는 닿을락 말락 하게 이마니 곁을 스쳐 지나가더니 의자에 둔 검정 가방을 책상 위로 휙 올려 질질 끌면서 이마니

맞은편으로 갔다. 그러고는 가방에서 최신형 스마트 스크롤을 꺼냈다. 우아한 곡선 디자인에 굉장히 비싼 단말기였다.

"기계 좋네."

"슬쩍했지."

디에고가 이마니의 표정을 살피더니 이내 덧붙였다.

"농담이야."

"웃겨."

"이런 기계는 몽땅 한낱 중계소일 뿐이야. 머지않아 우리 모두 뇌에 칩 하나씩 달게 될 테니까. 아니네, 뇌도 필요 없겠다. 스코어 코프가 우리 생각을 대신해 줄 거니까."

"그게 네 논문 주제니?"

디에고가 큰 소리로 웃었지만, 이마니 귀에는 쓸쓸하게 들렸다.

"뭐 하나 물어봐도 돼?"

디에고의 물음에 이마니가 고개를 까딱했다.

"무엇 때문에 이걸 하려는 거야? 그럴 만한 이유가 있어?"

"네가 제안했으니까."

"말 되네. 하지만 나는 아무것도 잃을 건 없어. 마음 내키면 언제든 감시 평가 대상자들이랑 어울려 다닐 수도 있고. 그놈의 마음이 내키지 않는다는 게 문제지만."

"걱정 붙들어 매. 우리도 너랑 어울릴 마음 없으니까."

"그런 사람이 여기 왜 왔을까?"

"그 장학금을 받고 싶어서. 넌 내가 온 이유가 뭐라고 생각하는데?"

"글쎄, 넌 워낙 자폭을 잘하기로 이름이 나서 말이지."

"이름이 나다니?"

"입소문이 무서운 동네니까."

"뭐야, 네가 무슨 암흑시대 사람이니? 난 입에 오르내릴 이름 같은 거 없어. 내가 가진 건 성적이지."

"잠깐만."

디에고가 냉큼 스마트 스크롤을 펼치더니 기다란 손가락을 날래게 움직였다.

"'난 입에 오르내릴 이름 같은 거 없어. 내가 가진 건 성적이지.' 이 말 내가 인용해도 돼?"

이마니가 의자를 드르륵 밀고 벌떡 일어섰다.

"기다려. 항의하는 뜻으로 박차고 나가는 건 좋은데, 가더라도 이거 받고 가."

이마니는 한 손으로 웃옷을 집어 들고 문 쪽을 바라본 채로 그 자리에 서 있었다. 그사이 디에고가 가방에서 종이 한 장을 꺼내 책상에 놓고 이마니 쪽으로 쭉 밀었다. 깔끔하게 정리된 것이, 꼭 교과서에 실린 글을 보는 듯했다.

1) 감시 평가 대상자 신분으로서 어떤 이익을 누리고 있다고 보는가?

2) 감시 평가를 받아서 편한 점은 무엇인가?

3) 감시 평가를 받아서 힘든 점은 무엇인가?

4) 감시 평가제는 어떻게 사회를 개선하는가?

각 질문 밑에는 답을 쓸 수 있게 가로줄을 쳐 놓았다.

"오, 이거 네가 작성한 거야?"

"물론."

디에고는 일어서서 가죽 재킷을 팔에 꿰었다. 겨드랑이에 희미하게 밴 땀자국이 보였다.

"미국사 수업 끝나면 네 책상에 올려 둬. 그럼 내가 집어 갈게. 들킬 걱정은 말고. 아무도 몰래 슬쩍 가져갈 테니까."

"너 지금 나한테 숙제 내주는 거니?"

"답변이 마음에 들면 내가 다시 연락할게."

디에고가 현관 쪽으로 나가 은발 사서에게 고개를 숙여 인사했다. 사서는 디에고와 오래 알고 지낸 사이처럼 스스럼없이 이름을 불렀다. 몇 분 뒤, 공장에서 출시된 일반 스쿠터에 달린 엔진이 부릉부릉 시동을 거는 소리가 들렸다. 이윽고 자기네 집으로 가는 길을 개척하기라도 하듯 북쪽으로 사라져 갔다.

이마니는 그때까지도 숙제가 적힌 종이를 손에 들고 책상 옆에 서 있었다.

"뭐 저런 개자……."

욕설은 결단코 하지 않았다. 그건 충동 억제력 항목을 어기는 심각한 행위였다. 그렇지만 하마터면 끝까지 다 뱉어 낼 뻔했다.

목청껏.

7
원대한 생각

이마니는 이번 토요일에 케이디네 정비소에서 지내고 싶은 마음이 굴뚝같았다. 케이디에게 연장을 집어 줘 가며 디에고의 위험한 제안에 대해 상의하고 싶었다. 케이디가 하는 조언이 미더워서가 아니었다. 케이디의 생각들은 이성이라는 차가운 연구실이 아니라 감정이라는 후텁지근한 밀림에서 만들어진 것이었다. 하지만 경청하는 자세만큼은 언제나 세계 수준급이었다. 회로 기판을 납땜할 때조차 귀담아들어 주었다.

부모님은 이해하지 못할 거라고 이마니는 판단했다. 부모님은 낡은 가치관으로 세상사를 이해했고, 아마도 자신이 겪고 있는 문제의 근원이 바로 그 가치관일 것이기 때문이다. 때가 덕지덕지 낀 골동품 같은 신의를, 그 '무력하게 만드는 유대감'을 자신에게 물려준 사람이 부모님 아니면 누구겠는가.

아이제이어는 이해할지도 몰랐다. 그래도 조언까지 바라는 건 무리다. 중학교 단계에서 먹힐 권모술수라면 자신이 한 수

위니까. 극도로 주도면밀한 세계에서 최고 자리까지 오른 자신이었다. 밑바닥으로 추락한 지금은, 최종 점수에 따라서 따라지들의 운명 속으로 처박힐지도 모를 하향 소용돌이를 타기 시작했다.

아니면 더 끔찍한 처지가 되거나.

이마니는 이도 저도 마뜩지 않아서 조개를 캐러 갔다. 물이 빠지기를 기다리는 토요일 이른 아침, 호그아일랜드 섬 기슭은 적막했다. 이마니는 뭍에다 끌어 올려놓은 프랑켄고래잡이배 옆에 앉았다. 해가 솟아오르면서 따뜻하고 환한 햇살이 코로나 포인트 고원을 내리비추었다. 달리 이야기할 상대가 없었으므로, 자기 자신과 실컷 대화했다.

생각할 거리가 많았다. 디에고와 은밀히 공동 작업을 할 때 위험이 따를 것은 불을 보듯 뻔해. 발각될 위험은 말할 것도 없고, 들키는 순간 꼼짝없이 내가 파멸할 비밀을 품고서 아이볼이 곳곳에서 일거수일투족을 지켜보는 서머턴을 돌아다녀야 하는 건 또 어떻고. 알고도 위반 행위를 한다는 건 그야말로 자기모순의 본질이잖아. 만일 늘 죄책감에 시달리는 듯한 내 표정을 보고 아이볼이 자기 일관성 규정을 어겼다고 유추한다면? 과연 내가 아이볼을 속여 넘길 수 있을까? 얕은수를 쓰다가 오히려 성적이 더 떨어진다면? 52점이나 42점짜리에게 군대 말고 다른 선택의 여지는 있을까?

공동 작업을 하면 얻을 수 있는 이익도 명백했다. 일단 디에고는 똑똑하다. 감시 평가제에 반대하는 견해도 독창적이고 근거도 탄탄해. 하는 짓이 아니꼽기는 해도 캐럴 선생이 유별나게 아낄 만한 학생이긴 하지. 그렇다고 내 능력을 깎아내릴 건 없어. 나는 찬성과 반대 논지를 날카롭게 짚어 내서 글로 쓰는 능력이 탁월하잖아. 캐럴 선생님도 내 비판적 사고력이 남다르다고 늘 일깨워 주니까. 하지만 나는 원대한 생각을 추구하려는 열정이 모자라. 그게 내 결점이야. 주제가 무엇이든 모범적인 글을 써낼 자신은 있어. 하지만 오티스 장학금을 타려면 그것만으로는 모자라. 목적의식이 뚜렷해야 해. 능수능란하게 자기주장을 펼치며 감시 평가제를 반대하는 디에고와 같은 열정이 필요해.

어느덧 썰물이 지고 축축한 모래펄에서 공기 방울이 뽀글거렸다. 이마니는 조개를 캐기 시작했다. 망태기에 큼지막한 대합조개를 한가득 채워 가면 엄마가 진한 클램 차우더(대합조개에 채소를 섞어 걸쭉하게 끓이는 수프나 스튜)를 만들어 주고는 했다. 만일 이마니가 20년 일찍 태어났다면, 아마도 이 연안에서 평생토록 일하며 살았을 것이다. 대합 가공 공장들이 문을 닫기 전까지 엄마 쪽 일가친척이 대대로 그랬던 것처럼. 이마니는 잠시 손을 놓고 우두커니 해협을 바라보았다. 저토록 풍요로운 환경이 어쩌다가 생명력을 잃었을까. 아무리 생각해 봐도 믿기지 않는 현실이었다. 자신이 사랑하는 저 푸른 물결 밑에서 지금도 여전히 비극이 펼쳐지고 있다고 생각하면 기가 막혔다. 사람들은 어쩌자고 이 지경이 되도록 그냥 두었을까. 그래, 내가 만일 어떤 목적의식을 세워야 한다면 바로 이거야. 강과 섬과 바다를 살리는 일. 엄마 아빠가 깊은 시름에 잠기는 걸 볼 때마다 저 강과 바다가 한때는 서머턴의 중추였을 거란 생각이 들었어. 인간의 영리 활동과 자연이 상호작용하는 길을 다시 살려야 해. 시범 도시가 되기 전, 아니, 시범 도시가 될 필요가 없던 그때처럼 자생력 있는 서머턴으로 가꾸어야 해.

이마니가 쪼그려 앉아 조개를 캐던 모래펄에는 갈퀴가 그대로 꽂혀 있었다. 망태기는 불룩했고, 해는 높이 떴고, 이마니를 집에 데려다 줄 강물은 맞춤하게 차올랐다.

르몽드 부인은 부엌에 무릎을 꿇고 앉아 냉장고를 정리했다. 새로 주문한 낚싯밥 지렁이 상자를 맨 밑 칸에 넣어 둘 참이었다. 빛바랜 검정색 카고 바지를 입고 있었는데, 바짓부리가 발목께에서 너덜거렸다. 워낙 더는 입기 힘들 만큼 나달나달하기 전에는 새 옷을 사는 법이 없었다.

이마니가 조개 망태기를 개수대에 올려놓자, 르몽드 부인이 일어나서 딸이 캐 온 대합조개를 살펴보았다. 이마니네 엄마는 개수대에다 싱싱한 수산물을 한가득 채워 놓고 하루 종일 부엌에서 지내는 걸 무엇보다 좋아했다.

"누가 또 나왔디?"

"아뇨."

르몽드 부인은 머리카락을 귀 뒤로 쓸어 넘긴 뒤 수돗물을 틀어 놓고 조개를 손질했다. 부스스한 적갈색 곱슬머리에 새치가 희끗희끗하고, 얼굴은 주근깨가 박혀 가뭇가뭇하고, 눈가에는 주름이 자글자글했다. 그래도 이마니 눈에 비친 엄마는 아름다웠다. 엄마가 속한 곳은 지금 서 있는 부엌, 집 안, 정박장, 낚시 가게였다. 그렇게 자신의 따라지 운명을 살아가고 있었다. 그러나 그런 엄마의 삶도, 나달나달해진 카고 바지처럼 언제든 결딴날 수 있다는 것을 이마니는 알았다. 보트를 즐기는 휴양객이 몇 명만 더 시설 좋은 웨이벌리를 찾는 날, 바닷가재잡이 어부들이 일을 그만두는 날, 정박장이 쫄딱 망하는 날이 온다면. 서머턴의 문제는 분명했다. 훌륭한 어부, 조개잡이, 바닷가재잡이, 선박 정비사를 낳은 그 터전을 아무도 돌보지 않은 것이었다. 강을 온전히 지키려는 사람이 아무도 없었던 것이다.

"무슨 고민 있니?"

"아뇨."

르몽드 부인이 웃으면서 말했다.

"어련할까. 하긴 나도 비밀을 간직한 때가 있었지."

이마니는 엄마의 비밀을 듣고 싶었다. 당장이 아니라 언젠가는. 지금은 해야 할 일이 있었다. 올가을에 대학에 가야 했다. 어떤 희생을 치르더라도 반드시.

이마니는 디에고를 생각하면 속이 부글부글 끓었다. 내 쓸모를 자기한테 증명해 보여야 한다니. 하지만 기꺼이 응해 주기로 했다. 그런다고 해서 친구가 되는 일 따위는 절대 없을 테니까. 나는 디에고의 아이디어를, 디에고는 내 아이디어를 이용하면 그만이었다. 그 이상도 그 이하도 아니라며 마음을 추스르고 침대에 앉아 답변을 작성하기 시작했다.

세 번째 질문까지는 쉬웠다. 다른 종이에 초안을 작성하고 몇 번 고친 다음 질문지에 답변을 옮겨 썼다.

1) 감시 평가 대상자 신분으로서 어떤 이익을 누리고 있다고 보는가?

답변: 대학 교육을 받을 기회, 더 나은 일자리를 얻을 기회가 많다. 이와 같은 명백한 이익 외에도 만족스러운 자기 계발을 끊임없이 해낼 기회가 있다. 감시 평가 비대상자들은 현재의 처지를 감수하면서 구제 불능 상태로 어영부영 살아갈 수밖에 없지만, 감시 평가 대상자들은 고도의 지능을 갖춘 공정한 평가원으로부터 다달이 피드백을 받는다. 그에 따라 우리는 자신을 바꿀 수 있는 역량을 기른다.

2) 감시 평가를 받아서 편한 점은 무엇인가?

답변: 전혀 없음. 사실 감시 평가를 받는 것이 훨씬 어렵다.

3) 감시 평가를 받아서 힘든 점은 무엇인가?

답변: 전부 다. 성적을 올리거나 유지해야 한다는 중압감에 끊임없이 시달린다. 성적이 떨어지기는 아주 쉽고 오르기는 어렵다. 별안간 성적 집단이 바뀌고 동급생 이외의 학생과 가까이 지내려고만 해도 벌점을 받는다. 적응성 기준을 지켜야 하는 행동과 자칫하면 처벌받을 수 있는 게임즈맨십(스포츠맨십에 대비되는 말로, 비열한 행위나 눈속임 등 명백하게 반칙으로 판정하기 어려운 모호한 수법을 써서 무조건 이기려는 자세) 사이에서 균형을 지켜야 한다. 그리고 최종 성적이 나올 때까지 한시도 긴장을 풀 수 없다.

여기까지는 별것 아니었다. 그런데 네 번째, **감시 평가제는 어떻게 사회를 개선하는가?** 하는 질문에 가서는 창밖을 한참 동안 물끄러미 바라보았다. 그걸 밝히자면 먼저 감시 평가제를 실시하지 않았던 사회가 어땠는지부터 짚어 보아야 했다. 그러나 그런 사회에서 살아 본 적이 없으므로 부모님에게 들어서 아는 것이 전부였다. 그때는 가족 나들이는 엄두도 못 냈고, 오래도록 지속된 불황 때문에 온 국민이 고통에 허덕였고, 서머턴 같은 마을은 거의 사람 살기가 힘들 만큼 파괴되었고, 실업률이 높고 부가 집중된 사회였단다. 아빠는 지금도 '고용주' 얘기를 할라치면 입에서 불을 뿜었다. 감시 평가제로 그 모든 문제를 바로잡았다고 보기는 아직 어려웠다. 코로나 포인트에 사는 부유층이 증명하듯이, 부는 여전히 극도로 집중된 상태였다. 그러나 감시 평가제가 널리 보급되고 있다. 침투 공작원들이 즐겨 쓰는 표현을 빌리자면, '도처에 스며들고' 있다. 게다가 이제는 무료 서비스도 중단되었다. 스코어 코프는 서머턴과 와카치를 비롯한 소수 지역만 시범 사례로 선정해 무료 서비스를 제공했던 것이다. 그 밖의 지역에서 감시 평가 대상자라는 특권을 누리려면 비용을 치러야 했다. 자신이 아는 바로는 그랬다.

그런데 실제로 그 비용을 내는 사람이, 수백만 명이었다. 이쯤 되면 뭔가 대단한 것이 있는 게 분명했다.

이마니는 문득 캐럴 선생이 학년 초에 내준 숙제가 생각났다. 선생은 시사 문제를 조사해 오라는 숙제를 자주 냈는데, 역사적 원리의 중요성을 일깨우기 위해서였다. 학년 초에 내준 숙제는 '위키드 뉴스'WickedNews에서 서머턴 소식란 살펴보기였다. 위키드 뉴스는 북해안 지역의 지방 소식을 제공하는 인터넷 신문이었다. 그 사이트에 마련된 '교육 공개 토론방'에서 서머턴 학부모들이 열띤 공방을 벌인 적이 있다. 감시 평가제 학교에 감시 평가 비대상자의 입학을 전면 금지하는 문제가 주제였다. 캐럴 선생은 그 토론방에 헌법 정신을 해칠 위험성을 지적한 글은 없더냐고 물었는데, 이마니는 그런 글은 발견하지 못했다.

이마니는 휴대전화로 위키드 뉴스 웹사이트에 접속해 다시금 그 논쟁을 샅샅이 훑어보았다. 독설과 인신공격, 비문이 수두룩했다. '자발적 거부자'로 불리기를 더 좋아하는, 감시 평가 비대상자 쪽 학부모는 수적으로 엄청난 열세였다. 개싸움처럼 치열한 논쟁 판에 뛰어든 선수는 고작 넷뿐이었다. 반면에 감시 평가 대상자 쪽에서 글을 게시한 학부모는 스무 명쯤 되었다. 양쪽 모두, 부모라면 누구나 지닌 이기심이 글에 고스란히 드러났다. 다른 누구도 안중에 없고 일촌 관계인 딱 자기 자식한테까지만 뻗치는 그런 이기심이었다. 그런가 하면 자기 자식에게 이로운 것이 곧 사회에도 이롭다고 우겨 대기도 했다. 대체로 감시 평가 비대상자 쪽 부모들은 감시 국가와 정신 통제를 우려한 반면, 감시 평가 대상자 부모들은 자기네가 정신이 건강하고 능력이 중심이 되는 새 시대를 여는 선구자라고 주장했다. 양편 모두 자기 쪽을 옹호하는 글을 숱하게 링크로 걸어 놓았다.

이마니는 여태껏 정치에 무관심했다. 그런데 링크를 건 사이트들을 돌아다니며 공포에 질려 이판사판으로 아귀다툼을 벌이는 부모들을 보고 나니, 자신은 한낱 물거품 같은 작은 세상에서 살고 있었구나 싶었다. 사소한 고민들에 에워싸인 자기만의 세상, 그 바깥에서는 사상 전쟁이 한창이었다. 거세게 휘도는 물살 속으로 들어가 몇 시간을 첨벙첨벙 돌아다닌 다음에야 가닥을 잡고 네 번째 답변을 썼다.

감시 평가제 도입 이후, 어린이 및 청소년의 반사회적 행동이 상당히 감소했다. 구체적으로 강도 및 절도, 마약 복용, 대책 없는 임신, 무단결석, 공공 기물 파손, 중퇴율 등이 줄었다. 감시 평가제는 적응성이 가장 뛰어난 십 대 청소년들에게 어느 주립 대학교에 가든 전액 장학금을 지급함으로써 고등교육의 길을 열어 준다. 이것은 수혜 당사자뿐만 아니라 사회 전체에도 이롭다. 차세대 지도자가 될 후보군의 인재 공급원이 넓어지기 때문이다. 고용주들은 취업 지원자의 품성을 주관적으로 판단할 수밖에 없던 과거와 달리 객관적으로 평가할 수 있게 된 것이 감시 평가제의 장점이라고 발표했다. 감시 평가제가 없다면 우리는 불안정한 귀족 사회에서 살아가게 될 것이다.

이 답변 밑에는 《미국 심리학 저널》과 《비즈니스투데이》, 캐럴 선생이 애독하는 《뉴욕타임스》에 실린 관련 웹사이트 주소를 링크로 첨부했다. 그런데 반증 사례도 적잖아서 호기심이 발동했다. 자신이 조사한 자료를 바탕으로 아주 색다른 답변도 제시할 수 있을 것 같았다. 하지만 그건 약속과 달랐다. 게다가 그런 반증 사례쯤은 디에고가 이미 갖고 있을 터였다.

이마니는 답변을 다 작성한 다음 뒷면에다 최대한 또박또박 다음과 같이 썼다.

내 능력껏 최선을 다해 작성했어. 그런데 미안한 말이지만, 네 질문들이 너무 뻔해서 관심을 사로잡을 만한 논문을 쓰기는 어렵겠다.
너랑 공동 작업을 할 경우, 그에 따를 위험성에 대비해 정당화할 사유를 마련해 두려는 거니까, 너도 아래 질문에 답변해 주겠니?

1) 모든 과학기술 발전을 반대하는가, 아니면 일부만 반대하는가? 구체적으로 쓸 것.

2) 감시 평가제가 없을 경우, 십 대 청소년 범죄, 비행, 마약 복용, 임신 등 반사회적 행동에 어떻게 대처할 것인가?

3) 인간 정신을 인식할 수 있고 바꿀 수 있다고 믿는가?

4) 머리에 대해 설명 바람. 진심임. 대체 그게 뭐니?

디에고 너만 숙제를 낼 줄 아는 게 아니라 이거야.

8
둘이서 당당하게

이마니는 쪽지를 지니고 있다는 사실에 온 정신이 쏠려 있었다. 그래서 처음에는 사방에서 쑤군거리는 소리에 신경 쓸 겨를이 없었다. 서머턴 고등학교 복도에서 학생들이 쑤군거리는 것이야 어제오늘 일도 아니었다. 쪽지는 두 번 접어 바지 동전 주머니에 꼭꼭 넣어 두어서 들킬 염려가 없었다. 그러고도 아이볼들이 탐지하지나 않을까 불안하기 짝이 없었다. 삐질삐질 진땀이 나는 것 같았다. 초조하다 못해 얼굴이 벌게지거나 하얗게 질렸는지도 모른다. 어느 쪽도 용납이 안 되는 낯빛이었다. 디에고 랜디스와 은밀히 공동 작업을 하려면 강심장이 되어야 했다.

이마니가 사물함에 다가갈수록 쑤군거림은 심해졌다. 마침내 이마니는 그 쑤군거림이 대부분 자신을 겨냥하고 있다는 것을 알아챘다. 숱한 눈길이 자기한테 꽂혔다가 위쪽 아이볼로 돌아갔다.

내가 입방아에 오르내리고 있구나.

그런 생각이 든 순간, 퍼뜩 이마니 머릿속에 떠오른 것은 한 가지뿐이었다. 그것 말고는 달리 설명할 길이 없었다. 그 늙은 사서가 까발린 게 틀림없었다. 손자나 손녀를 둔 할머니이다 보니, 어쩌면 저녁을 먹다가 무심결에 입 밖에 냈을 수도 있다. 그 집 저녁 식사 풍경이 눈앞에 훤히 보이는 듯했다. 식구들이 완두콩 접시를 돌리는 사이 사서가 말한다. 오늘 디에고가 말다툼하는 걸 보았다고. 머리 꼴이 이상한 그 남자애는 감시 평가 비대상자인데, 살빛이 캐러멜 같은 게(백인은 하나같이 내 살빛을 이렇게 빗대니까) 아무래도 흑백 혼혈 같고 그나마 봐 줄 만한 건 주근깨뿐인 여자애와 실랑이를 벌이더라고. 그것으로 충분했을 것이다. 그 정보라면 여자애가 누군지 알고도 남을 것이다. 사서 할머니의 이야기를 들은 아이는 동급생에게 말했겠지. 그 아이는 보나마나 열등반이었을 거다. 그다음부터 발 없는 말이 천 리를 가는 신통력을 부렸을 테고. 나와 디에고의 은밀한 공동 작업이 기정사실화되는 건 시간문제겠구나. 내 성적이 왕창 떨어질 일만 남았네.

그렇게 머리를 바쁘게 굴린 다음에야 이마니는 보았다, 케이디와 파커를.

둘이서 손을 잡고 케이디의 사물함 앞에 서 있었다. 미안해하는 낌새도 없이 빤빤한 얼굴로 나란히 서 있는 두 사람을 보고 이마니는 우뚝 멈춰 섰다.

그래서들 쑥덕거린 것이었다. 이마니한테 꽂혔다가 돌아가는 눈들에 서린 것은 비난이 아니었다. 기대감이었다. 하나같이 어서 보고 싶어 죽겠다는 눈빛이었다. 과연 이마니가 케이디를 어떻게 대할지, 감시 평가 대상자와 비대상자의 분리를 공공연하게 조롱하는 이딴 짓거리에 어떤 반응을 보일지.

수업 시작종이 울렸다. 케이디가 파커랑 손을 잡고 나란히 케이디네 교실 쪽으로 향했다. 파커는 교실 앞에서 고개를 수그려 케이디 이마에 입을 맞춘 뒤 뚜벅뚜벅 걸어갔다.

이마니는 아이볼들과 학생들에게 흠 잡힐 만한 행동을 하지 않으려고 굳이 애쓸 필요도 없었다. 대담무쌍한 친구의 행동을 보고 이마니도 어느 누구 못지않게 큰 충격을 받았다. 케이디도 파커도 자기들 관계를 숨기려 들기는커녕 저항하는 것처럼 보였다.

1교시 수업이 끝났을 때 이마니가 주워들은 이야기는 같은 사건을 두고도 몇 가지로 갈렸다. 케이디와 파커가 지난 금요일 밤 체육관에서 열린 댄스파티에 나타나서 세 곡 모두 둘이서만 춤을 추었고, 그중 한 번은 블루스였으며, 플로어에서는 부적응 행동을 단 한 번도 하지 않았다고 했다. 여기까지는 소문 제조공들 모두 흔쾌히 동의했다. 그러나 케이디와 파커가 둘이서만 '함께' 있었던 상황을 묘사할 때는 의견이 분분했다. 누구는 '찰싸닥 달라붙었다.'라고 했고, 누구는 '노골적'이었다고 했고, 누구는 '벽에 붙어서 비비댔다.'라고 했다. 마지막 설은 보나마나 열등생 입에서 나왔을 것이다. 두 사람은 애초부터 다른 사람과 대화를 나눌 생각 따위는 안중에 없었고, 두 사람과 얘기한 사람이 아무도 없다고 했다. 결국은 짐작건대 둘이 몰래 뒷문으로 빠져나가 대형 쓰레기통 옆에서 진하게 애

무를 하거나 관계를 가졌을 거라는 얘기였다. 그러다 어느 틈
엔가 스프레이 페인트로 체육관 바깥벽에 '감시 평가 비대상자
에게 자유를'이라는 낙서를 했을 것이라고 했다. 실제로 목격
한 사람은 아무도 없었다. 오직 아이볼 하나가 직통으로 그 벽
을 향해 있었을 뿐이다. 그 아이볼만이 두 사람이 진짜 범인인
지 아닌지 알 터였다. 그리고 만일 두 사람이 진범이라면 케이
디 혼자만 죗값을 치를 것이 뻔했다.

미국사 수업 시간이었다. 이마니는 시민 기본권을 두고 캐
럴 선생과 열띤 토론을 벌였다. 충분한 근거를 바탕으로 로건
과 레이철도 논쟁에서 물리쳤다. 지난 주말 느닷없이 위키드
뉴스에 링크 된 사이트를 돌며 수수께끼 풀듯 토론을 샅샅이
훑은 보람이 있었다. 디에고와도 몇 차례 붙었다. 한 번은 의견
이 같았지만 두 번은 생각이 달라 설전을 벌였다. 그러면서도
디에고를 똑바로 바라보지는 않았다. 수업 종료 종이 울렸다.
이마니는 쪽지를 책상에 올려놓은 채 뒤도 돌아보지 않고 문
쪽으로 걸어갔다. 일단 복도까지 나왔는데, 디에고가 꽉 쥔 주
먹으로 팔을 슬쩍 치고 지나갔다. 조심하면서도 천연덕스레 바
지 뒷주머니에 쑤셔 넣는 디에고의 주먹에서 희끗한 종이 끄트
머리가 보였다.

두 사람이 벌이고 있는 것은 대담무쌍한 게임이었다. 겹겹
이 둘러싸인 십 대 청소년의 마음을 속속들이 들추어내도록 설
계된 것이, 아니, 더 정확히 말하면 진화해 온 것이 아이볼이었
다. 이마니는 그 사실을 잘 알았지만 이제 돌이키기에는 너무

늦은 것 같았다. 이마니의 성적은 이미 떨어진 상태였고, 시계는 재깍재깍 돌아가고 있었다.

9
욕설

이마니는 이튿날 아침 사물함에서 쪽지를 발견했다. 미적분학 교과서 위에 오뚝 앉아 있었다. 디에고가 틈새로 밀어 넣은 게 분명했다. 쪽지를 슬쩍 앞주머니에 넣고 후딱 여학생 화장실로 갔다.

여학생 화장실은 아이볼이 없는 곳이라 열등생들로 바글거렸다. 비밀을 주고받고, 소문을 퍼뜨리고, 비밀과 소문의 주인공을 입에 담기 어려운 말로 씹어 대는 곳이었다. 이마니는 그런 열등생들이 도무지 이해되지 않았다. 아무리 야단법석을 떨고 헐뜯어 봐야, 성적이 껑충 뛰는 아이는 거의 없었다. 기껏 29점과 30점 사이에서 서로 죽어라 싸우는 격이었다. 이마니로서는 생각조차 해 본 적이 없는, 파멸의 점수대였다. 현재 케이디가 속한 점수대이기도 했다. 취업할 기회는 아예 없었다. 열등생 가운데는 입대 지원자가 많을 것이다. 더러는 복지 기금 수혜자 자격을 노리고 임신을 할 것이다. 그럼 굳이 군대에 갈 필요가 없을 테니까.

이마니는 시선을 피한 채 용변 칸으로 들어가 문을 잠그고 쪽지를 펼쳤다. 깨알 같은 글씨로 질문지 위에 덧붙인 글도 있었다.

네 답변에서 중요한 논쟁거리를 발견했어. 언제 직접 만나서 이야기하고 싶다. 그때는 그때고, 일단 네 질문에 대한 내 답변부터.

1) 모든 과학기술 발전을 반대하는가, 일부만 반대하는가. 구체적으로 쓸 것.
답변: 이 질문은 아무리 너라도 그렇지 수준 이하야. 물론 모든 과학기술의 발달을 반대하지는 않아. 나는 스쿠터와 인터넷 기술은 고마운 마음으로 잘 지킬 거야. 항생물질, 로켓, 일렉트릭 베이스 기타 기술도 마찬가지고. 너는 스코어 코프, WMD(대량 살상 무기), 자동차 기술을 지키고 싶겠지만. 이 정도면 구체적인가? 아니면 종합 목록이라도 필요해?

가슴이 뜨끔했다.

2) 감시 평가제가 없을 경우, 십 대 청소년 범죄, 비행, 마약 복용, 임신 등 반사회적 행동에 어떻게 대처할 것인가?
답변: 나라면 그냥 둘 거야. 그런 일이야 예전에도 항상 있었는데, 굳이 대책을 마련할 이유가 있을까? 지금처럼 고장 난 사회에서는 유일하게 옹호할 값어치가 있는 게 '반사회적' 행동인데.

웃음이 났다. 정말로 십 대가 임신해도 괜찮다는 거야?

3) 인간 정신을 인식할 수 있고 바꿀 수 있다고 믿는가?

담변: 인간 정신을 얼마쯤은 인식할 수 있다고 믿어. 인간 정신을 유한한 문제로 축소하려는 시도는 어떤 것이든 실패하게 마련이야. 바꿀 수 있느냐고? 당연히 있지. 사람은 항상 바뀌니까. 그러나 스코어 코프는 단순히 사람을 바꾸려는 게 아니야. 통제할 수 있는 대상으로 개조하려는 것이지.

피해망상 아니야? 그것도 막연한?

4) 머리에 대해 설명 바람. 진심임. 그게 대체 뭐니?

담변: **삐큐.** *(Fuck you.)*

헉! 글로 욕을 먹는 느낌이 이렇게 심할 줄이야. 삐뚜름하게 쓴 F도 아주 공격적으로 보이고.

밑에 덧붙인 글은 사람 손으로 썼다는 게 도저히 믿기지 않을 만큼 글씨가 작았다.

덧, 너 내 시험에 통과했어.(턱걸이로.) 그러니까 계속하고 싶으면 직접 만나서 얘기하자. 오늘밤 7시에 리타 메이 카페 어때? 호숫길에 있는 아이스 링크 뒷골목으로 오면 돼. 거긴 아이볼이 없어. 아이스 링크 안 자동판매기 옆에 있는 비상구로 빠져나오면 바로 뒷골목이야.

'구제 불능' D.L.

그날 밤, 이마니는 남동생이랑 같이 설거지를 하면서 오늘도 새로운 동급생들을 만나러 도서관에 갈 거라고 말했다. 엄마 아빠는 새 '친구들'과 가까워지려고 노력하다니 기특하다며 딸을 칭찬했다. 그러나 르몽드 씨는 아직도 케이디 문제를 '젠장맞을' 일로 여겼고 케이디가 정박장에서 딸내미와 다시 어울리기를 고대했다.

아이제이어가 설거지를 끝낸 뒤 개수대에 기대서서 팔짱을 낀 채 말했다.

"이젠 아주 공공 기물 파손까지 한다던데?"

동생 머리 뒤로 둥둥 떠다니는 설거지 비눗방울을 손가락으로 톡 터뜨리고 나서 이마니가 대꾸했다.

"목격자가 없어."

"아이볼이 있잖아."

"그건 상관없어. 동영상 자료를 요청할 수도 없는걸."

이마니가 젖은 행주를 쫙 펴서 서랍 손잡이에 걸었다.

"왜 할 수 없어?"

이마니가 그것도 모르냐는 듯 고개를 잘래잘래 흔들고는 알려 주었다.

"독점 정보니까. 스코어 코프는 절대로 동영상 자료를 안 넘겨 줘."

"만일 살인 사건이 나면?"

"그래도 상관없어. 그 기업 소유니까."

"그럼 살인 사건 현장이 카메라에 찍혔어도 경찰이 그 동영상을 얻지 못한다는 거야? 법원 명령 같은 것으로도?"

"글쎄, 이걸 어떻게 살인 사건하고 비교할 수 있겠어? 겨우 낙서일 뿐인데. 아무튼 난 케이디가 했다는 것도 의심스러워."

"왜?"

"글씨체가 달라."

"누난 어떻게 케이디를 변호할 수 있어?"

"사람은 누구나 변호받을 권리가 있는 거다, 아이제이어. 그게 법이야."

르몽드 씨가 식탁에 앉아서 꾸깃꾸깃한 영수증을 정리하다가 말했다. 트럭 바닥에다 되는대로 던져두었다가 주섬주섬 챙겨 온 영수증이었다.

르몽드 부인이 부엌으로 들어와 남편의 어깨를 톡톡 치고는 영수증 하나를 내밀었다.

"송곳날 영수증인가 보군."

르몽드 부인이 한숨을 내쉬었다. 가계부 정리는 부인 몫이었다.

"이마니, 너무 늦게까지 있진 마라."

부인은 딸에게 이르고는 다시 거실로 나갔다.

"네 엄만 셈하는 데 천재야."

천재가 될 수밖에 없을 거라고, 이마니는 생각했다. 정박장을 이용하는 배가 해마다 줄어들었으니까. 하지만 돈 내라는 청구서는 늘어만 갔다.

아이스 링크까지는 자전거로 10분 거리밖에 되지 않았다. 이마니는 위장용으로 스케이트를 가져갈까 하다가 그만두기로 했다. 부모님한테 괜한 의심을 사기는 싫었다. 게다가 이마니가 아이스 링크에 나타난 것을 보고 스스로 판단을 내릴 만큼 똑똑한 아이볼인데, 화요일 밤에는 무료 스케이트장을 열지 않는다는 사실을 모를 리 없다는 계산도 섰다. 잘하면 아이스 링크까지 자전거를 타고 가는 모습이 찍힌 동영상쯤은 하찮게 여겨 폐기 처분할지도 몰랐다. 아무쪼록 그래 주기만을 빌었다.

아이스 링크 실내 촬영은 빙판 절반과 계단식 관중석 일부로 제한되었다. 그 사실을 아는 불량배들은 아이볼을 피해 스케이트 대여 창구에 바짝 붙어서 못된 짓을 했다.

빙상에서는 한물간 선수들의 경기가 열리고 있었다. 심판이 삑삑 호루라기를 불 때까지 선수들이 치고받고 뒤엉켜 몸싸움을 벌였다. 관중은 한 사람도 없었다. 이마니는 잰걸음으로 뒤쪽으로 갔다. 스케이트 대여점을 지나는데, 날 가는 쇳소리가 요란하게 났다. 잼보니 정빙기를 세워 둔 뒤편 비좁은 공간에는 자동판매기들이 빽빽이 들어서 있었다. 육중한 고대 괴수 베헤모스 같은 코코아 자판기도 있었다. 어렸을 적 이마니는 스케이트 레슨을 마치고 나면 동전을 달라고 부모님을 조르곤 했다. 순전히 작은 컵이 톡 떨어져서 쪼르륵 흘러나오는 코코아 음료를 받는 모습을 보고 싶은 마음에서였다. 어린 눈에 그것은 마술 같았다. 돌이켜 보니 부모님이 자식 둘의 스케이트 교육비를 대기가 버거웠을 것 같다. 그때도 아버지는 틀림없이 교육비 대신 뭔가 대단한 걸 바쳤을 것이다. 아이제이어에게 아이스하키를 계속 시키려고, 요즘에는 코치에게 보트 트레일러를 무료로 빌려 주듯이.

바깥은 바람이 잠잠했다. 들리는 소리라곤 아이스 링크 건물 뒤쪽에서 툭 튀어나온 웬 기계가 윙윙거리는 소음뿐이었다.

예전에는 승마용으로 쓰던 자갈 깔린 골목길이 구불구불 끝 간 데 없이 이어져 있었다. 일단 아이볼은 보이지 않았다. 이마니는 리타 메이 카페를 향해 걸어갔다.

골목이 한쪽은 수풀, 다른 한쪽은 줄줄이 늘어선 폐창고와 맞닿아 있었다. 대답하는 사람에 따라 달랐지만, 부랑아나 강간범, 변태, 유령이 시도 때도 없이 드나든다고 소문난 곳이었다. 그런 말을 곧이곧대로 믿는 것은 아니지만, 아닌 게 아니라 귀신이 나올 것처럼 으스스했다. 길모퉁이에 서 있는, 다 썩어가는 나무 전봇대에서 무엇인가가 대롱거리는 게 보였다. 전봇대 바로 밑에 가서야 정체를 알았다. 부서진 아이볼이었다. 내부가 다 뜯긴 채로 방치되어 있었다. 파손된 아이볼은 대개 스코어 코프에서 바로바로 교체했는데 이것은 몇 달째 그대로 매달려 있었던 모양이다.

이마니는 내처 걸어갔다. 이제 폐창고는 없고 양쪽 모두 수풀이었다. 기어코 두 남자의 목소리가 이마니 귓결에 들려왔다. 그들의 웃음소리가 나무 사이를 휘도는 바람에 부서졌다. 두 남자가 시야에 들어온 순간, 이마니는 한눈에 사립학교 남학생들이라고 넘겨짚었다. 코로나 포인트에 살겠거니 했다. 값비싼 옷을 걸쳤으나 단정치 못했고, 돈깨나 들였을 법한 장발도 지저분했다. 이마니는 눈을 마주치지 않으려고 고개를 숙이고 걸어갔다. 그런데 갑자기 잡담이 뚝 끊긴 것으로 미루어 보건대 남자애들 눈에 띈 모양이었다.

"어이, 조개재비."

한 남학생이 노동자 계층의 말씨를 과장스럽게 흉내 내어

소리쳤다.

이마니가 길거리에서 우연히 부잣집 아이들과 마주치는 일은 흔치 않았다. 그러나 뭐라고 지껄이든 흘려버릴 만큼 철이 들었다. 조개재비라는 별명쯤은 아무렇지 않았다. 하지만 한눈에 알아볼 만큼 진짜 조개잡이 티가 난다는 사실은 내심 놀라웠다.

"야, 너 흑인이야, 백인이야?"

키가 크고 호리호리하면서 입술은 얇고 눈빛이 차가운 백인 남자애가 물었다. 옆에 있는 남자애도 역시 백인으로, 붉은 머리에 땅딸막하고 주근깨박이였다. 둘 다 조금 비틀거리며 다가왔다. 술에 취했다. 이마니네 아버지가 거리낌 없이 혐오하는 부류였다.

키가 큰 쪽이 다시 물었다.

"너 감시 평가 대상자야? 우린 그런 거 안 받아서 말이지. 흣, 네가 원하면 입 꾹 다물어 줄게."

이마니는 달아나고 싶었지만 겁내고 있다는 것을 들키기는 싫었다.

"그럼 너 어느 쪽이야?"

주근깨박이가 멈춰 서서 묻고는 잠깐 대답을 기다리다 덧붙였다.

"열등생? 우등생?"

키가 큰 쪽도 걸음을 멈추고 말했다.

"뻔하지, 열등생."

주근깨박이가 맞받았다.

"아냐, 보아하니 범생이야."

"그런 애가 여긴 뭐 하러 온 거지? 암튼 너 진짜, 흑인이야, 백인이야? 어느 쪽이든 상관은 없어. 그냥 궁금해서 그래."

둘 다 서서 기다리는 품이 여기서 자기들이랑 노닥거리기를 기대하는 눈치였다.

이마니는 잠자코 지나가면서 머리통 두 개가 자신을 좇아 움직이는 것을 눈여겨보았다.

키가 큰 쪽이 이마니에게 들리도록 목소리를 높여 말했다.

"저 조개재비한테, 내가 두 가지를 건다. 하나는, 쟨 몇 년 뒤에 봉을 잡고 춤을 추고 있을 거야. 둘은, 아마도 개뼈다귀 같은 먹잇감이 될 거고."

주근깨박이가 살짝 멋쩍게 웃으며 말했다.

"친구, 그건 너무 야박한데."

키 큰 쪽이 말을 받았다.

"그런데 쟤 걷는 거 진짜 섹시하네. 야, 네가 섹시하게 걷는다는 거 알아? 이 몸은 인종 안 따져. 진짜로. 싫어? 아직 안 당겨? 지금 하는 게 어때?"

이마니는 남자애들이 자신을 좇는 눈길을 느끼면서도 달아나지 않았다. 고집스럽게 뚜벅뚜벅 걸어갔다. 낄낄거리는 소리가 희미하게 멀어져 갔다. 이마니가 꿋꿋이 버틴 건 오직 하나, 언젠가 감시 평가제가 보편화되리라는 생각 때문이었다. 그때가 되면 모든 곳에, 심지어 귀신이 나올 것 같은 이 골목에도 아이볼이 설치되리라. 대학교에 가고 취직을 하려면 반드시 감시 평가 성적이 필요하리라. 어쩌면 고등학교에 진학할 때조차 필요할지 모른다. 그날이 오면 특권층은 깡그리 없어지고, 저런 놈들은 톡톡히 대가를 치를 터였다.

드디어 체스터 거리가 나왔다. 건너편을 보니 옹이 진 나무 기둥에 리타 메이 카페 간판이 걸려 있었다. 꼬불꼬불한 필기체로 쓴 카페 이름 위에 우아하게 걸쳐 놓은 듯이 붉은 장미 한 송이를 새겨 넣은 간판이었다. 그 거리에는 리타 메이 카페만 덩그러니 들어서 있었다. 널빤지 지붕을 인 초라한 오두막으로, 크기는 인근 호수에서 얼음낚시를 즐기는 낚시꾼들이 끌고 다니는 작은 이동 가옥만 했다. 카페 안에서 따뜻한 불빛이 퍼져 나오고 장작이 타는 달콤하고 알싸한 냄새가 풍겼다.

이마니는 천천히 길을 건너며 아이볼이 없는지 나무마다 꼼꼼히 살폈다. 하나도 눈에 띄지 않았다. 출입문 바로 옆에 창문이 나 있었다. 선뜻 들어가기 뭣해서 두툼한 금색 커튼을 양쪽으로 젖혀 둔 창문으로 안을 엿보았다. 디에고가 안쪽, 장작불이 타오르는 난로 옆에 앉아 작은 책을 읽고 있는 게 보였다. 일행은 없고, 낯선 십 대 청소년 몇이 있었다. 저녁을 먹거나 파인트 맥주(약 570밀리리터인 1파인트 잔 단위로 파는 맥주)를 홀짝거리는 어른도 몇 명 보였다. 이마니네 부모님이 가까이 지내는 사람들과는 다른 부류였다. 이를테면 볼링 동호회 회원도 '일을 그만둔' 조개잡이 어부도 아니었다. 십 대 청소년들도 이마니가 아는 아이들보다는 아까 골목에서 마주친 남자애들과 더 비슷해 보였다.

캐럴 선생이 리타 메이 카페 이름을 들먹인 것은 아니지만 여기도 캐럴 선생이 말한 곳들 가운데 하나일 터였다. 감시 평가제의 손길이 뻗치지 않는, 이른바 안전지대. 그러나 안전하고는 영 거리가 멀어 보였다. 이마니는 골목 사건으로 이미 바짝 쫄았다. 지금 성큼성큼 걸어 들어가, 디에고 옆에 앉아서, 시치미 뚝 떼고 여기 속하는 사람인 척하면 통할까? 그럴 리 없었다. 자신은 여기에 속하는 부류와는 다른, '조개재비'였다.

창문으로 이마니를 발견한 디에고는 읽던 책을 탁자에 올려놓고 기다렸다. 이마니는 그처럼 차분하게 앉아 있는 디에고가 못마땅했고, 자신과 디에고의 처지가 너무나도 다르다는 게 원망스러웠다. 달아나자는 생각밖에 들지 않았다.

이마니는 카페 문이 여닫히는 소리에 잠깐 돌아다본 것 말고는 들입다 뛰었다.

디에고가 웃옷도 걸치지 않고 나와서 소리쳐 불렀다.

"이마니! 어디 가는 거야?"

이마니는 뒤도 돌아보지 않고 뛰었다. 아이스 링크까지 절반쯤 남은, 파손된 아이볼이 있는 전봇대 근처까지 갔을 때에야 뒤쫓아 오는 발소리를 들었다. 죽어라 달렸지만 디에고가 더 빨랐다. 아이스 링크에 도착하는 순간 이마니를 따라잡은 디에고가 앞을 가로막았다.

"에이 씨, 대체 이게 뭐하자는 짓이야?"

디에고가 씩씩거렸다. 바람에 머리카락이 풀썩 날리면서 얼굴이 다 드러났다. 놀랍도록 균형이 잘 잡힌 얼굴이었다.

이마니가 숨을 가쁘게 몰아쉬며 말했다.

"제발 비켜 줄래?"

디에고가 추운지 얇은 검정 스웨터를 여미며 따졌다.

"왜 도망친 건데?"

"마음이 바뀌었어."

"왜?"

"제발 비켜 달라니까?"

"못 비켜, 마음이 바뀐 이유부터 말해."

정작 이마니 자신도 그 이유를 몰랐다. 이성적으로 선택한 것이 아니었다. 뭔지 모를 육감에 가까운 선택이었다.

"거긴 위험한 곳이야."

"백 퍼센트 안전해. 거긴 리타 메이가 하는 카페야."

"그런데?"

"리타 메이는 우리 부모님이 아는 사람이야. 만에 하나 감시 평가 대상자가 그곳에 왔더라고 밀고하는 일이 생기면, 그 사람을 죽여 버리고 말 거야. 직접 자기 맨손으로. 거기선 그게 규약 같은 거야. 리타 메이 카페는 안전지대야. 날 믿어."

"안전지대 따위는 없어. 그건 열등생의 관념일 뿐이야."

"그래?"

"그래. 그런 관념이 열등생들을 끊임없이 망쳐 놓는 거고."

"왜?"

"넌 죽었다 깨어도 몰라."

"그래, 그러니까 네가 여기 온 거잖아. 나한테 그걸 가르쳐 주려고. 아니야? 그리고 말이 나왔으니 말인데 너도 모르는 게 많아."

"잘됐네, 그럼 우리 서로 그냥 모르는 채로 묻어 두자."

이마니는 디에고의 몸을 피해 아이스 링크 문으로 손을 뻗었다. 디에고가 이마니의 손목을 움켜잡았다. 이마니가 팔을 획 당기자 디에고는 곧바로 놓아주었다. 그 대신 문을 꽉 누른 채로 물었다.

"도대체 뭐가 두려운 건데?"

이마니는 디에고를 노려보았다. 바람이 찬데도 몸에서 열이 났다. 아무것도 두렵지 않다고, 분명 너는 아니라고 말하고 싶었다. 그러나 사실은 모두 두려웠다. 골목 장면이 찍혔을까 봐 두려웠다. 아이볼에게 무언가 숨기려 드는 자신이 두려웠다. 위험을 무릅쓰면서까지 디에고랑 함께하려는 것도, 위험하다는 이유로 회피하려는 자신도 두려웠다. 골목에서 부닥친 남자애들이 연상되는 디에고의 태도도 두려웠다.

"그딴 거 없어. 그냥 마음이 변했을 뿐이야."

조금 뒤 디에고가 버티고 선 자리에서 물러났다.

"알았어. 하지만 너 절대로 그 장학금 못 타."

"누가 할 소리."

이마니는 디에고를 뒤로하고 아이스 링크 문을 열었다.

10
염탐꾼들

그다음 날 수업이 모두 끝난 뒤였다. 이마니는 대기실 유리 벽으로 얼핏 휠러 교장을 보았다. 빳빳하고 세련된 연분홍 정장 차림으로 비서에게 무엇인가를 설명하고 있었다. 복잡한 문제가 생긴 것 같았다. 지난번 상담을 하면서 매몰차게 자신의 희망을 꺾으려 들던 교장이 아직도 용서되지 않았다. 교장은 또 다른 학생의 운명이 걸린 문제를 비서와 상의하는 모양이었다. 태블릿 위로 허리를 수그린 교장을 지켜보다가 지금 자신에게 가장 필요한 것이 교장의 직설적인 충고일지 모른다는 생각이 들었다. 모름지기 힘든 선택을 회피하고서 앞서나가는 사람은 없는 법이니까. 이마니는 열린 교장실 정책을 한 번 더 이용해 보기로 마음먹었다.

"모를 일이구나."

휠러 교장이 뒤따라 교장실로 들어선 이마니에게 말했다. 교장이 둘만 있게 나가라는 뜻으로 손짓하자, 브론슨 부인은 샐쭉한 얼굴로 물러갔다. 휠러 교장은 문을 닫고 나서 이마니가 건네준 쪽지를 들여다보았다.

"그 애가 너한테 이 글을 쓰는 걸 도와 달라고 한다는 거니? 이…… 이게…… 대관절 뭐지?"

휠러 교장이 어리둥절한 얼굴로 이마니를 바라보며 물었다.

"미국사 수업에 제출할 기말 보고서예요. 캐럴 선생님이 그걸 오티스 연구소에서 개최하는 장학생 선발 대회에 제출하실 거래요."

"오티스 연구소? 난 금시초문인데?"

휠러 교장은 자리에 앉아서 탭 패드를 펼치고 자판을 두드리기 시작했다. 검색 결과가 번쩍거리며 안경에 떴다.

"옳아, 무슨 교육 시민운동 단체로구나. 그런 정보라면 톰 캐럴 선생만 입수한 건 아닐 텐데? 이 장학생 선발 대회는 모두에게 공개하도록 되어 있으니."

"맞아요. 그런데 아직 아는 사람이 별로 없나 봐요."

"이건 또 뭐지? 캐럴 선생이 정해 준 주제가 감시 평가제 반대론이야?"

"감시 평가 대상자들만요. 비대상자는 감시 평가제를 옹호하는 글을 써야 돼요."

"설마 그럴 리가."

"캐럴 선생님은 그래야 우리 논문이 돋보일 거라고 생각하신 것 같아요."

"아하."

휠러 교장은 자판을 계속 두드렸다. 잠시 후 안경에서 번쩍거리는 빛이 사라지자, 그제야 교장이 온전한 눈으로 이마니를 바라보았다.

"교육계에서 가장 위험한 말이 뭔지 궁금하지 않니?"

"뭔데요?"

"종신직."

휠러 교장은 쪽지를 집어 들고 실눈을 뜨고 살펴보았다.

"어쩜 이리도 작게 썼을까."

"그래야 아이볼이 읽지 못할 테니까요."

"아무렴, 그럴 테지. 디에고 랜디스답구나. 아주 총명한 학생이라는 건 인정해. 감시 평가 비대상자라는 걸 감안하면 더더욱 대단해."

"네, 저도 그렇게 생각해요."

"3학년 때 우리 학교로 전학을 오자마자 정학 처분을 받았다. 촬영을 방해하려고 아이볼 렌즈에 마구 낙서를 해 놓았거든. 그래서 브라이언 필스너와 몸싸움을 벌였지."

"저도 기억나요."

"모함을 받은 거라고 발뺌을 하더라만, 사실 그 앤 징계 전력이 꽤 많아."

교장은 다시 자판을 두드려 보더니 덧붙였다.

"수업 방해 1회, 낙서 몇 건. 이런, 이 사실을 까맣게 잊고 있었다니."

낙서라는 말을 하는 순간 교장의 얼굴이 환해졌다.

휠러 교장은 '감시 평가 비대상자에게 자유를'이라는 낙서를 한 사람을 신고하면 100달러를 주겠다고 내걸었다. 그러나 여태까지 정식으로 고발당한 사람은 없었다.

"내가 쭉 그 애를 눈여겨보았는데, 요즘은 조용하더구나. 아무런 말썽을 일으키지 않은 게……."

교장은 자판을 두들겨 보더니 말을 이었다.

"2월부터야."

휠러 교장은 눈을 깜박여 안경 화면에 뜬 정보를 지운 뒤 눈살을 찌푸리고 이마니를 바라보았다.

"그 애를 정식으로 고소하려는 거니?"

"고소요?"

"그래서 날 찾아온 거 아니야?"

이마니가 어물어물하자 휠러 교장이 몸을 앞으로 숙이고 물었다.

"가만, 너 디에고 제안을 받아들일 셈으로 날 찾아온 건 아니겠지, 설마?"

선뜻 대답을 못하는 이마니를 보다가 휠러 교장은 다시 의자에 등을 기대고 앉아 안경을 벗었다.

"아, 장학금이 탐나는 모양이구나. 그 오티스 장학금이?"

정말이지 이마니가 이 장학금만큼 간절히 바란 것은 일찍이 없었다.

"당선될 자신 있어요. 꼭 도전해 보고 싶어요."

휠러 교장이 피식 웃었다.

"난 또, 네가 디에고 랜디스를 희롱 죄로 고소하려고 찾아온 줄 알았지."

"걔가 좀 짓궂게 괴롭히는 구석이 있는 건 맞아요. 하지만 저한테 실제로 도움을 줄 수 있을 것 같아요. 꽤 똑똑하니까요. 특히 감시 평가제 반대 주장에 관해서요."

"그래, 그 점은 의심할 여지가 없지."

휠러 교장은 책상에 놓인 서류 뭉치를 들어 올리고 태블릿을 꺼냈다.

"걔가 감시 평가제를 반대하는 주장에 관해 어떻게 그토록 잘 아는지 아니?"

휠러 교장이 자판을 몇 번 두드리더니 화면을 돌려 이마니에게 보여 주었다. 화면에 《보스턴글로브》에 실린 기사가 떠 있었다. 감시 평가제 학교를 상대로 법정 싸움을 벌인 서머턴의 한 변호사를 다룬 기사였다. 어떤 여자가 휠러 교장과 나란히 서 있는 사진도 보였다. 사진 아래 달린 설명 글을 보니 이름이 데나 랜디스였다.

"이 사람이……."

"디에고의 어머니야. 변호사지. 실력도 좋고. 자발적 거부자라고. 이 여자와 함께하는 극소수 무리 때문에 지난해 우리 학교가 소송비로 얼마나 썼는지 아니?"

이마니가 고개를 가로저었다.

"자그마치 28만 6000달러(우리 돈으로 약 3억 원)란다. 괴롭힘, 부당 대우, 불법 감시를 이유로 손해 배상 청구 소송을 냈어. 지금 주 정부에서는 해당 학군에 속하는 학교에 그 배상금을 물리고 있어. 그러니 어떻게 되겠니, 생각해 봐라. 그 비용을 대느라 교직원을 해고할 수밖에 없었다."

"그 역사 선생님처럼요?"

"프랑스어 선생 한 명과 미술 선생 한 명까지. 게다가 내가
보기엔 아직 끝나지 않았다. 데나 랜디스가 관련돼 있어. 이 나
라의 침투 공작원 단체는 모두 그 여자 진영에 있어. 물론 그
여자 전략이 무엇인지도 잘 알아. 불법 방해 소송을 내겠지. 우
리 학교 재정을 파탄 내려고 작정한 거야. 우리가 계속 대항하
지 못하도록 돈줄을 끊어 놓을 심산으로."

"무슨 말씀인지 전 하나도 모르겠어요."

"그 집안이 세습 부자야. 엄청난 갑부지. 코로나 포인트 주
민이라는 건 아니?"

이마니의 입이 떡 벌어졌다. 독특한 데가 있다고, 서머턴 고
등학교에 다니는 다른 감시 평가 비대상자와는 확실히 다르다
고는 늘 생각했다. 그런데 디에고가 코로나 포인트에 살다니
정말이지 뜻밖이었다.

"그곳 주민들은 너나 나 같은 사람 따위는 존중하지 않아.
자기들끼리만 서로 존중할 뿐, 그 밖에는 안중에도 없어. 물
론 그 여자는 자기 아들 같은 자발적 거부자들을 위해 공교육
을 지켜야 한다고 그럴싸하게 떠벌리지만, 내 생각에는 말이
지……."

휠러 교장은 책상 앞으로 몸을 내밀고 눈을 반짝거리며 덧
붙였다.

"내가 볼 땐 그 여자가 자기 아들을 우리 학교로 전학시킨
건 소송 근거를 마련하기 위해서야."

"정말요?"

"내 생각에 디에고는 염탐꾼이야, 네가 궁금해할까 봐 하는

소리다만."

"염탐꾼요?"

휠러 교장이 잠자코 고개만 주억거렸다. 꼭 믿을 만한 사람한테 비밀을 털어놓는 듯한 모습이었다. 그것이 이마니는 영광스러웠다. 어떤 학생도 교장이 이처럼 허심탄회하게 대하지 않을 것 않았다.

휠러 교장은 다시 의자에 편안히 기대앉아서 이마니를 찬찬히 뜯어보았다.

"디에고가 너한테 눈독을 들이다니, 아무래도 일이 아주 재미있게 돌아가겠구나."

"무슨 말씀이세요?"

"너는 현재 완벽한 사례 연구감이야. 성적이 뚝 떨어진 학생. 그래서 아마도 널 점찍었을 거야. 데나 랜디스가 벌이는 다음번 소송에서, 어쩌면 네가 주역이 될지도 모르겠다."

이마니는 생각만 해도 속이 뒤집힐 것 같았다.

"저는 사례 연구감이 될 마음은 없어요."

"널 탓하는 게 아니야."

"제가 걜 염탐할게요."

휠러 교장이 심각하게 물었다.

"그게 무슨 뜻이지?"

이마니도 딱히 무슨 작정이 있어서 한 말은 아니었다. 그런데 불쑥 뱉어 놓고 나니 그럴싸한 계획이 떠올랐다.

"걔네 엄마가 어떻게 할 것인지 디에고한테 물어보면 어떨까요?"

"과연 순순히 대답해 줄까?"

"걔가 먼저 공동 작업을 제안했거든요. 서로 자기 견해에 관해 가르쳐 주기로 했어요. 이것 보세요."

이마니가 가방에서 디에고가 내준 '숙제'를 꺼내 건네주었다. 휠러 교장은 그 숙제를 찬찬히 읽어 보았다.

"잘 썼구나. 하지만 나는 네가 쓴 답변이 맘에 든다. '감시 평가제가 없으면 불안정한 귀족 사회에서 살게 될 것이다.' 이건 아주 뛰어난 통찰이야. 가만, 이미 디에고의 제안을 받아들인 모양이네?"

"맞아요, 그런데……."

"그런데?"

"마음을 바꿨어요."

휠러 교장이 의자에 몸을 푹 파묻었다.

"그랬구나."

"모험해 볼 가치가 있다고 생각했어요. 다만 문제는, 만일 제가 그 장학금을 따내지 못하고 공동 작업한 사실만 들통 나면……."

"돌멩이 떨어지듯 바닥으로 직행하겠지."

"영락없이요."

휠러 교장은 한동안 묵묵히 크림색 가죽 의자를 뱅글뱅글 돌리면서 숙제 종이를 빤히 바라보다가 마침내 입을 열었다.

"디에고의 제안을 수락하더라도 가산점을 받을 방법이 있으면 좋으련만. 아이볼이 긍정적으로 평가할 만한 정당한 사유가 있다든지."

"그러게요. 하지만 감시 평가 비대상자는 아예 접근 금지인 걸요. 더욱이 집단 일체성은 가장 비중이 큰 평가 요소고요."

휠러 교장은 다시 의자를 뱅글뱅글 돌리면서 덧붙였다.

"그렇지. 혹시라도 네가 좋아서 하는 듯한 인상을 풍기면 곤란해."

"그건 절대 아니에요."

"그 애랑 데이트를 하는 것처럼 보여서도 안 될 테고."

이마니는 풋, 웃음을 터뜨렸다. 디에고랑 데이트를? 너무 어처구니가 없어서 생각할 가치도 없는 일이었다. 게다가 디에고가 사는 곳과 서머턴 고등학교로 전학한 목적까지 알고 난 지금은 더더욱.

"잠깐만요. 이건 중요한 의미가 있지 않을까요? 감시 평가제에 맞서 싸우는 침투 공작원 변호사에 관해 유용한 정보를 얻어 낸다면요?"

휠러 교장이 뱅글뱅글 돌리던 의자를 멈췄다.

"그게 무슨 소리지?"

"음, 방금 선생님이 말씀하신 대로예요. 저는 좋아서 디에고와 어울리려는 게 절대 아니거든요. 그건……."

이마니가 알맞은 말을 찾으려고 천장을 올려다보며 곰곰 생각하는데 교장이 말했다.

"감시 평가제를 위해서다?"

"네, 바로 그거예요. 반대파에 맞서 감시 평가제를 지키려는 건, 무척 의미 있는 일이잖아요. 그렇죠?"

휠러 교장이 입술을 지그시 깨물었다.

"아이볼은 우리보다 훨씬 똑똑해. 우리도 모르는 동기까지도 다 인식하니까."

"그러니까 이게 적응성에 맞는 동기라는 것도 알아내지 않을까요?"

휠러 교장은 푹신한 등받이에 등을 기댄 채 다시 뱅글뱅글 의자를 돌리기 시작했다. 이마니는 자신이 팔찌 화면을 광이 날 때까지 문질러 대듯, 교장 선생이 의자를 뱅글뱅글 돌리는 것은 긴장할 때 나오는 버릇이라는 것을 깨달았다.

"이건 전인미답의 영역이야, 이마니."

"그래도 성공할 가능성은 있지 않을까요?"

휠러 교장은 이마니를 말끄러미 바라보았다. 입꼬리가 살짝 들린 얼굴에 미소가 감돌았다.

"없으란 법은 없겠지."

교장의 반응은 미지근했다. 확실한 지지를 바랐던 터라 기대에 훨씬 못 미쳤지만, 그것만으로 이마니에겐 큰 힘이 되었다.

"그래도 남은 문제가 하나 있지. 만일 네가 공공연하게 공동 작업을 하겠다고 나서면 디에고가 의심하지 않겠니?"

이마니가 잠깐 생각하더니 대답했다.

"아무도 모르게 할 거예요. 분별력 있게 하자고, 디에고가 먼저 제안했거든요."

"그런데 아이볼은 그걸 어떻게 해석할까?"

이마니가 한숨을 푹 쉬었다. 덮어씌우려고 만드는 그물이 점점 커지다 보니 옭아매야 할 매듭이 너무 많았다.

"아하, 미리 자백을 하면 되겠구나. 아이볼에게 먼저 계획을 털어놓는 거지. 네가 앞으로 무엇을 하고, 왜 하는지 곧이곧대로 아이볼에게 알려 주는 거야."

이번에는 이마니가 입술을 지그시 깨물었다. 아이볼에 대고 직접 말해야 한다는 것이 영 두려웠다. 이윽고 이마니가 대답했다.

"할 수 있을 것 같아요."

"한 치라도 거짓이 있어서는 안 돼."

"그렇게 하겠습니다."

"안 그럼 위험한 게임이 될 거야."

"그런 게임은 하지 않을 거예요."

휠러 교장은 친근하면서도 공모자 같은 미소를 지으며 몸을 앞으로 수그렸다.

"흠, 디에고 랜디스하고는 게임을 해야지."

"아, 그러네요."

"그리고 그 애 어머니하고도."

그건 생각지도 못한 덤이라고, 이마니는 생각했다.

학교에서 집까지 가는 길에 설치된 아이볼은 모두 열일곱 개였다. 그러나 이마니는 계속 미루다가 정박장 길까지 와서야 잰걸음으로 아브루치 골동품 가게 쪽으로 건너갔다. 돈벌이보다는 취미 삼아 차린 가게라 손님이 뜸했다. 문에 '영업 중' 간판은 걸렸는데, 주인 할머니 모습은 어디에도 보이지 않았다. 주차장 옛터에는 오래된 공중전화 부스 하나와 바닷새 오물이 부슬부슬 떨어지는 정원용 조각상이 한 무더기 들어서 있었다.

높이가 120센티미터쯤 되는 코끼리 석상은 아이볼을 매달고 가로등 발치에 보초처럼 서 있었다. 이마니는 책가방을 내려놓고 코끼리 석상 등을 타고 올라가 똑바로 섰다. 아이볼에 이렇게 바짝 다가선 것은 난생처음이었다. 반들반들한 검은 표면에 반사된 햇빛이 정통으로 이마니의 눈을 찔렀다.

"안녕하세요."

이마니는 달랑 인사 한마디를 하고는 머뭇거렸다. 틀에 박힌 대화 방식에 얽매인 탓이다.

"제 소개는 굳이 할 필요가 없을 것 같아요. 이미 누군지 알 테니까요. 그렇죠? 저는 이마니 르몽드라고 합니다."

멀리 떨어진 중앙 처리국에서 0과 1로 이루어진, 형체 없는 무엇인가가 자기 말을 기록하고 있을 터였다. 그것이 입술을 읽고 자신보다 훨씬 건전한 판단을 내릴 것이다.

"제가 여기 온 것은 앞으로 할 일을 자백하기 위해서입니다. 조금도 거짓 없이 솔직하게 이야기하고 싶습니다. 저는 감시 평가 비대상자 학생과 함께 시간을 보낼 것입니다. 그 학생은 디에고 랜디스입니다. 그 남자애가 좋아서도 다른 목적이 있어서도 아닙니다. 솔직히 그 남자애는……."

이마니는 위쪽을 쳐다본 채 눈을 말똥거리며 적당한 표현을 찾으려고 애썼다.

"짓궂고, 입도 험해요. 그러니까 욕설도 하게 될 거예요. 저 말고, 그 남자애가요. 아무튼 원래 이 일을 하게 된 계기는 논문에 쓸 자료 때문이었어요. 오티스 연구소에서 장학생 선발 대회를 주최하거든요. 그 대회에 관한 정보는 직접 찾아서 확인할 수 있을 거예요. 디에고가 우리 학교를 고소한 침투 공작원 변호사의 아들이라는 사실을 알게 됐어요. 그래서 디에고와 맺은 관계를 이용해서 그 애 어머니의 계획을 알아낼 수 있겠다는 생각이 들었어요. 귀사와 맞서 싸울, 그 계획을요."

이마니는 작고 까만 아이볼을 물끄러미 바라보았다. 왠지 오늘따라 연약하기 짝이 없어 보였다.

"저들이 원하는 건 귀사를 무너뜨리는 거예요. 신분 상승은 물론 귀사가 약속한 모든 것을 믿지 않으니까요."

이마니는 침을 꿀꺽 삼켰다. 그 몸짓의 의미까지도 아이볼은 탁월한 논리로 처리하리라는 것을 알았다.

"하지만 저는 믿어요."

지금은 위험한 게임을 하는 것이 아니었다. 감시 평가제를 실시할 때 기업체가 내건 약속들을 이마니는 진심으로 믿었다. 적어도 스스로는 그렇게 여겼다. 믿지 않을 이유가 여태껏 하나도 없었다.

이마니는 코끼리 석상에서 내려와 팔 없는 인어 조각상을 마주 보았다. 가여웠다. 눈보라, 불볕더위, 무심하게 오가는 사람들까지 견뎌 내는 것도 모자라 서머턴 어느 주차장에 처박힌 신세가 되다니. 그런데도 여전히 피자 가게 너머 드넓은 바다를 하염없이 바라보고 있다니. 언제 봐도 종잡기 힘든 바다일지언정, 무슨 일이 있어도 희망을 잃지 않겠다는 어기찬 눈빛으로.

11
조개재비

이마니는 그다음 날 마지막 쉬는 시간에야 디에고의 사물함 틈새로 쪽지를 밀어 넣었다. 직접 만나자는 글이었다. 80점대 3학년 하나가 그 광경을 목격했으니 보나마나 밀고할 터였다. 이미 자진 고백했으니 밀고해도 그만이었다.

그날 오후, 이마니는 밀물이 차오른 지 두어 시간 뒤에 프랑켄고래잡이배를 몰고서 좁다란 띠처럼 펼쳐진 해수욕장으로 향했다. 일주일에 한 번씩 이마니네 부모랑 볼링을 치는 웬트워스 노부부가 운영하는 곳이었다. 허름하기 짝이 없는 살림집은 무성하게 자란 수풀에 가려서 잘 보이지 않았다. 수풀은 지금도 쑥쑥 자라는 모양새가 남아 있는 해변까지 모두 집어삼킬 기세였다. 삼륜 오토바이 한 대가 너덜너덜 찢긴 배드민턴 네트에서 대각선 방향으로 오도카니 앉아 있고, 갖가지 플라스틱 장난감이 해초처럼 널브러져 있었다. 웬트워스 노부부의 손자 손녀들 것이었다.

차가운 바람이 몸을 휘감았고, 사람은 그림자 하나도 보이지 않았고, 하늘은 온통 우중충한 잿빛이었다. 이마니는 스웨터 옷깃을 단단히 여민 채 기다렸다. 케이디가 아닌 다른 사람을 태우려고 기다리자니 기분이 묘했다. 케이디는 지금쯤 강에서 자신과 함께한 오후 나절들을 그리워할지, 아니면 파커와 지내는 시간을 더 좋아할지 궁금했다.

멀리서 희미하게 부르릉거리는 소리가 들려왔다. 프랑켄스쿠터와 견줄 수 없어도, 이마니는 심장이 쿵덕쿵덕 뛰는 걸 느꼈다. 스쿠터 소리가 크게 들리자, 이마니는 배 안을 치웠다. 담요는 개어 놓고 의자는 깨끗이 닦았다. 드디어 나무 사이로 검정 스쿠터가 나타나는가 싶더니, 땅 위로 불거진 커다란 뿌리를 훌떡 뛰어넘어 백사장으로 쭉 미끄러졌다. 그대로 곧장 해변을 가로질러 아기 인형 두 개를 빙 돌고 나서야 삼륜 오토바이 옆에 뚝 멈춰 섰다.

디에고는 곧바로 내리지 않았다. 주위를 먼저 둘러보고 나서야 검정 헬멧의 바이저를 올렸다.

이윽고 디에고가 말했다.

"이야, 전용 배가 있구나. 환상이네."

이마니는 걸어가서 배를 끌고 옆걸음으로 물가까지 갔다.

"타."

디에고는 헬멧을 트렁크에 집어넣고 배에 올라가더니 모터 오른쪽에 있는 운전석에 앉았다. 이마니가 난감한 표정으로 바라보는데도 디에고는 멀뚱멀뚱 마주 볼 뿐이었다.

"저기, 내가 몰아야 할 것 같은데."

"아, 미안."

디에고가 중간 좌석으로 옮겨 앉았다.

"배를 타 본 적이나 있나 몰라?"

이마니가 대놓고 생색내는 말투로 물었다.

"한두 번쯤. 설마 날 물에 빠뜨리려는 건 아니겠지?"

디에고가 생색낼 것도 많다는 듯이 받아치고는 활짝 웃어 보였다.

이마니는 그 웃음에 반했지만 무덤덤하게 대꾸했다.

"두고 보면 알겠지."

이마니는 모래밭에서 배를 밀어 물에 띄운 뒤 세련된 동작으로 운전석에 훌쩍 뛰어올랐다. 연습하고 또 연습해서 익힌 동작이었다.

"혼자 보기 아까운데?"

디에고가 은근히 이죽거렸지만 이마니는 무시했다.

이마니는 해수욕장에서 천천히 배를 몰며 좁다란 만을 빠져나왔다. 강으로 나오자마자 속도를 높이고 심한 굴곡을 그리며 뱃머리를 획획 꺾었다. 디에고가 의자를 꽉 부여잡았다. 뼈마디가 하얗게 드러난 손을 보니 이마니는 통쾌했다. 그 꼬락서니가 딱 땅에서만 까불대는 원숭이였다.

물살이 거센 해협으로 배가 막 들어설 때였다. 디에고가 두 손으로 의자를 부여잡은 채 고개를 틀고 소리쳤다.

"날 어디로 데려갈 셈이야?"

이마니가 앞쪽 왼편에 보이는 야트막한 모래섬을 가리켰다.

디에고가 모터 소리를 뚫고 외쳤다.

"저기가 천시 해수욕장이야?"

이마니도 큰 소리로 대답했다.

"그 해수욕장 뒤편이야! 꽉 잡아."

이마니는 속도를 높여 해변으로 직진했다. 배가 질주할수록 몸이 뻣뻣하게 굳어 가는 디에고를 보면서 속으로 쾌재를 불렀다. 디에고가 어깨와 귀가 맞닿을 만큼 몸을 잔뜩 웅크렸을 즈음 모터를 껐다. 이제부터는 배의 관성력과 해변 쪽으로 몰려가는 물결에 맡기기만 하면 되었다.

잔뜩 긴장했던 몸이 차츰 편안해지자, 디에고가 성난 얼굴로 이마니를 노려보았다.

이마니가 말했다.

"다 왔어, 안전하고 무사하게."

"너 존나 돌았구나."

"넌 시소러스 사전 좀 봐야겠다."

배가 물가에 닿았다. 이마니는 몸짓으로 내리라고 한 뒤 재미있는 구경을 하듯 디에고를 지켜보았다. 디에고는 부츠가 젖을세라 뱃머리에 서서 긴 다리를 구부려 홀짝 뛰어내렸다. 검정 스키니 진을 입은 모습이 예전에 봤을 때보다 훨씬 키가 크고 호리호리해 보였다. 모래밭에는 영 어울리지 않는 차림새였다. 이마니는 축축한 모래밭으로 풀쩍 뛰어내려 배를 2.5미터쯤 뭍 위로 끌어 올렸다.

디에고가 물었다.

"안전할까?"

이마니가 텅 빈 바닷가를 헬끔 둘러보고 나서 되물었다.

"뭐로부터? 대합조개?"

"바닷물이지, 물론."

"바닷물이라면 내가 잘 알아."

이마니는 밧줄을 내려놓고 성큼성큼 해변을 따라 걸었다. 디에고가 냉큼 이마니를 따라잡았다. 둘은 한동안 잠자코 걸었다. 하늘에서는 갈매기들이 끼룩거리며 날렵하게 날아다녔다. 오늘따라 유난히 시끄럽게 굴었다. 이곳에 속하지 않은 게 분명한, 시꺼먼 옷을 입은 낯선 자가 수상쩍다는 신호 같았다. 디에고는 거만한 얼굴로 책을 들고 실내에 앉아 있는 게 어울리는 아이라고, 이마니는 생각했다. 리타 메이 카페에 속한 사람이라고.

한 100미터쯤 걸어가니 굽이진 곳이 나왔다. 대서양이 훤히 바라다보였다. 이마니는 걸음을 멈추고 가없이 펼쳐진 푸른 바다를 응시했다. 언제나처럼 지금도 바닷물이 자신을 끌어당기는 듯한 느낌을 받았다. 이마니의 운동화가 흰 모래에 살짝 묻혔다.

디에고도 몇 발짝 떨어진 곳에 멈춰 서서 바다를 빤히 바라보았다. 그런들 저 푸른 망망대해가 과연 저 애한테 무슨 의미가 있을지 이마니로서는 알 길이 없었다. 바람에 날린 머리카락이 얼굴을 뒤덮자, 디에고는 마지못해 머리카락을 귓등에 단단히 꽂았다. 바람은 몇 초 만에 기어코 이겼다. 이마니가 케이디를 생각해서 늘 가지고 다니던 고무줄을 꺼내서 내밀었다. 디에고는 고개를 가로저었다.

디에고가 먼저 말문을 열었다.

"자, 어디서부터 시작할까?"

이마니가 바다를 마주하고 바싹 마른 모래밭에 앉아서 대꾸했다.

"내 답변 중에 몇 가지 할 이야기가 있다면서?"

"아, 참. 그랬지."

디에고도 자리를 잡고 앉아 주머니에서 종이를 꺼내더니 읽었다.

"감시 평가 비대상자들은 현재의 처지를 감수하면서 구제 불능 상태로 어영부영 살아갈 수밖에 없지만, 감시 평가 대상자들은 고도의 지능을 갖춘 공정한 평가원으로부터 다달이 피드백을 받는다. 그에 따라 우리는 자신을 바꿀 수 있는 역량을 기른다."

"잠깐만."

이마니가 깔끔하게 타자한 종이를 보면서 물었다.

"내 답변을 몽땅 다시 친 거니?"

"아니, 한심스러운 것들만. 넌 어떻게 감시 평가 비대상자는 변할 수 없다는 생각을 하게 된 거지? 우리를 평가할 소프트웨어 프로그램이 없어서? 우리는 부모님이 있고, 성적표도 받아. 우리한테는 뇌라는 것도 달려 있고. 설마 그런 것까지 잊어버린 건 아니지? 우리는 하려고 들면 자기 결점을 스스로 찾아낼 수 있다는 얘기야."

"하지만 너희는 변화를 꾀할 자극제가 없잖아?"

"꼭 모든 사람이 변화를 원하는 건 아니야."

"그러면 구제 불능 인생을 살겠지, 쪽지에도 썼지만."

"다 너랑 같지는 않아. 도대체 누가…… 잠깐만."

디에고가 종이를 보면서 읽었다.

"만족스러운 자기 계발을 끊임없이 해낼 생각을 하겠어?"

그러고는 다시 이마니를 똑바로 보고 물었다.

"아, 진짜. 너, 이 말이 얼마나 섬뜩하게 들리는지 알기나 하냐?"

모른다. 널리 알려진 스코어 코프의 표어 하나를 그냥 그대로 베껴 썼을 뿐이다.

"그게 뭐가 섬뜩해?"

"우선, 그 말은 솔직히 '이중사고 화법'doublespeak 같지 않아?"
(『1984』에 나오는 이중사고(doublethink), 신어(newspeak) 등에서 비롯된 말. '이중사고'란 '전쟁은 평화, 자유는 예속, 무지는 힘'처럼 모순된 말로 본질을 가리고 진실을 호도하는 우민화 정책이자, 개인이 교육 내용을 아무런 문제의식 없이 내면화해 순응하는 정신 활동이기도 하다.)

"이중사고 화법? 그게 뭔데?"

디에고가 별안간 웃어 젖혔다.

"진짜 어이없네! 스코어 코프는 이 이중사고 화법을 써서 대중 정신 통제 교육을 실시하는 거야. 그런 다음에 정신 통제 교육에 활용한 자료를 교육 과정에서 모조리 없애 버려. 『1984』가 옛날에는 필독서였어. 너 그 책 알아?"

"그래, 어디선가 읽은 것 같아."

이마니 대답은 사실이 아니었다.

"그렇다면 이중사고 화법이 뭔지 잘 알 거 아냐."

디에고가 도발적으로 말했다.

이마니는 실력이 달린다는 걸 느끼기 시작했지만 들키기는 싫었다.

"들어 보긴 했어."

"좋아. 그럼 이상하다는 생각 안 들어? 우리는 지금 오웰이 예언한 악몽 같은 세상에서 살고 있는데, 그 책을 더는 읽지도 못한다는 게?"

이마니로서는 읽어 본 적도 없는 책을 주제로 논쟁하면 디에고를 이길 자신이 없었다. 그래서 어떻게든 눙치고 넘어가려고 기를 썼다.

"누가 그렇게 어처구니없는 책을 좋아하겠어? 난 내가 어느 누구의 악몽 속에 살고 있지 않다는 것만은 확실히 알아."

"너야 그럴 테지. 오웰의 실수는 단 하나, 악당을 잘못 짚은 것뿐이야. 지금 악당은 정부가 아니야. 기업이지. 다시 말해 막대한 돈을 버는 기업가들이라고. 너 스코어 코프의 역사를 아니? 셰리 포터의 실종을 둘러싼 논쟁은 알아? 그 사라진 인터뷰는?"

"내 대답을 듣고 싶은 거니, 아니면 그냥 너 혼자 하는 소리니? 아무래도 혼잣말 같으니까, 나는 가서 조개 갈퀴나 가져와야겠다."

"조개 갈퀴?"

디에고가 배꼽을 쥐고 웃어 대다가 덧붙였다.

"뭐야, 너, 조개재비였어?"

그러고도 한참을 더 웃더니 맥을 못 추는 모터처럼 별안간 웃음을 뚝 멈췄다.

"아차."

배꼽 빠지게 웃어 대는 모습을 보면서 이마니는 디에고의 속마음을 헤아릴 수 있을 것 같았다. 여자애가 배를 몰아? 밀물과 썰물 시간은 알아서 뭐하는데? 에이, *발, 하필 조개재비라니!

디에고의 얼굴이 벌게졌다. 이마니는 자기 태도에 따라서 디에고가 무안해하지 않고 넘어갈 수 있다고 생각했다. 조금은 대범하게 조금은 태연하게, 너그러움을 베풀면 될 일이었다. 하지만 이마니는 이런 생각이 들었다. 내가 왜? 디에고가 쩔쩔매는 꼴을 실컷 구경할 수 있는데. 아까 책 때문에 당한 창피를 고스란히 되갚아 줄 기회가 왔는데. 나 참, 기가 막혀서! 세상에 저 혼자 잘난 듯이 뻐기면서 지적 거인처럼 굴더니 고작 쎄고 쎈 엘리트주의자였어?

디에고는 아주 말까지 더듬거렸다.

"미, 미, 미안…… 다른 뜻은 없어…… 내가 웃은 건, 완전 멋져서야. 네가……."

"됐고, 배는 내 것이라는 것만 알아 둬."

디에고의 눈이 휘둥그레졌다. 만일 이마니가 태워 주지 않으면? 천시 해수욕장 입구까지 15킬로미터가 넘는 길을 걸어간 다음, 거기서 가장 가까운 도로까지 3킬로미터쯤 더 걸어야 한다. 어쩌면 지름길로 간답시고 표지판도 없는 모래언덕을 헤맬지도 모를 일이었다. 디에고가 상황을 파악할 때까지 이마니는 잠자코 기다렸다. 그러고는 마침내 모래밭에 짤막하게 줄을 그으며 말했다

"1회전 이마니 르몽드 승."

"인정."

디에고는 왼쪽 눈을 이마니에게서 뗄 줄 몰랐다. 패배를 인정한다는 뜻인지 너한테 부족한 관대함을 베풀겠다는 뜻인지, 이마니는 잘 가늠이 되지 않았다. 그때, 휙 불어온 바람에 디에고의 머리카락이 얼굴을 뒤덮었다. 디에고는 할 수 없이 또다시 머리카락을 쓸어 넘겨 귓등에 꽂았다.

이마니가 먼저 말문을 열었다.

"그래서 하려던 말이 뭔데?"

"뭐?"

"셰리 포터 실종이 어쩌고저쩌고 말이 많다면서."

"아, 참, 그 사라진 인터뷰, 너 알아?"

이마니는 모르는 일이었다.

"좋아, 그럼 셰리 포터는 알지?"

"감시 평가제 창안자. 남편 네이선 클라인과 공동으로."

"맞아. 그 셰리 포터가 실종되기 직전에 마지막 인터뷰를 했어. 자신과 남편이 해 온 모든 일을 전면 부정하는 인터뷰."

"금시초문인데."

"그게 감쪽같이 사라진 거야. 방송도 전혀 안 됐어. 그다음부터 셰리 포터 소식도 딱 끊겼고."

"그게 사실인지 네가 어떻게 알아?"

"직접 검색해 봐."

"왜?"

"내가 너라면, 그것이야말로 논문에서 다룰 내용이니까."

"그게 '감시 평가제 반대' 주장과 무슨 상관인데?"

디에고가 눈을 휘둥그렇게 뜨는 품이 세상에서 가장 머리가 둔한 사람을 대하는 듯했다.

"셰리 포터는 분명히 자신의 발명이 반인류 범죄라고 믿었으니까. 그 이유는 아마 네가 찾아내겠지만."

"흠."

셰리 포터의 실종과 부부 불화설은 이마니도 알고 있었다. 아닌 게 아니라 감시 평가제에 반대하는 논문을 쓴다면 노다지를 캘 수 있는 자료 같았다.

디에고는 그런 반응을 보일 줄 알았다는 듯이 웃었다.

"생각해 볼게. 아, 나도 네가 쓴 답변 중에서 몇 가지 확인할 내용이 있어."

"그럴 줄 알았어."

"나는 바쁜 인생이라 너처럼 다시 작성하지는 않았지만, 기억하기로 반사회적 행동만이 유일하게 옹호할 가치가 있다고 했던 것 같은데?"

"그랬지. 그런데 너도 알겠지만 내가 네 답변을 새로 작성한 이유는 글씨가 꼭 사이코패스가 쓴 것 같아서야."

이마니는 반박하려다 그냥 입을 꾹 닫고 말았다. 맞는 말이었다. 자기 글씨는 흉했다. 글씨 연습할 끈기가 없었다. 생각나는 대로 빨리빨리 기록해야 하는데, 타자는 번개처럼 빨리 칠 수 있어도 펜은 손에 잡는 느낌조차 싫었다.

"흠, 그렇담 넌 내가 손으로 쓴 글씨를 옹호해 줘야 하는 거 아니야?"

"그건 반사회적 행동은 아니잖아. 그냥 글씨가 괴발개발인 거지."

"뭐, 그러니까 컴퓨터가 있는 거 아니겠어?"

"맞아, 분명 그래서 컴퓨터를 발명했을 거야."

디에고한테 앙심이라도 품은 것처럼, 바람이 머리카락을 얼굴에다 아주 꼴사납게 치덕치덕 붙여 버렸다. 이마니가 주머니에서 고무줄을 꺼내 억지로 디에고의 손에 쥐여 주었다. 디에고가 마지못해 머리카락을 모아 깡똥하게 묶었다. 커튼처럼 드리운 머리카락을 걷어 내니 다른 사람 같았다. 각진 턱이 사나워 보인달까.

"뭐야, 왜 그런 눈으로 보는데?"

이마니는 고개를 돌려 푸른 수평선을 바라보았지만, 디에고가 씩 웃는 모습이 곁눈으로 들어왔다. 무슨 게임이든 이길 자신감에 찬 것 같았다. 천시 해수욕장 뒤편에서조차 교실이나 리타 메이 카페에 있을 때처럼 자신만만하다니. 저 자신감은 어디서 나온 것일까? 부자라서? 무슨 행동, 어떤 말을 하든 상관없이 온 세상이 자기한테 활짝 열려 있어서? 그나저나 나에게 접근한 진짜 동기는 무엇일까? 두말할 나위도 없이 그 장학금은 필요 없는 아이였다. 휠러 교장 말대로 나를 사례 연구감으로 이용할 속셈인가? 그도 아니면 그냥 한번 가지고 놀려는 걸까? 동기가 무엇이든, 이제부터는 반드시 이겨야 한다는 중압감을 느꼈다. 책에 관한 논쟁에서든 장학생 선발 대회에서든 꼭 이기고 싶었다. 이마니는 심호흡을 한 뒤 디에고를 마주 보았다. 각진 턱선이 맹수처럼 사나워 보였지만, 그렇다고 겁먹고 물러서기는 싫었다.

"그 말도 안 되는 숙제 이야기는 그만두고, 어머니 이야기나 좀 해 줘.”

그 순간 디에고의 얼굴에 의심하는 빛이 번득거렸다.

“우리 엄마?”

이마니는 내색을 감추려고 애쓰다 끝내 얼굴을 돌리고 말았다. 짭짜래한 갯바람을 깊이 들이마시면서 마음을 다잡았다. 여기는 내 텃세권이라고, 디에고는 외지인이라고. 이윽고 이마니는 그 상황에서 지어낼 수 있는 가장 순진무구한 표정으로 디에고를 마주 보고 말했다.

“그래. 어쩌면 내 논문에 네 어머니에 관해 쓸지도 모르니까.”

디에고가 실눈을 뜨고 노려보았다.

이마니가 능청을 떨며 새살거렸다.

“듣자 하니 이 반사회적인 문제라면 너보다 네 어머니가 훨씬 잘 안다던데, 뭐.”

디에고의 파란 두 눈에 적개심 같은 게 퍼뜩 스쳤다. 조금 뒤 고개를 돌리고는 경쾌한 목소리로 말했다.

“그건 확실해. 하지만 내가 너라면 우선 셰리 포터에 관한 것부터 조사해 보겠어.”

이마니도 디에고 못지않게 밝은 목소리로 말했다.

“그거야 내가 할 수 있지.”

이마니는 바다를 바라보았다. 저 넓디넓은 바다에서 힘을 얻고 싶었다. 그러나 바다는 그 어떤 힘도 주지 않았다. 바다는 많은 것을 가졌지만 절대 비열하지 않았고 속임수를 쓰는 법도 없었다. 일단 방침을 바꾸고 나면 가차 없이 정면으로 공격했다. 사정거리 안에 들어오면 여봐란듯이 힘을 과시했다. 이마니는 그것이 부러웠다. 이 게임은 혼자 힘으로 해 나가야 했다. 이길 수 있는 힘을 자기 안에서 찾아내야 할 터였다.

12
보다 완벽한 인류를

이마니는 셰리 포터가 실종됐다는 소문을 믿지 않았다. 있을 수 없는 일이었다. 천지 사방에 감시 카메라가 설치되어 있는데 실종이라니. 언론은 모른다고 쳐도 스코어 코프 측, 곧 남편인 네이선 클라인은 알 것이라고 확신했다. 이른바 사라진 인터뷰 사건도 침투 공작원들이 자기네 명분을 뒷받침할 만한 주장 대신 꾸며 낸 음모설일 거라고 굳게 믿었다. 아무튼 그 문제로 디에고와 티격태격하지 말자고 마음을 다졌다. 자신한테는 더 큰 목표가 있었다. 그것을 이루려면 디에고를 꾀어 들여야 했다. 설령 디에고네 엄마 이야기를 논문에 써먹지 못할지라도, 휠러 교장과 한 약속은 지켜야 했다. 그보다 더 중요한 건 의미 있는 정보를 알아내겠다고 아이볼에게 다짐한 약속이었다.

이마니는 금요일 개별 자습 시간에 도서실에서 태블릿을 빌렸다. 디에고가 솔깃해할 관심거리를 찾아내서 잘 꼬드기면 진짜 중요한 정보를 끌어낼 수 있으리라 기대하며, 사라졌다는 그 인터뷰 기사를 검색해 보았다. 처음부터 끝까지 샅샅이 뒤졌지만, 아닌 게 아니라 '사라진 인터뷰' 기사는 보이지 않았다. 그나마 가장 그럴싸한 자료를 하나 찾았다. 셰리 포터의 조수라고 주장하는 어떤 여자를 촬영한 영상이었다. 그 여자는 셰리가 녹음한 인터뷰를 들으면서 녹취를 하고 있었다. 그런데 채 끝마치기도 전에 난데없이 그 누추한 아파트에 괴한이 들이닥쳐 그 여자를 끌고 갔다. 아마추어가 연출한 티가 역력해서, 이마니는 실망스럽다 못해 의심이 들기 시작했다. 어쩌면 디에고는 생각처럼 똑똑하지 않을지도 모른다고. 자신만만함을 총명함으로 오해했을지도 모른다고.

그래도 아주 허탕을 친 것만은 아니었다. 사라진 인터뷰를 입증할 만한 증거는 못 찾았지만, 포터-클라인 부부에 관한 자료는 넘쳤다. 이마니는 눈 깜짝할 사이에 검색의 토끼 굴로 휩쓸려 들어가 어느새 그 파격적인 천재 부부 기사를 한껏 훑어보고 있었다. 가장 솔깃한 것은 10년 전 마틴 벨저라는 베테랑 기자가 인터뷰한 기사였다. 마틴 벨저라면 페이스북 뉴스피드계의 스타이자, 이마니네 엄마가 홀딱 반한 기자이기도 했다. 인터뷰 동영상에 등장하는 마틴 벨저는 지금보다 훨씬 젊고 날씬하고 매우 공격적이었다.

비디오는 코드 곶에 있는 포터-클라인 부부의 별장에서 찍은 특집 영상이었다. 부부가 말을 타는 장면을 보여 주는 사이 마틴 벨저의 목소리가 흘러나왔다. '은둔 부부'와 부부가 창안한 '세상을 바꾸는 소프트웨어 프로그램'을 간단하게 소개하는 해설이었다. 매사추세츠 공과 대학MIT을 중퇴한 이유, 몇 차례

벤처 기업을 창업하면서 몇백만 달러를 벌고 잃은 과정, 마침내 감시 평가제의 핵심인 소프트웨어를 개발하기까지의 과정도 설명했다.

부부의 집은 나무로 지은 세련된 데크 하우스인데, 아이볼이 곳곳에 설치되어 있었다. 마틴 벨저는 잠시 집 안을 구경한 뒤 부부와 함께 디지털 벽난로 앞에 앉아 집중 해부 인터뷰를 시작했다.

이마니의 눈에 비친 포터-클라인 부부는 다정하고 개방적인 사람들 같았다. 아름답고 진중해 보이는 셰리는 희끗희끗한 머리카락을 부드럽게 층지도록 짧게 잘랐다. 네이선은 깡마르고 큰 키에 검은 눈썹이 짙고 눈동자가 불안해 보였다. 둘 다 사십 줄에 들어섰지만 감시 평가를 받았다. 이마니와 똑같이 다달이 성적표를 받는 사람들이었던 것이다. 네이선은 최저 점수가 52점이었다고 털어놓았다. 셰리는 80점 아래로 내려간 적이 없다고 했다.

마틴이 먼저 감시 평가 소프트웨어를 발명한 이유를 물었다. 마주 보는 포터-클라인 부부 얼굴에 당혹스러운 빛이 얼핏 스쳤다.

네이선: 우리는 공교육을 비롯해, 빈곤 퇴치를 위한 사회 정책이 아무런 성과를 거두지 못한 것으로 보았고, 그 이유를 과학기술의 실패로 판단했기 때문입니다.

마틴: 과학기술의 실패요?

네이선: 물론, 누구나 마음대로 쓸 수 있는 인터넷이라는 핑

장한 도구가 있죠. 검색 엔진도 많고, 위키 같은 인터넷 백과사전류도 있어요. SNS도 얼마든지 이용할 수 있고요. 무담보 소액 대출 제도나 맞춤형 구호 기금도 있지요. 하지만 빈곤은 없어지지 않았잖아요. 아니, 도리어 인터넷 때문에 빈부 차이가 더 커졌다고 봐야죠.

마틴: 정보 격차를 말씀하시는 건가요?

네이선: 네, 맞습니다. 게다가 사실 명백한 사회 구조적 문제들을 해결하려고 애쓰기보다 강화하는 쪽으로 인터넷이 활용되고 있었죠. 기자님도 아시겠지만, 빈곤은 단지 재산 문제만은 아니거든요. 행동이 축적된 결과물이기도 합니다.

셰리: 그렇지만 그건 피해자들을 탓할 일은 아니에요. 경제 구조에서 생긴 문제가 큰 원인이니까요.

네이선: 네, 셰리 말이 맞아요. 하지만 행동 패턴이 경제적 불평등을 부추긴 것도 사실입니다. 사람은 자신이 태어난 집안의 가치 체계에 따라 행동하는 경향이 크니까요. 그리고 빈민의 가치 체계는 대체로 가난을 키웁니다. 예컨대 출산율과 중퇴율이 높고, 상대적으로 욕구 충족을 미룰 수 있는 능력보다 즉각 욕구를 채우려는 성향이 더 큰 편입니다.

셰리: 그런 성향은 모두 성능이 뛰어난 복제기 같죠.

네이선: 다시 말하면 제어가 안 되는 피드백 루프(목표 행동과 실제 행동의 차이를 없애기 위해 결과에 근거해 원인을 조절하는 순환 과정)이고, 자기를 복제하는 틀인 셈이죠. 그런데 그걸 차단할 방법을 아무도 못 찾았어요. 아무도.

마틴: 알겠습니다. 그래서 두 분이 그 방법을 찾아보기로 하

셨다는 말씀이로군요. 그…….

네이선: 행동 패턴을 끊는 방법을요.

셰리: 하지만 먼저, 행동 패턴부터 알아야 했어요.

네이선: 그렇습니다. 그래서 대량 데이터를 고속으로 처리할 수 있는 소프트웨어 프로그램을 발명한 겁니다. 불명확한 행동 패턴을 조사하려고.

셰리: 명확한 행동 패턴은 이미 알고 있었으니까요.

네이선: 옳습니다. 때마침 사방에 동시다발적으로 감시 카메라를 속속 설치하고 있었으니까요. 완전 땡잡았죠.

두 사람이 주거니 받거니 번갈아 말하는 것이 이마니에게는 기타와 피아노 이중주를 듣는 것처럼 들렸다. 이따금 겹치는 말들도 언제나 서로를 보완해 주었다.

셰리: 우리가 개발한 소프트웨어는 생체 특징으로 피사체를 식별합니다. 이를테면 얼굴이나 걸음새를 인식하는 거죠. 그런데 지금은 그 데이터를 웹 사용이나 직접 발언 등등과도 연계할 수 있습니다."

마틴: 직접 발언이라면?

셰리: 사람이 감시 카메라에 대고 직접 말하는 겁니다.

마틴: 그것은 당연히, 감시 평가제의 특징 중에서 사람들이 아주 찜찜해하는 것이겠군요. 특히 나처럼 나이 든 세대들은 말이죠.

셰리: 네, 그럴 겁니다. 거북해하는 사람이 무척 많아요. 다행히도, 뉴햄프셔에서 전혀 불편한 반응을 보이지 않는 한 소년원을 찾았지요.

네이선: 전혀요!

마틴이 고개를 끄덕거렸다.

마틴: 엑스보로 소년원이겠군요.

셰리와 네이선이 잠깐 서로를 바라보는데 뭔가 심상치 않은 분위기가 감돌자 마틴이 재우쳤다.

마틴: 엑스보로 소년원에서 계획이 틀어졌군요. 그랬나요?

네이선: 일을 하다 보면 걸림돌이야 늘 있게 마련이지요.

마틴: 걸림돌이라면?

마틴이 부연 설명을 기다렸으나 두 사람은 잠잠히 있었다.

마틴: 엑스보로 소년원의 녹화 기록물은 현재 모두 봉인되어 있습니다. 두 분의 연구 기록까지 모두요. 맞죠?

셰리: 실험 대상자가 미성년자였으니까요. 그들은 엄연히 법으로 보호받을 권리가 있지요.

마틴: 이젠 미성년자가 아니잖습니까? 말씀 좀 해 보시죠?

마틴이 채근하는데도 부부는 묵묵부답했다. 그사이 카메라가 두 사람을 차례로 줌인으로 보여 주었다. 네이선은 무표정했고, 셰리는 바짝 긴장한 얼굴이었다. 그 모습을 보고 마틴은 자기 판단이 맞다고 마음을 굳힌 것 같았다.

마틴: 엑스보로 소년원에서 무슨 일이 있었던 겁니까? 말씀을 꺼리시는 이유라도 있나요?

네이선이 셰리를 돌아보았다. 이마니가 보기에 두 사람 사이에 모종의 합의가 이루어진 것 같았다.

셰리: 저기, 이건 염두에 두셔야 해요. 그 아이들은 문제아였어요. 마약 복용, 폭력, 절도 사건이 일어난 건 우리가 연구

에 착수하기 훨씬 전이었어요. 조직범죄와 성매매도 있었고요. 그 소년원에서요. 소년원 당국자들로서는 속수무책이었죠. 대다수 부모도 마찬가지였고요. 그것이 감시 카메라 설치를 정당화한 이유가 아닐까 싶어요.

마틴: 두 분이 정당성을 확보한 것도 그 때문인가요?

네이선: 우린 청탁을 받았습니다.

마틴: 그 아이들을 24시간 내내 감시해 달라는 요청을 받았다는 겁니까?

지그시 미소 짓고 있던 셰리가 나섰다.

셰리: 이미 그 아이들은 감시당하는 상태였어요.

네이선: 그때 우린, 우리가 개발한 소프트웨어에 대량 데이터를 입력할 방법을 찾던 중이었어요. 엑스보로 소년원은 그런 목적에 딱 맞는 조건을 이미 완벽하게 갖추고 있었고요. 연구가 끝난 뒤 모든 데이터를 폐기할 작정이었죠.

셰리: 우리 마음을 돌려놓은 것은 정작 그 아이들이었어요. 교도관이 전화를 해서는 아이들이 감시 카메라에 대고 자백을 하고 있다고 알려 주었어요. 그날이 지금도 기억납니다.

셰리가 웃으면서 고개를 돌려 남편을 바라보며 물었다.

셰리: 당신도 생각나죠?

네이선은 말없이 고개만 주억거렸다.

마틴은 믿을 수 없다는 표정이었다.

마틴: 자백을요?

고개를 끄덕이는 셰리.

셰리: 참 야릇했어요. 정말이지 천만뜻밖이었죠. 우리가 바

란 건 아이들이 그저 얼마쯤 익숙해진 뒤에 감시 카메라가 없는 듯 무시해 주는 것뿐이었거든요. 그런데 생각지도 못한 일이 벌어진 거예요. 그 아이들은 감시 카메라를 좋아했고, 감시당하는 걸 즐겼어요! 그때는 아마도 그게 일종의 동네 스타 같은 현상일 거라고 생각했던 게 기억나네요. 기자님도 아시죠? 옛날 리얼리티 쇼 같은 거요.

마틴이 못마땅한 듯 코를 찡그렸다.

셰리: 저도 딱 그런 반응을 보였어요. 하지만 아셔야 할 게, 그 아이들은 이미 감시당하는 데 이골이 나 있었다는 겁니다.

네이선: 모두 하나같이 말이죠. 그게 바로 핵심입니다. 그때 머릿속에 불이 확 켜진 것처럼 우리는 확실히 깨달았죠.

마틴: 그게 무슨 말씀이죠?

네이선: 감시 평가제를 실시하기 전부터, 엑스보로 소년원에 갇히기 전부터, 제1호 편의점에 무인 감시 카메라가 처음 등장하기 전부터, 아이들은 늘 감시를 당해 왔다는 사실을 그제야 퍼뜩 깨달은 겁니다. 부모에게, 교사에게, 또래들에게 감시를 받아 온 것이죠. 갓난아이를 생각해 보세요. 신생아는 오로지 자기를 지켜봐 주기만을 원하잖아요. 눈길을 돌리는 순간 울음을 터뜨리고. 놀이터에서 뛰노는 어린아이들은 또 어떻고요. '엄마, 엄마, 나 좀 봐.' 하잖아요.

셰리: 그런데 나이가 들어 갈수록 서로 눈을 마주 보는 일이 줄어들죠. 지하철로 출퇴근하는 사람들을 한번 보세요. 아무도 눈을 맞추지 않아요. 기자님은 혹시 슈퍼마켓 계산대에서 일하는 여자의 눈을 똑바로 바라본 적이 있나요?

마틴이 자조적으로 웃었다.

네이선: 범위를 넓혀서, 우리 공동체는 어떻게 되었습니까? 옛날 사람들은 작은 마을에서 작은 무리를 이루고 살았어요. 생각해 보세요. 그때 무슨 프라이버시가 있었겠어요. 이웃끼리 울타리도 치지 않고 살았는데요. 문도 닫아걸지 않았고요. 어느 집에 숟가락이 몇 개 있는지조차 다 알고 지냈지요.

셰리: 맞아요. 그것이 우리 인간이 몇천 년간 살아온 방식이죠. 대대로 자연스럽게 물려받은 유산이랄까요? 원하신다면, 인간의 본성이라고 해도 좋고요.

네이선: 그런데 공동체 규모가 커지면서 프라이버시의 물신화物神化도 확대된 겁니다.

마틴은 어리둥절한 표정이었다.

마틴: 프라이버시의 물신화라.

네이선: 프라이버시는 근대 발명품입니다. 본디 갖추고 태어난 욕구가 아니거든요. 도리어 그 반대죠.

셰리: 맞습니다. 흥미로운 건, 이처럼 문화가 프라이버시에 유리한 쪽으로 진화하면서 개인의 삶으로까지 널리 확대된 겁니다. 관심 받기를 갈망하던 신생아가 자라서 어른이 되면 이웃이 누구인지조차도 모릅니다. 놀이터에서 뛰놀며 자기를 봐 달라고 엄마를 보채던 꼬마는 부루퉁한 청소년이 되어 방문을 걸어 잠그고 '접근 금지' 경고문까지 붙여 두잖아요. 아이들이 그런 걸 어디서 배울까요?

셰리는 질문을 한 뒤 잠깐 뜸을 들이다가 스스로 대답했다.

셰리: 부모님한테 배웁니다.

네이선: 그리고 사회에서 배우죠.

셰리가 온화하게 웃으며 마틴 쪽으로 몸을 기울였다.

셰리: 하지만 엑스보로 소년원 아이들은 달랐어요. 그 아이들은 부모와 사회로부터 소외받았죠. 소년원에 있었기 때문에 이미 프라이버시를 완전히 잃어버린 건 말할 것도 없고요.

셰리는 마치 비밀 이야기라도 털어놓듯 마틴 쪽으로 더더욱 몸을 수그렸다.

셰리: 그전까지만 해도 미처 몰랐는데, 소년원 수감생들은 우리 실험에 참여할 준비가 다 되어 있었던 셈입니다. 감시 카메라가 아이들 속에 있는 원초적인 것을 두드린 겁니다. 뭔가를 다시 일깨운 것 같아요.

마틴: 그게 무엇이라고 생각하나요?

셰리는 카메라를 한참 응시했다.

셰리: 믿음이요.

마틴: 무엇에 대한 믿음일까요?

셰리: 공정한 대결이죠.

마틴은 머리를 갸웃이 기울인 채 명쾌하게 설명해 주기를 기다렸다.

셰리: 그들은 평가받고 있다는 걸 알았어요. 솔직히 말씀드리면, 우리도 처음에는 그 소프트웨어가 성공할 줄은 몰랐습니다. 그런데 소년원 아이들은 어떤 식으로든 자기 행동을 평가받고 있다는 걸 알았어요. 그런데도 개의치 않았죠. 평가받는 데 이골이 났으니까요. 다만 이제는 평가 주체가 좌절한 교사나 언제든 학대할 가능성이 있는 교도관이나 늘 못마땅해하는

부모가 아니라는 점이 다를 뿐이죠. 그들 대신 합리적이고 공정한 것에게 평가받는 겁니다. 인간이 아닌 어떤 것한테요.

네이선이 대단히 흡족해하며 맞장구쳤다.

네이선: 바로 그겁니다.

마틴: 그러니까 그 아이들이 좋아했다, 이겁니까? 그 무인 감시 상태를?

배배 꼬인 말투였다. 마틴은 그런 발상에 몹시 비위가 상한 것 같았다.

셰리: 어른들은 그 아이들을 거듭거듭 실망시켰어요. 제 생각에 소년원 아이들 대다수가 공정한 평가를 받은 건 그때가 처음일 겁니다.

마틴: 소프트웨어 프로그램으로 말이지요.

이번에는 그런 발상을 불쾌해하는 마틴의 마음이 얼굴에 묻어났다.

네이선: 여태까지 창안한 것 중 가장 지능이 높은 소프트웨어 프로그램으로요.

그때 셰리가 남편을 힐끔 곁눈질했지만 네이선은 조금도 위축되지 않았다.

네이선: 기자님, 그 결과에 대해서는 왈가왈부할 것도 없어요. 측정할 수 있는 조항들, 예컨대 수입, 건강, 안정된 결혼 생활, 교육 수준, 삶의 질 등에 관한 모든 예측력에서 감시 평가제는 타의 추종을 불허하니까요.

셰리는 남편의 호언장담 앞에서 점점 말수가 줄었다.

마틴이 널리 알려진 스코어 코프 기업의 표어 하나를 인용했다.

마틴: '과학기술을 통해 보다 완벽한 인류를' 말씀이로군요.

네이선: 맞습니다. 사회학, 범죄학, 심리학이, 아니, 솔직히 까놓고 말하면 모든 인문과학이 실패했는데, 마침내 감시 평가 제가 성공한 겁니다.

마틴: 그런데 그게 과연 추구할 가치가 있는 목표일까요?

네이선: 뭐가요? 완벽함이요?

마틴: 네. 무수한 사람들에게는, 섬뜩한 이상주의로 들릴 텐데요.

네이선: 당신이 겁내는 게 뭡니까, 마틴?

네이선은 으름장을 놓기라도 하듯 몸을 앞으로 바짝 들이대며 물었다. 정면으로 치고 들어오는 기세에 깜짝 놀랐는지 마틴이 과장된 몸짓으로 고개를 가로저었다. 턱살이 흔들리도록 고개를 가로젓는 마틴의 모습은 최신 뉴스피드에서 많이 본 터라 이마니한테도 익숙했다.

마틴이 다시 몸을 추슬러 앉았다.

마틴: 내가 겁내는 건 하나도 없어요. 다만 내 생각에 수많은 사람이…….

네이선: 바로 그 수많은 사람이, 자식들을 수능과 각종 표준 학력고사에 복종하게 하면서 더할 나위 없이 기뻐했습니다. 수능을 한번 볼까요? 이 시험을 실시하는 목적은 오직 대학교에 입학해서 학업을 수행할 수 있는지를 예측하는 것이었어요. 실제로 그 예측도가 얼마나 정확했는지 궁금하지 않으세요? 17퍼센트입니다. 17퍼센트! 다시 말해 80퍼센트는 완전히 틀렸

다는 얘기죠. 그런데도 대학들은 그 시험에 의존했어요. 막대한 비용을 쏟아부으면서까지 명명백백하게 실패한 사회 실험을 계속 살렸습니다. 어디 그뿐인가요? 그 시험은 어린 학생들 인생에서 핵심이 되어 버렸어요. 왜? 그것이 중립적이고 과학적이라는 환상에 빠졌기 때문입니다.

네이선은 한숨을 돌리면서 아내를 바라보았다.

셰리: 맞아요. 그런데 네이선, 그 사회 실험이 계속 유지된 진짜 이유는 더욱 끔찍한 거예요.

이맛살을 잔뜩 찌푸리고 있던 마틴이 끼어들었다.

마틴: 그게 뭡니까?

셰리: 수능은 쉬운 게임이었다는 점이죠. 시험 대비 강의를 들을 경제력이 있는 아이는 높은 성적을 받을 수 있으니까요. 수능은 돈 많은 부모가 자기 자식을 재능이 뛰어난 아이로 꾸미는 방법이었던 거예요. 사실 그저 특권을 누린 아이들인 셈인데 말이죠.

네이선: 그렇고말고요.

마틴: 그러면 감시 평가제는 어떻게 다르죠?

셰리: 그런 게임을 할 수가 없습니다.

마틴: 이유는요?

셰리: 우리가 개발한 소프트웨어는 그런 시도를 통해 배우거든요. 피드백을 많이 할수록 더욱 똑똑해질 겁니다.

마틴: 얼마나 똑똑한가요?

네이선: 우리 인간보다 훨씬 똑똑합니다. 왜, 인간이 꽤 똑똑하잖습니까?

셰리가 싱긋이 웃으며 대답하는 네이선을 또다시 슬쩍 곁눈질하다가 마틴에게로 눈을 돌렸다.

셰리: 아셔야 할 건, 감시 평가제의 핵심은 **능력** 평가가 아니라 **품성** 평가라는 사실입니다.

네이선: 그래서 시험 대비 과정이 아예 있을 수 없어요.

셰리: 없지요. 그저 성실하게 자기 계발에 힘쓰면 되니까요.

네이선이 거들먹거리며 물었다.

네이선: 사람들이 두려워하는 게 그것 아닐까요?

이마니는 헤드폰을 끼고 있던 터라 수업 시작종을 듣지 못했다. 학생들이 줄줄이 도서실을 빠져나가는 것을 보고서야 화면에서 눈을 뗐다. 마지못해 인터넷 창을 닫고 도서실을 걸어 나오는데, 머릿속에서 네이선 클라인의 마지막 말이 메아리쳤다. **사람들이 두려워하는 게 그것 아닐까요?**

영어 시간에 메모까지 해 가면서 수업을 들었지만 포터-클라인 부부 생각이 내내 이마니의 뇌리를 떠나지 않았다. 그 인터뷰에서 자신이 활용할 만한 내용은 별로 없었다. 그러나 디에고한테는 노다지가 될 가능성이 컸다.

지금까지 이마니는 포터-클라인 부부에 관해 생각해 본 적이 별로 없었다. 누군가 물어보면 그저 컴퓨터 천재 부부라는 대답밖에 못 할 만큼 아는 게 없었다. 그런데 이제 보니 자신이 아는 것보다 훨씬 대단한 사람들이었다. 그야말로 선각자가 따로 없었다. 인류를 위한 이상향을 꿈꾸는 것이 뭐가 잘못이라는 거지? 냉소주의자들 빼면 비난할 사람이 누가 또 있겠어?

과학기술로 인류가 완벽에 가까워지도록 돕겠다는데, 대체 무엇이 해롭다는 거야? 자연 상태로 있는 인간이 찬탄할 만큼 그렇게 대단하다는 소리야?

이마니는 마음에 쏙 드는 그 대목을 머릿속으로 재생해 보았다. 네이선이 더할 나위 없이 진지하게 던진 "당신이 겁내는 게 뭡니까, 마틴?" 이 말을 디에고한테 써먹으면 딱 좋겠다 싶었다.

영어 수업이 끝난 뒤 이마니는 사물함에서 쪽지를 또 발견했다.

토요일 밤 아이스 링크 뒷골목에서 만나자. 너한테 내 방식으로 천시 해수욕장을 보여 주고 싶어. 네 꼼수에 걸려들지 않도록 조심할게.

시소러스 사전이 필요한 자, D. 랜디스

이마니는 쪽지를 주머니에 넣었다. 그 멋진 말을 퍼부어 줄 기회가 오다니, 생각만 해도 짜릿했다.

13
찌질이

토요일 오후, 이마니는 아이스 링크를 통해 뒷골목으로 나갔다. 디에고는 벌써 와 있었다. 스쿠터에 기대선 채 『5대 평가 요소를 쉽게 정복할 수 있는 5단계』라는 책을 읽고 있었다.

"그딴 책 읽어 봐야 시간만 버려."

이마니 말에 디에고가 고개를 저으며 책장을 휙휙 넘기면서 대꾸했다.

"이해가 안 돼. 이 책에 쓰인 대로라면, 너는 90점대 학생이 되지 않으려고 내빼야 할 것 같은데."

그러고는 책을 탁 덮더니 대뜸 말했다.

"외투랑 신발 벗어."

"뭐라고?"

디에고는 스쿠터 트렁크를 열고 발목까지 오는 검정 코트와 끈으로 묶는 검정 부츠를 꺼냈다. 그것을 건네받은 이마니는 경멸스러운 눈으로 이리저리 살펴보았다.

"우리 엄마 거야."

"어머니가 뱀파이어니?"

"몇몇 사람 말에 따르면 그래."

디에고가 이번에는 트렁크에서 반짝반짝 빛나는 검정 헬멧을 꺼내서 건네주었다.

"이것까지 쓰면 아무나 돼도 괜찮아. 심지어 나처럼 밥맛없는 감시 평가 비대상자가 되어도 좋고."

이마니는 순간 털어놓을까 생각했다. 공동 작업을 한다는 사실을 이미 아이볼에 자백했으니 이런 변장 필요 없다고. 그러나 하지 않기로 마음먹었다. 엄청난 위험을 무릅쓰면서까지 함께한다고 여기면, 디에고가 민감한 정보까지 알려 줄 가능성이 훨씬 컸다. 이마니는 검정 코트를 걸치고 검정 부츠를 신은다음 헬멧에 머리를 밀어 넣었다.

디에고가 스쿠터에 걸터앉아 기다렸다. 그러나 이마니는 선뜻 뒷자리에 올라타지 못하고 망설였다.

"나, 안전한 운전자야. 딱 한 번 충돌 사고를 내긴 했지만, 그건 상대편 실수였고."

이마니가 겁내는 것은 스쿠터 때문이 아니었다. 지난 2년 동안 스쿠터 뒷자리에 앉는 데 단련될 만큼 단련된 몸이었다. 케이디는 거센 바람 끝자락에 밧줄로 동여맨 것처럼 스쿠터를 질풍같이 몰아 댔으니까. 겁이 난 건 맬러카이 빈과 얽힌 기억이 떠올랐기 때문이다. 그 사건을 겪고 난 뒤 남자애와는 어떤 신체 접촉도 하지 않겠다고 맹세했다. 그런데 지금 눈앞에서 디에고가 긴 다리로 스쿠터를 감싸고 앉아 등을 쭉 편 채 바짝 달라붙기를 기다리고 있었다. 누가 몰든 스쿠터 뒷자리에 올라타는 것이 성욕과는 아무런 관계가 없건만, 디에고가 모는 것이 차였으면 좋겠다는 생각이 들었다. 앞 좌석이 널찍한 자동차라면 안전벨트도 매고 운전석과 조수석 사이도 많이 벌어져 있을 텐데 싶었다.

이마니는 잠깐 망설이다 마음을 다잡았다. 여기에 온 목적과 위험을 무릅쓰고서라도 얻어 내야 할 일이 떠올라서다. 그제야 스쿠터로 가서 디에고 뒤에 올라탔다. 뒷자리에는 붙잡을 가로대가 없었다. 둥그런 트렁크뿐이었다. 볼썽사나워도 트렁크에 딱 달라붙을 도리밖에 없었다.

"그렇게 앉아도 괜찮겠어?"

"가기나 해."

디에고가 골목으로 스쿠터를 몰기 시작했다. 이마니는 몸을 한껏 뒤로 젖혔다. 둘 사이에 한 사람이 더 타도 될 만큼 공간이 생겼다.

디에고는 안전하게 스쿠터를 몰았다. 탈것이라면 무조건 경쟁자나 장애물 취급을 하는 케이디와는 달랐다. 코즈웨이 도로를 빠져나와 서머턴 내륙 쪽으로 들어갔다. 세인트제임스 대학교를 거치고 자연 보호 구역을 지났다. 아이볼 수십 개가 머리 위에서 찰칵거렸다. 하지만 긴 검정 코트 차림에 헬멧까지 썼으니 이마니를 알아보지는 못할 터였다. 그런 생각을 하니 짜릿하면서도 죄를 짓는 것 같아 마음이 조마조마했다.

천시 해변까지 가는 길은 대체로 한산했다. 새싹이 파릇파릇 돋은 나무들이 부드러운 곡선으로 휜 길을 차양처럼 덮고 있었다. 총 길이가 8킬로미터쯤 되었고, 주차장은 여닫이문을 닫아건 채 '비수기에는 폐쇄합니다'라고 손으로 쓴 표지판을 붙여 두었다. 디에고는 스쿠터를 가볍게 빙 돌려 셔터가 내려진 햄버거 매대 쪽으로 방향을 틀었다. 꼭 막대 사탕을 붙박아 둔 것처럼 주차장 곳곳에 설치한 가로등마다 아이볼이 대롱거렸다.

"꽉 잡아!"

디에고가 소리쳤다.

며칠 전 물 위에서 프랑켄고래잡이배로 솜씨를 뽐내던 이마니를 흉내 내기라도 하듯, 디에고는 갑자기 속도를 확 높이더니 널빤지를 잇대어 만든 산책길 가장자리를 내달렸다. 요동치는 스쿠터를 따라 이마니의 몸도 마구 흔들렸다. 이마니는 하릴없이 두 무릎으로 디에고의 엉덩이를 꽉 조였다. 산책길 널빤지가 심하게 출렁거렸지만, 디에고의 허리를 붙잡지 않고 버텼다. 모욕을 주려고 작정한 행동 같아서였다. 디에고는 꼭대기에서 잠깐 스쿠터를 세웠다. 드넓은 해변과 물결이 반짝거리는 대서양 좀 감상해 보라며 이마니를 골리더니 우회전해서 모래언덕으로 스쿠터를 몰았다.

이마니는 모래언덕 안까지 들어와 본 적은 거의 없었다. 바닷가가 더 좋았다. 특정 지점을 넘어서면 아이볼이 없다는 사실은 이마니도 알고 있었다. 그러니까 열등생들이 모래언덕으로 찾아드는 것은 열등생스러운 짓을 하러 간다는 뜻이었다. 디에고의 속셈은 알 길이 없었지만, 만일 목적지가 모래언덕이라는 것을 미리 알았다면 훨씬 더 조마조마했을 터였다.

두 사람은 나무들이 듬성듬성 서 있는 곳으로 내려간 다음, 그물처럼 펼쳐진 모래 물결 위에 놓인 널빤지 산책길을 따라 달렸다. 모래언덕으로 둘러싸인 분지는 놀랍도록 울창했다. 포도나무며 떨기나무들, 심지어 시끄럽게 앵앵거리는 벌레들조차 바짝 메마른 땅을 믿기 힘든 지상낙원처럼 꾸미는 데 일조했다. 단 둘이서 감시당하지 않고 나무 그늘 밑을 달려 널빤지 산책길로 올라서니 다시 새하얀 모래언덕이 펼쳐졌다. 바다가 보이기는커녕 파도 소리조차 들리지 않았다. 10분을 더 달리자 산책길이 뚝 끊겨 있었다. 스쿠터 열다섯 대와 오토바이 두어 대가 모래밭에서 나뒹굴었다. 마치 널빤지 산책길이 멋대로 뱉어 놓은 것처럼.

디에고는 나뒹구는 스쿠터들 사이에 제 것을 세워 놓고, 발자국이 어지럽게 찍힌 비탈길을 따라 모래언덕 꼭대기 쪽으로 올라갔다.

"이리 와, 올라가야 해."

이마니도 뒤따라 오르기 시작했다. 디에고가 꼭대기에 올라서서 내려다보며 말했다.

"조심해, 거기 구덩이."

이마니가 발밑을 내려다보았다. 정말로, 구덩이가 보였다. 가로 20미터, 세로 45미터쯤 되게 움푹 팬 구덩이가 높다란 모래언덕에 에워싸여 있었다. 바람에 깎여 생긴 것이었다. 맨 아래를 보니 스무 명쯤 되는 아이들이 오글오글 모여 있었다. 더러는 맥주를 마시고 누구는 한가운데에다 모닥불을 피우는 중이었다.

디에고가 이마니의 손을 꼭 잡고 가파른 비탈을 내려가기 시작했다. 이마니가 손을 홱 뿌리쳤다. 디에고가 내려가던 걸음을 멈추고 돌아다보며 말했다.

"미안. 너무 가팔라서."

"걱정 마."

이마니는 부드러운 모래에 발뒤축이 푹푹 파묻히는 가파른 비탈길을 혼자서 내려갔다. 어찌나 가파른지 얼마 가지도 못하고 쭈르르 미끄러지는 바람에 껑충껑충 뛰어내려야 했다. 디에고는 멀찍이 떨어져서 뒤따라 내려왔다. 드디어 바닥에 내려선 이마니가 주위를 둘러보았다. 하나같이 낯선 얼굴이었다. 디에고가 이마니 뒤에 다가섰다.

이마니가 나직이 물었다.

"쟤네 모두 감시 평가 비대상자니?"

디에고가 고개만 끄덕였다.

서머턴 고등학교에서는 본 적 없는 얼굴들이었다.

"넌 쟤들을 어떻게 알게 된 거야?"

"웬 소프트웨어 프로그램이 억지로 친구 맺어 주더라고."

이마니가 대뜸 웃음을 터뜨렸다.

"푸하하."

"사실은, 대부분 예전 학교 친구들이야."

디에고가 쓰러진 나무에 걸터앉아서 모닥불에 마시멜로를 굽고 있는 여자애들한테 손을 흔들어 보였다. 그 가운데 까만 머리를 뒤로 모아 하나로 꽉 묶은 키 큰 여자애가 걸어와 인사를 건넸다.

"안녕, 디에고. 네 친구야?"

그 여자애는 디에고의 대답도 기다리지 않고 이마니에게 불쑥 손을 내밀었다. 눈부시도록 활짝 웃는 모습에 휠러 교장이 저절로 떠올랐다.

"난 에리카라고 해."

이마니는 지금까지 감시 평가 비대상자를 되도록 피하면서 살아왔다. 이마니가 머뭇거리자 여자애가 내민 손을 거두면서 이상한 차림새를 위아래로 훑어보았다.

"변장한 거야. 평소에는 이렇게 안 입어."

디에고가 말했다.

"어머머, 너 감시 평가 대상자야?"

에리카는 '감시 평가 대상자'라는 단어를 속삭이는 듯하면서도 조금이라도 더 크게 들리도록 말하려고 용을 썼다.

"아, 아니, 아니. 대단하다. 이렇게 만나서 진짜 반가워."

친절함이 가득한 얼굴에서 어른대는 동정의 빛이, 이마니는 언짢았다.

"있지, 너 여기 온 거 두 팔 쫙 벌려 환영해."

"고마워, 에리카."

디에고가 짤막하게 인사한 뒤 이마니를 다른 곳으로 데려가면서 나직나직 말했다.

"신경 쓸 거 없어. 감시 평가 대상자를 만나면 늘 호들갑을 떠는 애니까."

"왜?"

"자기가 그런 애들을 구원해 줄 수 있는 것처럼 생각하는 모양이야."

디에고는 마치 자기가 무안을 당한 것처럼 웅얼거렸다.

에리카는 친구들이 모여 있는 곳으로 돌아가서도 이마니를 지켜 주어야 한다고 느꼈는지 선의를 잔뜩 풍기는 몸짓을 이마니 쪽으로 계속 보냈다.

"내가 구원받아야 할 사람인 줄은 미처 몰랐네."

"그렇다고 해도, 넌 거부할 거면서. 뭘. 아니야?"

디에고가 모닥불 언저리에 쓰러져 있는 통나무 위에 앉으며 말했다.

이마니도 디에고 옆에 앉았다. 여태껏 우호적인 감시 평가 비대상자를 단 한 번도 만난 적이 없었던 데다 에리카와 언짢은 인사까지 나누고 보니, 협정이라도 맺은 것처럼 디에고와 모욕을 주고받은 것이 차라리 위안이 되었다.

"그런데 여긴 뭐 하는 데야?"

이마니는 힐끗 둘러보았다. 아이들마다 차림새가 희한했다. 디에고처럼 머리를 기른 남자애들이 있는가 하면, 그 지역 부잣집 아이들처럼 헐렁헐렁한 옷을 입은 아이들도 있었다.

"비밀 아지트니?"

"잘 아네. 우리끼리 모여서 반사회적 행동을 벌이면서 사회를 무너뜨릴 음모를 꾸미는 곳이야."

"사회는 벌써 무너진 거 아니었어?"

"병들긴 했지만 아직까진 버티고 있지."

"그럼 완전히 무너뜨릴 너희 전략은 뭔데?"

"두고 보면 알 거야. 암튼 각설하고, 본론으로 들어가면 좋겠는데. 내 논문 주제도 정해야 할 거 아냐. 네 건 내가 벌써 줬는데."

마침 이마니도 디에고한테서 어떻게 정보를 빼낼까 궁리하던 참이었다.

"좋아. 감시 평가제의 기본 철학을 탐구해 보는 건 어때?"

"뭐? 정신을 완전히 통제하고 세계를 장악하려는 그 전체주의를 말이야?"

"아니, '과학기술을 통해 보다 완벽한 인류를' 만든다는 정신을 말하는 거야."

디에고는 상체를 뒤로 쭉 뺐다.

"너 지금 사람 놀려?"

"왜? 훌륭한 목표라고 생각되지 않니?"

디에고가 가느다랗게 실눈을 뜨고 이마니를 노려보았다. 꼭 이렇게 말하는 것 같았다. 너 엄청 괴상하고 좀 오싹하다. 보나마나 모욕을 주려는 속셈이겠지만, 이마니는 개의치 않았다. 디에고에게 연막을 치는 게 즐거웠다. 디에고가 계속 노려보자 이때다 싶었다. 네이선 클라인의 명언을 쏘아붙일 기회가 드디어 온 것이었다.

그런데 디에고가 그 기회를 빼앗아 갔다.

"그건 암호야."

"암호라니?"

"그 '과학기술을 통해 보다 완벽한 인류를'이라는 건 감시 평가 비대상자를 제거하자는 암호라고."

"누가 그래?"

"우리는 그 프로그램의 사소한 결함일 뿐이야. 스코어 코프의 목적은 인류 전체를 예측 가능하고 통제할 수 있는 기계처럼 만드는 거야."

이마니가 콧방귀를 뀌었다.

"멍청한 소리."

디에고가 정색을 하고 따졌다.

"지금 나더러 멍청하다는 거야?"

"그럼 피해망상은 어때?"

디에고가 어처구니없다는 듯 헛웃음을 치더니 막대기로 모래밭을 푹푹 쑤셨다.

이마니가 계속 몰아붙였다.

"말해 봐. 지금 감시 평가제의 모든 것이 널 억압한다는 거야? 그건 좀 자기중심적인 사고라고 생각하지 않아?"

고개를 뒤로 젖혀 비스듬히 해를 바라보는 디에고의 얼굴에 비웃음이 묻어 있었다.

"얘가 아주 맹꽁이네."

"그렇담 너는 못 말리는 찌질이야."

디에고가 여전히 웃음기 묻은 얼굴로 이마니를 마주 바라보았다.

"찌질이? 어쭈, 너 말 다했어?"

그러더니 작은 막대기 하나를 주워 반으로 뚝 잘랐다.

"그 말, 시소러스 사전에서 찾은 거야?"

이마니는 난처해서 얼굴을 돌렸다.

"아니면 소프트웨어 프로그램이 욕설을 금지하니까 어쩔 도리 없이 쓰는 말이야?"

"적응성 기준에 맞는 말이야. 그리고 소프트웨어 프로그램
은 욕설을 금지하지도 않아."

"그럼 '씨발'이라고 해 봐. 어디 한번 해 보라고. '씨발, 씨
발, 씨발.'"

이마니가 디에고를 싸늘하게 노려보았다.

"봐, 못 하잖아. 내 말이 틀려?"

"나도 할 수는 있어. 내가 하지 않기로 정했을 뿐이지."

"아, 어련하려고. 욕하는 게 위반 사항이니까…… 그게 뭐더
라? 충동 억제력이던가?"

아니, 사실은 친화력이야. 이마니는 속으로 말했다. 그러나 지금
은 욕설이 적응성 기준에 맞는지 아닌지를 두고 옥신각신할 마
음은 없었다.

"좋아. 내가 찌질하다고 치자. 그럼 넌 어떤지 알아?"

이마니는 각오했다. 앙갚음하려고 벼르고 별렀을 테니까.

"아름다워."

디에고가 몸을 수그리더니 이마니 귓가에 입술을 대고 속삭
였다.

"환경 감시단이다!"

모래언덕 꼭대기에서 망을 보던 열세 살쯤 되는 남자애가
소리쳤다. 바닥에 있던 아이들이 한순간에 얼어붙었다. 멀리서
부르릉거리는 소리가 들려올 때에야 비로소 화들짝 놀라 움직
이기 시작했다.

디에고는 환경 감시단이 나타났다는 소리를 듣자마자 통나

무에서 벌떡 일어났다. 그러고는 덥석 이마니의 손을 잡아끌면서 가파른 비탈을 오르기 시작했다. 이마니는 본능적으로 손을 뿌리쳤지만 모래언덕 오르막길이 만만찮았다. 꼭 설탕이 담긴 오목한 그릇을 올라가는 느낌이었다. 디에고가 다시 손을 내밀었다. 이마니는 그 손을 잡고 끄는 대로 따라 올라갔다.

"여기 오면 안 되는 데구나, 그렇지?"

이마니가 올라가면서 물었다.

"그래. 널빤지 산책길 너머에 있는 내륙 쪽 모래언덕 전체가 출입 금지 구역이야."

모래언덕 꼭대기에 올라서서 손을 뺀 뒤 이마니가 따졌다.

"그걸 알면서 도대체 여기는 왜 오는데?"

"어디 반사회적으로 놀아 볼까?"

디에고는 제안하듯 말하고는 널빤지 산책길 쪽으로 걸어갔다. 다른 아이들은 허겁지겁 오토바이며 스쿠터를 똑바로 일으켜 세우느라 난리였다. 디에고도 자기 스쿠터를 바로 세우고 나서 헬멧 하나를 꺼내 이마니에게 던졌다.

"좀 즐길 준비, 됐지?"

이마니는 헬멧을 받아 들긴 했지만 꿈쩍도 하지 않았다.

디에고는 스쿠터에 걸터앉아 헬멧을 쓴 채 이마니가 타기를 기다렸다. 그사이 다른 아이들은 모래를 마구 흩날리고 아우성을 치면서 널빤지 산책길을 쌩쌩 달려갔다.

"좋을 대로 해. 그런데 그대로 있다가 잡히면 감시단이 경찰에 넘길 거야."

"그럴 줄 알면서 왜 온 건데?"

디에고는 심술궂게 씩 웃어 보이고는 시동을 걸었다.

이마니는 그제야 헬멧을 쓰고 스쿠터 뒷자리에 올라탔다. 디에고를 따라온 것이 엄청난, 그것도 돌이킬 수 없는 실수였음을 깨달았다. 디에고가 비틀거리며 널빤지 산책길로 올라섰다. 속도를 높여 다른 아이들을 따라잡더니 순식간에 몇몇을 앞질렀다. 이마니는 두 무릎으로 디에고의 엉덩이를 꽉 잡았다. 아까는 허둥지둥 빠져나오느라 디에고가 귓가에 대고 속삭인 말에 관해 생각할 겨를이 없었다. 그런데 아드레날린이 분출할 만큼 다급하게 도망치는 마당에 불쑥 그 말이 떠올랐다. 이마니는 상체를 뒤로 젖혀 디에고에게서 뚝 떨어졌다. 보이지 않는 사람이 한 명 타고도 남을 만큼 공간이 생겼다. 그러고는 양손을 힘껏 트렁크에 붙었다. 자칫하면 요동을 치며 널빤지 산책길을 질주하는 스쿠터에서 떨어질 판이었다. 디에고가 한 손을 뒤로 뻗어 이마니의 팔을 움켜잡더니 자기 쪽으로 바짝 끌어당겼다. 이마니는 하릴없이 디에고의 등에 찰싹 들러붙었다. 스쿠터가 쌩쌩 달리는 내내 두 팔로 디에고의 허리를 감싸 안을 수밖에 없었다. 이마니는 이 모욕을 반드시 되갚아 주겠다고 속으로 단단히 별렀다.

조금 뒤 줄줄이 내달리던 스쿠터들이 한곳에 우르르 멈춰섰다. 앞서 가던 아이들이 뒤쪽으로 고함을 쳤기 때문이었다. 뭐라고 하는지 알아듣기는 힘들었다. 이마니는 페달을 딛고 일어서서 살펴보았다. 저 앞에 까만 삼륜 오토바이가 보였다. 천시 해변 환경 감시단이 몰고 다니는 것이었다.

"꽉 잡아."

디에고는 이마니에게 이르고 나서 뒤에 있는 아이들에게 돌아가라고 고함쳤다.

널빤지 산책길의 너비는 잘해야 150센티미터였다. 디에고의 지시에 따라 오토바이와 스쿠터들이 방향을 틀기 시작했다. 자칫하면 대형 사고로 이어질 상황이었다. 디에고는 스쿠터를 휙휙 네 번이나 꺾어서 돌다가 하마터면 가장자리에서 굴러 떨어질 뻔했다. 이마니는 속으로 생각했다. 어림없다고, 넌 케이디 발끝에도 못 미친다고. 케이디라면 단번에 방향을 틀어 눈 깜짝할 사이에 빠져나갔을 터였다.

앞서 가던 스쿠터 두 대가 널빤지 산책길을 벗어나 덤불숲 쪽으로 달렸다. 뒤따라가는 친구들 얼굴에다 바람개비 돌리듯 모래를 마구 흩뿌려 대면서.

이마니가 요란한 소음을 뚫고 소리쳤다.

"어디로 가는데?"

대답이 없었다. 널빤지 산책길이 끊긴 곳에 닿자 디에고는 곧장 백사장으로 질주했다. 그 찰나 구덩이로 곤두박질치겠구나 싶어 이마니는 더럭 겁이 났다. 미리 디에고의 허리를 꽉 끌어안았다. 그런데 아니었다. 지레짐작한 것처럼 구덩이로 내려가는 게 아니었다. 선두로 나서더니 구덩이에서 빠져나온 무리를 모두 이끌고 얕은 모래언덕을 넘어갔다. 머지않아 바다가 보이는 널찍한 해변 쪽으로 내려갔다. 멀리 호그아일랜드 섬이 어슴푸레하게 보였다.

이마니가 정신을 가다듬고 보니 천시 해수욕장 뒤편이었다. 자기 배로 디에고를 태우고 왔던 곳에서 그다지 멀지 않은 데였다. 디에고는 핸들 위로 몸을 바짝 숙이고 해변으로 질주했다. 이마니는 디에고의 등에 얼굴을 박은 채 허리를 붙안고 한 손으로 다른 쪽 팔목을 꽉 그러잡고는 숨을 쉬려고 애썼다. 오른쪽으로는 바다가 휙휙 지나가고, 왼쪽으로는 스쿠터들이 쌩쌩 달려 나갔다. 어느덧 디에고의 스쿠터가 맨 앞으로 나섰다. 모래언덕에서는 바퀴가 푹푹 파묻히는 바람에 쩔쩔매던 오토바이 소년들이 단단한 모래밭에 들어서자마자 신나게 페달을 밟았다.

모래언덕 꼭대기에서는 초록색 단복을 입은 어떤 감시단원이 삼륜 오토바이의 페달을 딛고 서서 아래를 내려다보고 있었다. 누군지 알아보기는 힘들었지만, 이마니가 아는 사람 중에 천시 해변 감시단에서 활동하는 사람이 몇 명 되었다. 감시단원은 대부분 서머턴과 인근 지역 출신으로 일흔이 넘은 노인들이었다. 그중 한 사람이 어린 자신을 돌봐 준 보모였던 타라 루보프였다. 감시 평가 비대상자가 모는 스쿠터 뒷자리에 타고 있다가, 팝콘을 까맣게 태워서 주곤 했던 그 할머니한테 붙잡히면 어쩌나 이마니는 조바심이 났다. 모래언덕 꼭대기에 서 있는 감시단원은 손목에 찬 통신 장치에 대고 뭐라 뭐라 하더니, 줄행랑치는 오토바이와 스쿠터들을 잠시 지켜보다가 모래언덕 아래로 사라졌다.

한참을 달린 끝에 해변에 닿았다. 천시 해수욕장 뒤편에서 주차장까지는 15킬로미터가 넘는 거리였다. 감시단은 애써 추적하지 않았다. 그럴 필요가 없었다. 해변에서 빠져나가려면 주차장을 통하는 길밖에 없었다. 주차장에서 가만히 기다리기만 하면 되었던 것이다.

앞쪽에 있던 남자애 둘이 무리에서 벗어나서 부드러운 모래밭을 지나 다시 모래언덕을 올라갔다.

"꽉 잡아."

디에고가 어깨 너머로 소리치고는 무리에서 이탈한 두 남자애를 따라 모래언덕 쪽으로 출발했다.

그들은 다시 널빤지 산책길로 올라섰다. 디에고도 한참을 뒤따르더니 갑자기 뚝 멈춰 섰다. 스쿠터 양쪽에 다리를 단단히 붙인 채로 고개를 외틀고 이마니를 바라보았다.

"이제부터 기동 작전 개시야."

이마니가 바이저를 슬쩍 들어 올렸다. 그러자 디에고가 한 손으로 얼른 이마니의 눈을 가리고는 나무에 설치된 아이볼을 가리켰다. 울창한 덩굴에 덮여서 보이지는 않았지만 다른 나무에도 아이볼들이 매달려 있을 게 뻔했다. 주차장 근처까지 왔다는 뜻이었다.

이마니가 바이저를 내려 얼굴을 가렸다.

"기동 작전도 있어?"

"응, 감시단과 벌이는 게임이야. 몇몇은 주차장에서 대치하다가 숲으로 유인해서 매너 힐 저택까지 끌고 가고, 그 틈에 나머지는 집으로 가는 거지."

"그다음에는?"

"흠, 그다음엔 천시네 집에서 개를 풀어 놓지 않았기만을 열심히 빌어야지."

"뭐?"

"감시단원은 새가슴이거든. 그 먼 천시네 사유지까지는 쫓아오지 못해."

천시네 개라면 이마니도 알았다. 사납기로 악명이 높았다.

"그건 개들 때문이잖아. 기동 작전 한번 기막히네. 주말을 참 의미 있게 보내는구나? 청정한 모래언덕을 모닥불과 맥주 깡통으로 더럽히더니, 이젠……."

화가 치민 디에고가 목소리를 높였다.

"그들한테는 모래언덕을 출입 금지 구역으로 공표할 권리가 없어. 도대체 자기들이 뭔데 갈 수 있는 지역과 없는 지역을 결정해? 이 나라가, 무슨 경찰국가라도 돼?"

"그건 좀 지나친 비약 아니니?"

"그래서 너더러 맹꽁이라는 거야."

"그래, 난 진작부터 모래언덕을 보호했어야 한다고 생각해. 그리고 저 사람들은 경찰이 아니야. 어류 및 야생 생물 보호국 직원이지."

"그래서? 모래언덕이 그 사람들 거라도 돼? 왜, 공기는 아니고?"

"그 사람들이 가진 게 아니지. 거긴 공유지니까. 그저 보호하려고 애쓸 뿐이라고."

"글쎄, 난 그런 권리도 인정 못 해. 정부 기관이 세상의 일부를 출입 금지 구역으로 공표하는 건 개수작이라고 생각해. 멋대로 돌아다니며 총으로 사슴을 쏘는 사냥꾼은 그냥 두면서 말이야."

이마니가 고개를 잘래잘래 흔들었다.

"그건 개체 수를 조절할 목적으로 허용하는 거고."

"누가 그걸 모른대?"

변명투가 배어나는 디에고의 목소리가 자기는 몰랐다고 말해 주고 있었다.

"여기서 빨리 빼내 주기나 해."

이마니가 다그치자, 디에고는 고개를 앞으로 돌리고선 골탕을 먹이려고 작정한 듯 스쿠터를 비틀비틀 몰았다. 이마니는 무릎으로 디에고의 엉덩이를 꽉 조였지만 허리를 감싸 안지는 않았다.

앞서 가던 남자애 둘이 스쿠터를 세운 채 걸터앉아 있다가 디에고를 향해 멈추라고 손짓했다. 디에고가 시동을 끄고 일행이 모여 있는 곳으로 걸어갔다. 널빤지 산책길이 끝나는 곳은 곧장 주차장으로 이어진 언덕길이었다. 왼쪽 출구까지는 채 20미터도 되지 않았다.

"지금 시작하자. 다른 감시단원이 오기 전에."

디에고가 머리로 이마니 쪽을 가리키며 말했다.

"난 너희랑 같이 못 가."

"두 대보다 세 대가 함께 움직이는 게 좋아. 만만하다고 판단되면 감시단원이 숲 속 깊숙한 데라도 기어코 쫓아와서 끌어내리려 들 거야."

"나는 앨 여기서 무사히 빼내 줘야 해."

여자애가 이마니를 위아래로 훑어보며 물었다.

"왜? 쟤가 그렇게 특별해?"

이마니가 확인할 수 있는 것은 여자애의 두 눈뿐이었다. 열려 있는 헬멧 앞부분으로 보이는 속눈썹에는 노란 마스카라를 칠했고 새파란 아이라이너로 그린 눈가는 퍼렇게 번져 있었다. 감시 평가 비대상자는 대개 차림새부터 이상야릇했다. 낙오자 신분을 애써 강조하는 듯한, 이마니로서는 도무지 이해하기 어려운 습성이었다.

"그냥 내가 그렇게 하려는 것뿐이야."

디에고와 이마니는 스쿠터에서 내렸다. 스쿠터를 밀면서 비탈진 언덕길을 살금살금 내려갔다. 바다갈대 무더기를 지나다가 하마터면 미끄러질 뻔했다. 채 100미터도 안 되는 곳에서 감시단원 남녀 두 사람이 삼륜 오토바이에 앉은 채로 햄버거 매대 쪽을 주시하고 있었다. 스쿠터족이 널빤지 산책길을 통해 언제든 들이닥칠 곳이 거기라고 점찍은 모양이었다. 삼륜 오토바이의 모터가 나직이 부릉거리면서 디에고와 이마니의 퇴각을 엄호해 주었다.

출구까지는 몇 미터밖에 남지 않았다. 이제는 무사히 빠져나갈 수 있겠구나 싶었다. 그 순간 뒤에 남아 있던 남자애 둘이 전속력으로 언덕길을 내리달았다. 주차장을 가로질러 질주하는 두 대를 눈으로 좇던 감시단원들에게 디에고와 이마니까지 들키고 말았다.

디에고가 후닥닥 스쿠터에 올라탔고 이마니도 냉큼 뒷자리에 걸터앉았다. 손바닥만 한 모래밭에서 스쿠터가 미끄러지면서 반 바퀴를 팽그르르 돌았다. 그 바람에 앞에서 쫓아오는 감시단과 딱 마주치고 말았다. 여자 감시단원이긴 한데 헬멧을 쓰고 있어서 타라 루보프인지는 확인할 수 없었다. 그 감시단원이 질주해 오자, 디에고는 앞을 가로막은 감시단을 대차게 뚫지 못하고 스쿠터 방향을 되돌리려고 했다.

"너 이것 하나도 제대로 못 몰아?"

이마니가 빽 소리쳤다. 여기서 붙잡히면 몇 점이나 깎일까 헤아려 보았다. 믿을 수 없는 광경에 홀딱 정신이 팔린 대가는 과연 얼마나 될지.

감시단원은 계속 쫓아왔다. 햄버거 매대 너머로 보이는 모래언덕에 서 있던 스쿠터 석 대가 부채꼴 모양으로 모래를 흩뿌리면서 전속력으로 주차장을 향해 돌진했다. 그 뒤를 이어 한 대씩 줄줄이 내리달았다. 이마니를 태운 디에고가 천시 해변 길로 빠져나갈 요량으로 꼴사납게 이리저리 기우뚱거리며 출구 앞에서 쩔쩔매는 사이, 다른 스쿠터들이 여자 감시단을 따라잡더니 앞에서 오락가락하며 방해했다. 계속 상황을 주시하던 나머지 오토바이와 스쿠터들이 함성을 내지르며 널빤지 산책길에서 쏜살같이 비탈을 내려왔다. 그들은 무리와 합류해 말벌 떼처럼 감시단원을 괴롭혔다.

이마니는 고개를 틀어 뒤를 돌아보았다. 그 순간 감시단원이 뚝 멈춰 서는 것을 보았다. 천시 해변 길로 질주하는 스쿠터에 앉아서 이마니가 마지막으로 본 건 감시단원이 한 여자애의 팔뚝을 낚아채 오토바이에서 끌어 내리는 광경이었다. 헉 소리가 절로 났다. 모퉁이를 돌 때까지 아직 공중에 떠 있는 여자애와 오토바이에서 이마니는 눈을 떼지 못했다. 감시단원의 무자비한 행동에 소름이 쫙 끼쳤다. 어쩌면 저 여자가 어린 자신을 돌봐 준 보모인지도 몰랐다.

디에고가 천시 해변 길을 질주했다. 스쿠터에 무리가 갈 만큼 속력을 최대로 높였다. 이마니는 언제부터인지 모르게 트렁크 대신 디에고의 허리를 꼭 끌어안고 있었다. 오른손으로 왼쪽 팔목을 그러잡은 채로.

스쿠터가 평탄한 아스팔트 길로 들어섰다. 이마니는 디에고의 허리에 둘렀던 팔을 풀고 다시 트렁크를 붙잡았다. 마침내 옆으로 디에고 친구들이 보였다. 하나둘씩 속속 모여들더니 선두로 나선 사람을 따라서 일렬로 달려 나갔다. 감시단 관할 지역을 무사히 빠져나오자, 아이들은 일제히 주차장 안 아이스크림 매점 쪽으로 함성을 질러 댔다. 아직 비수기라 매점은 셔터가 내려져 있었다.

디에고가 스쿠터를 세웠다. 이마니한테 잠깐 기다리라고 하더니 스쿠터에서 내려 서로 돌아가면서 얼싸안고 좋아하는 무리에 섞였다. 이마니는 바이저도 올리지 않고 스쿠터에 그대로 앉아 있었다. 자기네끼리 주고받는 이야기를 가만히 들어 보니 여자애 하나와 남자애 하나가 붙잡힌 모양이었다. 다치긴 했지만 심각한 상태는 아니라고 했다. 다른 아이들보다 나이가 많아 보이는 게 대학생일 성싶은 여자가 혼자 멀찍이 떨어져서 통화 중이었다. 머리카락은 흑백 줄무늬로 염색하고 검정 미니스커트에 검정 롱부츠 차림새였다. 그 여자가 통화를 끝내고 일행 쪽으로 가더니 '일이 착착 잘 돌아가고 있다.'라고 알려 주었다. 그제야 각자 흩어져 자기 스쿠터로 갔다. 디에고도 대학생인 듯한 그 여자와 함께 스쿠터 쪽으로 걸어왔다.

"파운데이션, 수요일이야. 이번엔 늦지 마."

"지각한 적 한 번도 없어요."

"너 맨날 늦잖아."

"아니죠, 누나가 항상 너무 일찍 시작하는 거죠."

이마니는 스쿠터에서 내려 디에고에게 자리를 내주었다. 흑백 줄무늬 머리 여자가 이마니를 힐끗 쳐다보고는 자기 스쿠터로 걸어갔다.

"누구야?"

"아무도 아니야."

디에고가 우회전해서 서머턴 시내 쪽으로 길을 잡았다. 이마니는 궁금증이 일기 시작했다. 정치적 활동을 하려고 모래언덕 구덩이에서 모인 걸까? 감시단을 유인하려고 일부러 모닥불을 피웠나? 혹시 붙잡히기를 바랐던 것은 아닐까? '일'이 착착 잘 돌아가게 하려고?

이윽고 아이스 링크 뒷골목으로 들어섰다. 디에고가 스쿠터를 아이스 링크 문가에 세웠다. 시동을 켜 둔 채로 이마니가 내리기를 기다렸다.

"내가 아까 구덩이에서 뭐랬더라? 너더러⋯⋯."

디에고가 눈을 되룩거리다가 말을 이었다.

"아름답다고 했던가?"

"그런데?"

"놀리려고 해 본 말이야."

"알았어, 됐어."

이마니는 이렇게 대답하고는 헬멧을 벗어 건네며 물었다.

"그건 그렇고 파운데이션이 뭐야? 줄무늬 머리 여자가 너한테 늦지 말라고 하던데."

"아무것도 아냐."

이마니는 외투를 벗어 디에고한테 준 뒤 콘크리트 계단에 앉아 부츠 끈을 풀면서 따졌다.

"맨날 늦는다면서 아무것도 아니라는 게 말이 돼?"

"네가 싫어할 게 뻔한 일이야. 정말로."

"아니라면?"

디에고가 스쿠터를 뒤로 빼서 주차 공간에 세워 놓고 부츠를 벗는 이마니를 빤히 바라보았다.

"뭔데? 그게 뭐든, 나는 감당할 깜냥이 못 된다 이거야?"

디에고가 웃음을 터뜨리고는 대답했다.

"카오스 파운데이션이야. 네 취향은 아닐 거야."

디에고는 트렁크에서 이마니의 옷과 신발을 꺼내 던져 주고는 물었다.

"이제 화 풀렸어?"

이마니는 카오스 파운데이션이 뭔지 캐묻고 싶었다. 그러나 디에고가 하는 짓을 보니 알려 주기를 꺼리는 기색이 또렷했다. 의심만 살 일이라면 그만두는 게 좋았다.

이마니가 부츠에 발을 밀어 넣으며 되물었다.

"무슨 화? 스쿠터 하나 제대로 못 몰면서 무모하게 위험한 일을 벌인 누구한테 난 화?"

"미안하지만, 나는 엄청 잘 몰아."

이마니가 일어서서 외투를 걸치면서 깐족거렸다.

"아, 그러셔? 미처 몰랐네. 그렇다면 천시네 도베르만한테 나를 먹잇감으로 던져 줄 속셈이었다는 얘기네?"

"아름답다고 놀려 댄 걸 말한 거야."

"엄청 모욕감을 느꼈다. 이제 됐니?"

디에고가 싱긋 웃으면서 말했다.

"그래서 얼굴이 빨개진 거야?"

"흑인 여자애들이 얼굴 빨개지는 거 봤어?"

"네 엄마는 백인이잖아."

"그걸 어떻게 알았어?"

"그게 무슨 비밀이라도 돼?"

"비밀일 거야 없지만, 나는 네 엄마에 관해서 아는 게 거의 없으니까."

"찾아보면 자료 엄청 많을 거야. 그런데 너 진짜로 빨개졌어."

이마니는 외투 목깃에 덮인 굵다란 머리꼬리를 빼내며 대꾸했다.

"당황해서 그런 거야. 너 때문에."

"암튼, 아직 내 논문 주제 못 받았어."

"벌써 몇 가지 줬잖아."

"몇 가지?"

"그래, 몇 가지. 그런 너는 나한테 준 게 뭔데? 셰리 포터가 실종됐다는 음모론?"

"그 여자 아직도 행방불명이야."

이마니는 팔을 뒤로 뻗어 문손잡이를 잡으며 말했다.

"좋아. 우리 공동 작업은 일단 전면 보류야. 네가 나한테 쓸

만한 정보를 줄 때까지."

디에고가 눈을 홉뜨고 물었다.

"너 정말 우리 엄마에 관해 쓰려는 거야?"

이마니가 손잡이를 잡은 채로 대답했다.

"그거야 네가 주는 정보에 따라 달라지겠지. 네 엄마를 기인이라고 생각하는 사람들이 많던데."

"너 지금 우리 엄마를 모욕하는 거야?"

"뭐, 뱀파이어처럼 옷을 입는 건 사실이잖아."

"넌 조개재비처럼 입잖아."

"고마워. 그런데 정확히 말하면 조개잡이야."

"아, 그렇구나. 실수 인정."

"다음에 만날 곳은 내가 정할게."

"그러든가, 조개잡이."

이마니는 맞받아칠 말을 찾으려고 되작거렸지만 '찌질이' 말고는 딱히 떠오르는 게 없었다. 아까 일을 가만 생각해 보니, 아닌 게 아니라 그건 부적절한 말이 맞았다.

"우리 유치하게 별명 부르는 짓 그만하자."

디에고가 고개를 모로 쭉 빼고 감정이라도 하듯이 이마니를 훑어보면서 물었다.

"혹시 머리를 생으로 길게 늘어뜨려 본 적 있어?"

"나는 입때껏……."

이마니는 쟤가 또 놀리는구나 싶어서 하려던 말을 그만두고 짧게 내뱉었다.

"없어."

그러고 나서 이마니는 문을 열고 들어갔다.

문 안쪽에 서 있는 이마니 귀에 디에고의 웃음소리가 들려왔다. 그것도 잠깐, 어느새 디에고는 부르릉거리는 스쿠터에 몸을 싣고 멀어져 갔다.

14
우리라니요?

월요일 아침, 이마니는 사물함에서 쪽지를 발견했다.

> 카오스 파운데이션은 몇 마디 말로는 설명 못 해. 직접 경험해 봐야만 알
> 수 있지. 경험해 볼 생각 있으면 수요일 10시에 세인트제임스 대학교 어베
> 이트 홀로 와. 거긴 아이볼이 없는 지역이야. 명심해. 난 분명 안전지대라
> 고는 안 했어. 좀 더 알아보긴 할게. 아, 참, 그리고 미안. 네 머리 트집 잡
> 아서. 네가 자초한 일이긴 하지만.
>
> 카오스 촉진자, 디에고 L.

이마니가 쪽지에서 고개를 들었을 때, 아이들이 곁을 지나 줄줄이 교실로 향해 갔다. 이마니는 쪽지를 주머니에 넣고 사물함을 닫은 뒤 곧장 교장실로 갔다.

휠러 교장이 쪽지를 읽는 동안 이마니는 교장실 문가에 서서 기다렸다. 수업 시작종이 울렸다.

"수업은 걱정 마라. 내 재량으로 무단결석 명단에서 **빼** 줄 테니까. 들어와서 문 닫아."

이마니는 시키는 대로 들어가서 의자에 앉았다.

휠러 교장은 쪽지를 책상에 놓고 탭 패드를 펼치더니 자판을 두드리기 시작했다.

"웹 사이트는 없는 것 같고."

휠러 교장의 말에 이마니가 과감히 의견을 냈다.

"어쩜 별칭일지도 몰라요."

휠러 교장의 안경에 검색한 자료들이 떠서 번쩍거렸다.

"그러게. 검색 자료는 모조리 아이작 아시모프 소설과 관련된 것들뿐이구나."

휠러 교장은 눈을 깜박여 화면을 지우고는 이마니를 바라보았다.

"혹시 그 아이, SF에 푹 빠져 있니? 아이작 아시모프 작품을 읽어 보겠다는 둥 그런 대답은 하지 말고."

이마니가 어깨를 으쓱했다.

"사실 걔가 뭘 좋아하는지는 잘 몰라요."

휠러 교장은 쪽지를 들여다보았다.

"카오스 촉진자라. 왠지 느낌이 안 좋은 이름이야. 학생 단체일까? 혹시 어른이 끼어 있는 것 같던?"

"제가 아는 거라고는 거기 함께 있던 여자뿐이에요. 처음 보는 얼굴이었는데, 이름은 모르고 머리를 흑백 줄무늬로 염색했어요."

"고등학생이?"

"정확한 건 아니지만 대학생처럼 보였어요."

휠러 교장이 수상쩍은 눈길로 물었다.

"그런데 넌 그런 여자를 어떻게 만난 거지?"

이마니는 망설였다. 모래언덕 사건은 묻어 두기로 일찌감치 마음먹은 터였다. 감시 평가 비대상자를 꼬드겨 정보를 빼내는 일과 하마터면 체포될 뻔한 일은 엄연히 다른 문제였다. 그런데 이마니가 뭔가 숨기고 있다는 낌새를 휠러 교장이 알아챈 것 같았다. 일껏 쌓아 온 신뢰를 이렇게 허무하게 무너뜨리고 싶지는 않았다.

결국 이마니는 사실대로 털어놓았다.

"디에고가 지난 주말에 저를 천시 해변으로 데려갔어요. 거기 모래언덕에서 추적 비슷한 일을 당했어요."

휠러 교장이 걱정스러운 얼굴로 물었다.

"추적? 누구, 경찰한테?"

이마니가 고개를 가로저었다.

"해변 감시단한테요."

마침내 이마니는 사건의 전모를 털어놓았다. 디에고 일행이 감시단을 유인할 목적으로 모닥불을 피웠을지도 모른다고 지레짐작한, 자기 생각까지 곁들였다.

"그 흑백 줄무늬 머리 여자가 누구한테 전화를 하면서 '일이 착착 잘 돌아가고 있다.'라고 했어요."

"일이 착착 잘 돌아가고 있다라."

휠러 교장은 등받이에 기대 앉아 의자를 뱅글뱅글 돌렸다.

"네. 그리고 디에고한테 수요일 모임에 늦지 말랬어요."

휠러 교장이 쪽지를 다시 살펴보며 물었다.

"세인트제임스 대학교에서 한다는 그 모임?"

이마니가 고개를 주억거렸다. 휠러 교장이 한마디도 빠뜨리지 않고 귀담아들은 것으로 보아 자신이 알아 온 정보가 꽤나 쓸모 있는 모양이었다.

"그게 무슨 모임일까요?"

휠러 교장은 쪽지를 꼼꼼히 뜯어보았다.

"생각조차 하기 싫구나."

이마니가 다짐했다.

"음, 제가 그 모임에 가서 잘 살펴보겠습니다."

휠러 교장이 머리를 흔들었다.

"아니, 안 돼. 그 모임 근처에도 얼쩡거리지 마라. 그만하면 이미 네 몫은 톡톡히 했어. 이제부터는 나한테 맡기면 된다."

"하지만 제 생각엔……."

휠러 교장이 또다시 머리를 흔드는 것으로 이야기는 끝났다. 이마니는 간곡히 부탁하고 싶었다. 그런데 교장은 이미 자리에서 벌떡 일어나 문을 열더니, 대기실 책상 앞에 서 있는 비서에게 지시했다.

"샐리, 풀라스키에게 전화 연결해 줘요."

브론슨 부인이 고개를 끄덕였다.

이마니가 일어서서 문가로 갔다.

"풀라스키라면, 경찰 서장님 아니에요?"

휠러 교장은 이마니에게 집게손가락을 흔들어 보이면서 주의를 주었다.

"입 꾹 다물어야 해. 디에고한테는 아무 말도 하지 마, 알겠니? 모임을 하도록 그냥 둬. 이제 우리가 맡을 테니까."

"우리라니요?"

휠러 교장은 대답 대신 미소 띤 얼굴로 쪽지를 들어 보이며 말했다.

"잘했어, 이마니. 이건 대단히 유용한 정보일 수도 있어. 틀림없이 너도 그에 걸맞은 보상을 받을 거다."

이마니는 기분이 붕 떴다.

"정말요? 확실히요?"

휠러 교장은 벌써 책상 쪽으로 걸음을 떼고 있었다.

"두말하면 잔소리지. 나가면서 문 좀 닫아 주겠니?"

이마니는 그대로 서서 휠러 교장을 바라보았다. 스코어 코프에서 받게 될 보상의 기쁨을 흠뻑 누리고 싶었다. 그러나 교장은 또다시 번쩍거리는 안경 너머로 사라지고 없었다.

"오늘은 중산층 붕괴에 관해 이야기해 보자."

캐럴 선생이 말했다. 무릎에 팔꿈치를 대고 턱을 괸 채 감시평가 대상자와 비대상자를 가르는 책상에 올라앉아 있었다. 오늘따라 유난히 짜증이 심했다. 지난 주말에 분노 배터리를 잔뜩 충전한 게 틀림없다고, 이마니는 생각했다.

"아메리칸드림은 부자가 되겠다는 꿈이 절대 아니었다. 가난한 사람들이 미국에 와서 중산층이 되고자 했던 꿈이었지. 그들은 맞춤한 집을 마련하고, 자식들에게 좋은 교육을 받게 해 주고, 1년에 한 번쯤 가족 여행을 가는 생활을 원했다. 대저

택, 종이 쪼가리 같은 허황한 부를 바란 게 아니야. 기본적인 것, **획득할 수 있는 기본적인 물질**이 목표였단 얘기다. 누구나 얼추 중산층 신분이 될 여지가 있었어. 그런데 거기서 만족하지 못한 거야. 더 많은 것을 탐했고, 그러다가 폰지 사기(1920년대 미국 보스턴에서 희대의 다단계 금융 사기극을 벌인 찰스 폰지의 이름에서 나온 용어) 같은 수법에 말려든 거야. 그 무지막지한 거품이 터지면서 모두가 고통을 당했지. 물론 고통의 크기가 똑같진 않았지만."

캐럴 선생은 주의를 환기하듯 집게손가락을 들어 보였다.

"아직도 헛바람 한 줄기를 부여잡고 값을 매긴 종이 쪼가리를 그러모으려고 죽자 사자 덤비는 사람들이 있다."

캐럴 선생은 한숨을 돌리고 나서 화제를 바꾸었다.

"자, 다시 경제학으로 넘어가 볼까? 지금까지 3B, 즉 거품 경제bubble, 불황bust, 구제금융bailout에 관해서 다뤘다. 이제 지난 세기로 돌아가 보자. 3B 문제가 터지기 이전으로. 그때와 지금을 비교할 때 경제 구조의 차이가 무엇인지 얘기해 보자. 오늘은 새로운 사람이 발표해 볼까? 트리나?"

캐럴 선생은 한 번도 발표한 적이 없는 감시 평가 비대상자인 여학생을 바라보았다.

"트리나? 어떤 의견이든 좋다."

트리나는 입을 떡 벌리고 눈에 띄도록 한숨을 푹푹 쉬었다.

"네, 달랐어요."

캐럴 선생이 몸을 앞으로 수그린 채 뒷말을 기다렸지만, 트리나 머리에는 든 게 없었다.

프리실라가 물었다.

"정말 그렇게 차이가 컸나요?"

"20세기를 말하는 거다. 2000년 이전 시대."

"네, 그건 아는데요. 그때도 모든 사람이 다 중산층은 아니었을 거 같아서요. 그렇지 않나요? 그때도 빈민과 부자는 있었을 거란 얘기죠, 맞나요?"

캐럴 선생이 고개를 끄덕였다.

"그건 맞아. 그렇다면 그때와 달라진 것이 무엇일까?"

레이철이 나섰다.

"뭐, 그거야 감시 평가제가 생긴 거죠."

"감시 평가제 문제는 잠깐 접어 두자. 나중에 다룰 문제니까, 지금은 경제 문제에만 집중하는 게 좋겠다. 중산층이 붕괴되고 난 다음에는 어떻게 되었지?"

클러리사가 대답했다.

"생활수준이 떨어졌어요. 빈곤율은 증가하고요."

"그렇지. 그 밖에 또 달라진 점은?"

캐럴 선생이 노리는 답이 무엇인지 이마니는 짐작이 갔다. 선생은 계속 디에고를 힐끔거렸다. 그러나 정작 그 애제자는 정신이 딴 데 팔려 있었다. 둥그렇게 배치된 책상 한가운데만 물끄러미 바라보고 있었다. 슬쩍슬쩍 이마니한테 눈길을 주기도 했다. 이마니는 곁눈으로 그 순간을 포착할 때마다 디에고의 눈길을 피하려고 몸을 돌렸다.

참다못해 캐럴 선생이 실마리를 던져 주었다.

"자, 자, 여러분. 신분 상승할 기회가 없는 사회에서는 어떤 일이 벌어질까?"

로건이 의견을 냈다.

"활기가 없어지지 않을까요?"

캐럴 선생이 더 생각해 보라는 듯이 되물었다.

"그럴까?"

이마니는 건성으로 듣기만 했다. 언뜻번뜻 스쳐 가는 디에고의 눈길도 신경 쓰이고 휠러 교장과 나눈 대화도 자꾸 떠올랐다. 한편으로는 디에고와 카오스 파운데이션을 밀고했다는 죄책감이 들었고, 다른 한편으로는 성적이 단번에 훌쩍 뛰어오를 수 있다는 기대감에 들뜨기도 했다.

캐럴 선생이 채근했다.

"자, 여러분?"

이마니가 참다못해 입을 열었다. 선생이 성화를 부리는 것도 다른 친구들이 답답하게 구는 것도 더는 견디기 힘들었다.

"활기를 잃는 게 아니라 사회가 불안해집니다."

"옳지, 그럼 이유는?"

이마니가 지난 학기에 쓴 보고서 주제가 바로 이 문제였다. 급격하게 운명이 바뀐 시대를 살아야 했던 조부모의 관점에서 쓴 글이었다.

"임금이 하락하고, 실업률과 파산은 증가하고, 정부는 긴축정책을 펴고, 사회 기간산업은 무너졌기 때문입니다."

"그 반대급부는?"

"부의 집중이 심화되고 새로운 황금시대가 열렸습니다."

예전에 이마니가 '새로운 황금시대'라는 제목으로 쓴 보고서에 캐럴 선생은 A학점을 주었다. 게다가 보고서 뒷장에다 사실상 논문과 다름없는 논평을 가득 써 주었다. 보고서 첫 장부터 마지막 장까지 뒷면을 꽉꽉 채워 쓰고도 모자라서 이메일까지 보냈다.

"좋아. 이번엔 레이철이 말해 볼까? 그다음엔 어떤 일이 벌어졌고, 그 이유는 뭘까?"

레이철은 잔뜩 주눅이 든 표정이었다.

"네? 무슨 말씀이에요?"

캐럴 선생이 레이철에게 질문한 틈에 이마니는 다시 디에고를 곁눈질해 보았다. 여전히 자신을 힐끔힐끔 엿본다는 것을 알아챘기 때문이다.

캐럴 선생이 레이철한테 설명했다.

"네가 아까 말한 감시 평가제 얘기다. 감시 평가제와 이마니가 방금 발표한 내용은 어떤 상관관계가 있을까?"

레이철은 펜으로 자기 이를 톡톡 쳐 대기만 했다.

캐럴 선생이 포기하고 프리실라에게 물었지만 프리실라도 어깨만 으쓱하고 말았다.

"그럼 로건?"

"모르겠습니다."

"내 말은, 그 둘의 인과관계를 찾아보자는 거다."

이마니는 수업에 집중하려고 애썼다. 그런데 디에고가 자꾸 마음에 걸렸다. 혹시 쪽지를 휠러 교장에게 넘겨준 사실과 자신도 의아한, 그 '우리'에 대해서 알았나? 그래서 으름장을 놓으려고 자꾸 은근슬쩍 엿보는 걸까?

"자, 자, 얘들아. 지금까지 나온 이야기를 정리해서 결론을 내려 보자. 이마니? 디에고?"

디에고는 자다가 갑자기 깬 사람처럼 의자 위에서 부스댔지만, 평소와 달리 아무 말도 하지 않았다.

"감시 평가제를 실시할 토대가 마련되었습니다."

"고맙구나, 이마니. 왜지?"

"아메리칸드림이 깨져서 더는 신분 상승할 기회가 없어졌으니까요. 빈부 격차가 고착되고, 사회가 거의⋯⋯."

이마니가 알맞은 표현을 찾으려고 궁리하는데 디에고가 불쑥 끼어들었다.

"바나나 공화국(바나나 등 1차 상품의 수출에 의존하면서 서구 자본에 경제가 예속된 중남미 국가들을 경멸적으로 부르는 말)처럼 되었다고?"

아주 아니라고는 할 수 없는 의견이었다. 하지만 이마니는 자기 생각을 다른 사람의 말로, 그것도 하필 디에고의 말로 마무리를 짓자니 기분이 상했다.

"나는 계급 사회처럼 되었다고 말할 참이었어."

디에고가 대꾸했다.

"맞아. 그 뒤에 스코어 코프가 나타나서 신분 상승할 기회를 되살리겠다고 주장한 거지."

로건이 나섰다.

"미안한데, 그 기업이 말로만 신분 상승할 기회를 되살리겠다고 주장하는 게 아니야. 실제로 그렇게 하고 있지."

이번엔 레이철.

"그거야 일부한테만 해당되는 거고."

로건이 되받았다.

"내 말은 값어치 있는 사람들한테 그렇다는 거야."

레이철이 고개를 뒤로 젖히고 깔깔 웃어 댔다.

디에고가 말했다.

"아니야, 로건 말이 맞아. 감시 평가제의 기본 목표는 사람들한테 신분 상승할 기회를 줌으로써 아메리칸드림을 복원하는 거야."

레이철이 톡 쏘아붙였다.

"뭐야?"

"사실이야. 어떤 사람이든 출신 배경이 어떻든 상관없이, 감시 평가를 받으면 누구나 똑같은 기회를 갖게 되니까. 적응성은 돈이랑 아무 상관도 없고. 키아라 히슬롭과 알레한드로 비달을 봐. 부잣집에서 태어나지 않았지만 결국은 부자가 될 거잖아."

이마니는 어안이 벙벙했다. 부유층 아이가, 부에 관해 난처해하지도 않고 솔직하게 말하다니. 게다가 내 의견을 그대로 받아들여서 설득력 있게 풀어내다니.

캐럴 선생의 얼굴이 활짝 밝아졌다.

"이제 보니 기말 보고서를 열심히 준비하는 사람이 있구나. 관점이 아주 좋다, 디에고."

"죄송한데요, 선생님. 디에고가 주장하는 게, 사실상 감시 평가제가 계급제의 해결책이라는 건가요?"

이마니의 질문에 디에고가 직접 대답했다.

"맞아. 그게 디에고가 주장하는 바야."

이마니가 계속 캐럴 선생을 보면서 말했다.

"음, 그렇다고 하면 디에고는 완전히 헛짚은 거네요. 감시 평가제는 단지 하나의 계급제를 또 다른 계급제로 대치한 것뿐이니까요."

"왜 그렇지?"

캐럴 선생은 점점 흥분했다. 이마니가 아는 캐럴 선생이라면 그럴 만도 했다. 다른 어떤 것보다 두 학생이 **토론** 주제를 놓고 치열하게 치고받는 광경을 보면서 짜릿한 희열을 느끼는 교사였다.

"음, 디에고는 계급제를 어떻게 정의하는지 모르겠지만, 저는 사람들을 성적 집단으로 갈라놓고 집단 구성원들끼리만 접촉하게 한다면, 그건 본질적으로 계급제라고 생각합니다."

디에고가 반박했다.

"감시 평가제는 계급제가 아니야. 능력주의라고…… 경계가 분명한."

로건이 웃음을 터뜨렸다.

"그거 마음에 든다. 정말, 진심으로. 이번만큼은 디에고 랜디스가 옳아."

이번엔 이마니가 반박했다.

"취지를 따져 보면, 계급제야."

디에고가 맞받았다.

"아니, 능력주의야. 열심히 노력하고 적응성 규정대로 생활하면 신분을 높일 수 있으니까. 신분 상승을 못하는 건 순전히 자기 잘못일 뿐이야."

로건이 맞장구쳤다.

"그럼, 그럼."

디에고가 이번에는 이마니를 똑바로 바라보며 이마니가 한 말을 고스란히 돌려주었다.

"감시 평가제는 사람들에게 자신을 바꿀 능력을 키워 주지. 그것이 딱 감시 평가제의 기본 철학이야. 과학기술을 통해 보다 완벽한 인류를 만든다는 건, 알고 보면 정신 통제와 세계 지배를 노리는 게 아니거든. 사실상 공정성을 정립하는 거라고."

디에고의 문장에 마침표를 찍듯이 수업을 마치는 종이 울리면서 이마니가 반박할 기회를 막아 버렸다. 학생들이 줄줄이 교실을 빠져나갈 때였다. 캐럴 선생이 이마니와 디에고에게 서로 반대 견해를 포용한 것을 축하한다고 했다.

그러더니 이번에는 멀어져 가는 학생들을 향해 소리쳤다.

"아까처럼만 하면 지적 수준이 원숙해질 거다. 수업 시간에 그런 모습을 더 자주 보고 싶구나. 너희 기말 보고서에서는 더 많은 것을 보여 주리라 기대하마. 알겠니?"

아무런 대꾸 없이 걸어가는 학생들에게 캐럴 선생이 또다시 소리쳤다.

"못 들은 척하지 말고!"

이마니가 디에고랑 마지막으로 교실을 나서면서 말했다.

"다들 들었을 거예요."

캐럴 선생은 커피 머그잔을 낚아채듯 집어 들고 책상 앞으로 돌아가 의자에 털썩 앉았다.

"능력주의나 계급제나 오십보백보야."

이마니와 디에고에게 이렇게 말하고는 두 다리를 책상에 올려놓은 채로 고물 스크롤을 펼치자마자 인터넷 속으로 빠져 들었다.

디에고가 이마니를 스쳐 지나가면서 말했다.

"능력주의야."

이마니가 멀어져 가는 디에고의 등에 대고 소리쳤다.

"계급제야."

그때 캐럴 선생이 이마니에게 말했다.

"둘 다야. 둘은 맞물려 돌아간다."

이마니가 물었다.

"그렇게 생각하세요?"

캐럴 선생은 머그잔 테두리에 입을 댄 채 고개를 끄덕였다.

"오티스 연구원들이 퍽 좋아하겠구나."

이마니는 개별 자습 시간에 도서실로 가서 서둘러 태블릿을 빌려 검색하기 시작했다. 인도의 복잡한 계급제부터 사무라이와 백성으로 나뉜 고대 일본의 계급제까지, 역사에는 계급제가 수두룩했다.

30분쯤 검색하고 나서 이마니는 오티스 연구소에 낼 논문 주제를 정했다. 여태껏 성적 집단을 계급제로 생각해 본 적은 없었다. 그런데 수업 시간에 디에고와 논쟁을 벌이면서 아주 중요한 실마리를 얻었다. 감시 평가제를 세계 역사의 맥락에서 비판적으로 검토하면 깊이 있고 알찬 논문이 될 것 같았다.

이마니는 한국의 백정(농사를 짓던 일반 백성이 천민으로 전락한 사례)이나 하와이의 카후나(제사장, 주술사, 치료사 등 하와이 원주민 사회에서

지도자 노릇을 했으나, 1820년 이후 백인 선교사가 들어오고 차츰 원주민 사회의 전통 문화가 파괴되면서 설 자리를 잃었다.) 사례를 훑어보다가, 인간은 몇천 년 동안 똑같은 방식으로 서로 학대해 왔다는 사실을 깨달았다. 게다가 은밀하게 학대한 것도 아니었다. 그들이 남긴 증거는 숱했다. 전 세계에 걸쳐 자행된 불법 노예무역부터 치졸하고 역겨운 작태를 벌인 남성 중심의 대학 사회까지, 그들은 계급제에 기대서 잔혹한 짓을 저지르고도 떳떳하게 굴었다. 범죄 사실들이 이렇게 꼼꼼히 기록되어 있는데도 사람들이 아무것도 배우지 못하다니 역사 교사라면 하루가 멀다 하고 분통을 터트릴 만도 하겠다고, 이마니는 생각했다. 긴말이 더 필요 없을 만큼 캐럴 선생이 왜 그렇게 행동하는지 이해가 갔다.

이마니가 가장 끌린 것은 불가촉천민을 다룬 기사였다. 인도 계급 제도의 열등생 격인 불가촉천민은 감시 평가제의 열등생과 달리 태어나면서부터 속한 계급에서 벗어날 길이 없었다. 그런 계급 제도를 정당화하는 주장 한 가지가 도덕성 위계론이었다. 그 위계 질서에서 맨 윗자리에 있는 사람들은 맨 아래에 있는 사람들보다 도덕성이 훨씬 높다고 여긴 것이다. 그러나 그 도덕성의 높낮이를 판가름한 것은 언제나 다름 아닌 맨 윗자리를 차지한 사람들이었다.

미국 식민지 시대에 노예제를 정당화한 방식도 똑같았다는 사실도 알았다. 그 시절의 노예제도도 복선형 계급제였다. 아프리카인은 도덕성이 낮기 때문에 백인과 똑같은 권리와 특혜를 누릴 가치가 없다고 간주되었다. 그 시절 미국의 열등생들은 백인 사회에 봉사함으로써 도덕성이 낮은 것을 끊임없이 속

죄하려 들었을 것이다. 그들도 인도의 불가촉천민과 마찬가지로 자기 신분에서 벗어날 길이 없었다. 노예 신분에서 해방되고 나서조차 백인보다 시민의 지위가 낮았다. 아버지의 말을 빌리자면 '주인 나라'에게 끊임없이 짓밟혔다.

일단 자료를 살펴보고 나니, 그다음부터는 비슷한 사례들이 사방에서 불쑥불쑥 모습을 드러냈다. 세상 곳곳에서 여성은 여전히 남성보다 열등한 존재로 취급당하고 있고, 그만큼 남성이 권리와 특권을 누리고 있다는 점은 이마니도 익히 아는 사실이었다. 그런 나라의 여성들 역시 탈출구가 없었다. 전쟁에 찌든 야만의 땅 아프가니스탄이나 사우디아라비아 왕국에서도 여성이 남성 자리로 올라서기란 불가능할 터였다.

그러나 이런 사례들이 이마니한테는 걸림돌이 된다는 게 문제였다. 하나같이 감시 평가제를 돋보이게 하는 사례들이었다. 어쨌거나 디에고의 주장대로 감시 평가제 사회에서는 적어도 출세할 길은 있으니까. 디에고의 주장에 찬성하기는 죽도록 싫었건만 감시 평가제는 경계가 뚜렷한 능력주의라는 쪽으로 마음이 기울기 시작했다.

이마니는 태블릿을 응시한 채 그 사례들을 논쟁에서 유리하게 활용할 방법을 찾아내려고 궁리했다. 그때 얼핏 몇 발짝 떨어진 곳에 서 있는 앰버가 보였다.

앰버가 나직이 물었다.

"얘기 좀 할 수 있어?"

이마니는 도서실을 힐끗 둘러보았다. 다른 학생들이 조용히 공부하고 있었다. 앰버는 따라오라는 몸짓을 해 보이고는 앞서서 도서실을 나가 가까운 여학생 화장실로 들어갔다.

앰버는 몸을 구부려 밑으로 용변 칸을 일일이 들여다보며 엿들을 사람이 없다는 것을 확인한 뒤 세면대에 기대섰다.

"있지, 원래는 코너랑 얘기하려고 했는데 걔가 요즘 영 이상하게 굴더라고. 소란 떨 마음은 없고 해서 너를 먼저 만나 보기로 한 거야."

이마니는 앰버가 싫었다. 친화력에 문제가 있는 아이였다. 디온이 동정심을 불러일으킨다면, 앰버는 반발심부터 들게 했다. 그런데 입술을 깨물고 있는 결연한 모습에 그만 마음이 약해졌다.

"아무래도 디온을 따돌려야 할 것 같아."

"뭐? 왜? 이번 달 성적이 발표되려면 한 주나 남았는데?"

앰버를 싫어하는 이마니의 마음이 대번에 되살아났다.

"그건 그런데, 걔가 60점대에서 떨어지면 왕따 시키는 거야 당연히 해야 할 일이잖아. 내 말은, 그렇게 되면 우리가 가산점을 받을 근거가 없지 않겠느냐는 거지."

"걔가 60점대 동급반에서 탈락할 거란 근거라도 있어?"

앰버가 고개를 잘래잘래 흔들었다.

"너 눈뜬장님이야 뭐야? 걘 사실상 지진아라는 거, 너도 알잖아."

이것은 사실과 다를뿐더러 저속하면서, 여러모로 문제가 많은 발언이었다. 이마니는 어떻게 말문을 떼야 좋을지 몰라 머뭇거리다 차분하게 말했다.

"난 디온이 좋아."

"그럼 너, 집단 일체성은 아주 포기한 거니? 난 또 네가 케이디 파지오를 따돌렸을 때 진짜로 바뀐 줄 알았지. 이번에도 나랑 한편이 될 줄 믿었고."

아하! 그거였구나. 케이디를 버렸으니 이제 내 성적이 오를 줄 알고 앰버가 수를 쓴 것이다. 디온 왕따 시키기 작전을 펴서 나와 유대감을 다지면 연대 책임에 따라 가산점을 받을 테니까. 이것은 게임즈맨십 기준으로 보면 아주 무난한 활동이었다.

"됐어, 그만둬. 너 없이도 꾸려 나갈 수 있어."

앰버는 거울을 들여다보며 왼쪽 눈 밑에 번진 마스카라를 닦아 내고는 말을 이었다.

"제일라는 벌써 걔 왕따 시키고 싶댔어. 난 다만 몇 명만 더 필요했을 뿐이야. 디온에게 알리지만 말아 줘. 그럴 수 있지? 코너한테도. 이건 코너가 아니라 내 일이니까."

앰버가 부스스하게 부푼 아프로 머리를 매만지는 것을 보면서, 이마니는 앰버와 자신의 또 다른 공통점들을 떠올리지 않을 수 없었다. 콧등에 점점이 박힌 주근깨, 최종 성적에 대한 공포심, 시간에 쫓기며 느끼는 조바심.

"알아들어, 이마니?"

"걱정 마, 입에 자물쇠 채우고 있을 테니까."

이마니는 그날 집에 도착하자마자 곧장 2층 자기 방으로 올라갔다. 침대에 앉아 학교 도서실에서 인쇄해 온 기사들을 펼쳐 놓았다. 기발한 생각이 번쩍번쩍 떠올라 주기를 바랐지만 조사해 온 자료들이 생각처럼 보탬이 되질 않았다. 서로를 집단으로 갈라놓으려는 인간의 다른 시도들과 비교하면 할수록 감시 평가제만 더 돋보일 뿐이었다.

창밖을 보니 매드센네 낚싯배 밑으로 아버지의 두 다리가 뻗어 나와 있었다. 잠깐 물끄러미 엄마를 바라보았다. 거대한 털 스웨터를 뭉쳐 놓은 것처럼 아버지 옆에 쪼그리고 앉아 한 손에는 코코아 머그잔을, 다른 손에는 스패너를 들고 있었다. 엄마는 굳이 없어도 될 상황이었다. 아버지가 얼마든지 직접 연장을 가져갈 수 있었다. 그러나 엄마로서는 그럴 수밖에 없다는 것을 이마니는 잘 알았다. 아버지도 일이 없을 때면 낚시 가게에 나가 상품 안내서를 읽거나 모든 물가가 올랐다고 푸념하면서 엄마 곁에 있어 주곤 했다.

동지애, 그것이 부모님의 자산이었다. 정박장을 꾸리는 삶은 팍팍했다. 엄마는 힘든 현실을 이마니 남매에게 애써 숨겼다. 하지만 이마니는 수지 맞추기도 어려운 사정을 알고 있었다. 그래도 엄마 아빠는 늘 함께했다. 그런다고 해서 통장 잔고가 늘어날 리는 없겠지만, 우울하고 힘겨운 상황을 헤쳐 나가는 데는 큰 보탬이 되었다. 동지애에는 숭고함 같은 것이 있었다. 엄마 아빠의 동지애는 이겨 낼 수 있다는 도전 의식이었고, 승리하고 힘을 되찾고 그 밖에도 좋은 것들을 얻을 수 있는 기회였다.

이마니는 미국 노예 관련 기사를 다시 훑어보았다. 그제야 일부일지라도, 어쨌든 노예들한테도 동지애가 있었다는 사실을 알게 되었다. 농장에서 일하면서 함께 노래 부르며 시름을 달랬고 자기가 겪은 노예의 삶을 글로 쓰기도 했다. 뜻 맞는 사람들끼리 지하 철도Underground Railroad라는 조직을 만들어 도망 노예를 안전하게 피신시키는 활동도 벌였다. 훗날 여전히 미국 사회의 열등생이었던 그들의 후예는 꾸준히 시민권 운동을 벌여 나갔다.

사우디아라비아에서 여성 해방 투쟁을 벌인 조직에 대해 다룬 기사도 꼼꼼히 살펴보았다. 이들한테도 역시 동지애가 있었다. 자유를 얻기 위해 위험을 무릅쓴 것은 그들·자신만을 위해서가 아니었다. 그들은 사우디아라비아 모든 여성을 위해 싸웠던 것이다.

이 두 사례에서는 사회의 열등생이 계급 제도 자체와 맞서 싸웠다. 그런데 감시 평가제 대상자들은 절대 그러지 않았다. 언제나 자기들끼리 서로 싸울 뿐이었다. 앰버가 디온을 왕따 시키려고 비열한 짓을 꾀하는 것처럼, 감시 평가를 받는 아이들은 서로 밟고 올라서려고 음모를 꾸미고 비방을 일삼았다. 올라설 수 있다고 믿었기 때문이다.

그 차이라고, 이마니는 생각했다.

미국 노예는 신분 상승이 불가능했다. 죽어라 기를 써도 흑인이 백인 자리로 올라설 가능성이 아예 없었다. 사우디아라비아 여성도 마찬가지였다. 여성은 죽을힘을 다해도 절대 남성처럼 되지 못했다. 노예제도와 성차별은 능력에 바탕을 둔 계급 제도가 아니었다. 아무리 애를 써도 성공할 수 없는 제도라면, 열등생들이 선택할 수 있는 길은 그 제도를 타파하는 것뿐일 터였다.

마침내 이마니는 열심히 조사한 보람을 얻었다. 엄마는 아직도 배 밑에 비집고 들어가 수리 중인 아버지에게 펜치를 밀어 넣어 주고 있었다. 그런 엄마를 창밖으로 빤히 바라보면서, 승리감에 취한 나머지 웃음을 참지 못했다.

15
셰리 포터

화요일이 되어서야 캐럴 선생은 교육 나치주의자의 요구에 따랐다. 지난 시간에 이어서 짤막하게 중산층 붕괴에 관한 이야기를 짚고 난 다음이었다. 캐럴 선생이 불쑥 '다루겠다고 약속한' 교재 이야기를 꺼냈다. 이름하여 '위대한 경제 회복'에 관한 수업 자료였다. 캐럴 선생은 믿지 않는 내용이었지만, 이마니를 비롯한 감시 평가 대상자들은 학기 말에 시험을 치러야 할 주제였다.

그 수업 자료는 모두 매사추세츠 주 교육 과정 웹사이트에서 내려받을 수 있었다. 그러니까 애써 귀담아들을 필요가 없었다. 캐럴 선생도 축제 공연장 앞에서 그렇고 그런 볼품없는 봉제 동물 인형들을 파는 장사꾼처럼 지겨워하는 목소리로 자료를 주절거렸다. 그런데도 이마니는 메모를 해 가면서 들었다. 순전히 디에고한테 쏠리는 마음과 눈길을 다잡기 위해서였다. 디에고가 또다시 힐끔힐끔 자신을 훔쳐본다는 것을 알아챘기 때문이다. 제발 그만했으면 싶었다.

미국사 수업이 끝난 뒤 디에고가 복도까지 이마니를 뒤따라 왔다. 떼를 지어 우르르 몰려가는 1학년 학생들에게 막혀, 이마니가 걸음을 뚝 멈추었다. 그 틈에 디에고가 곧장 걸어가 이마니의 뒷머리에 뺨이 스칠 정도로 바짝 다가섰다.

"정말 미안해."

디에고가 나직이 속삭이면서 오른손으로 태연하게 이마니의 팔을 쓸어내리며 접힌 종이를 손에 욱여넣었다. 그러고는 인동초 향기와 이마니는 짐작도 못 할 어떤 향기가 섞인 한 줄기 바람과 함께 사라져 버렸다. 디에고는 바로 머리 위에 있는 아이볼을 잘 속여 넘겼다고 믿고 있을까. 아마도 그럴 터였다. 그러나 이마니는 디에고가 시야에서 사라지자마자 아이볼 앞에서 쪽지를 반듯이 폈다. 어떤 내용이든 숨길 이유가 하나도 없었다. 이것도 감시 평가제를 위해 정보를 빼내는 임무를 맡은 이마니가 해야 할 일이었다.

성적 집단이 계급제라는 네 가설에 동조하는 사람이 있어. 셰리 포터도 너랑 같은 생각이었거든. 우리 엄마가 모아 둔 서류철을 뒤져 보는 중인데, 어쩌면 너한테 유익한 자료가 좀 있을 것도 같아. 훑어볼 마음 있으면, 오늘밤 우리 집으로 와. 아이볼은 없고, 배를 타고 오면 될 거야. 절벽 계단만 조심하면 돼. 나는 코로나 포인트 거리 3번지에 살아.

못 말리는 찌질이, 디에고 L.

친구들이 바쁘게 스쳐 지나가는 동안 이마니는 주소를 읽고 또 읽어 보았다. 글씨가 집이 있는 높이만큼이나 우뚝우뚝 치솟는 것 같았다. 디에고는 갑부 아들일 게 거의 확실했다. 그것이 어쩌면 거만하게 보일 만큼 자신만만한 태도의 근원일지 모른다고 이마니는 생각했다. 서머턴 고등학교 재학생 중 유일하게 코로나 포인트에 사는 아이였다. 그것은 곧 대충 어림잡아도 학교에서 가장 잘사는 집 아이라는 뜻이었다.

그러나 온 세상 돈을 다 가졌다고 해도, 자기 엄마의 서류를 훔쳐볼 염탐꾼을 자신도 모르게 집으로 불러들였다는 사실은 바꿀 길이 없었다. 휠러 교장이 매우 기뻐하겠다고 이마니는 생각했다.

이마니는 그날 밤에도 동급생들을 만나러 도서관에 간다고 부모님에게 둘러댔다. 눈속임 수단으로 정박장 길 중간까지 타고 간 자전거를 갈대숲에 숨겨 놓고 몰래 정박장으로 돌아갔다. 모터 소리가 들릴세라 강 아래까지 노를 저어 배를 옮긴 다음에야 시동을 걸고 코로나 포인트로 질주했다.

바닷물이 들어오고 있었지만, 아직 물이 차오르지 않은 강은 지뢰밭만큼이나 위험한 얕은 여울로 변해 있었다. 강바닥에 쌓인 개흙 층이 한결 높아 보였고, 시속 65미터를 유지해도 시속 100미터로 달리는 기분이 들었다. 뱃머리를 획획 꺾어 급회전하는 광경을 아버지가 보았다면 죽이려 들었겠지만, 이마니는 유혹을 이겨 내기 힘들었다. 감미로운 모터 소리를 방해할 배 한 척 없었고, 수면에는 오직 자신이 가르고 지나온 흔적뿐이었다. 이 강에서 숨 쉬는 사람이 아무도 없는 때라서 공기가 한결 맑았다. 이마니는 강이 다시 풍요해진 것 같은 생각마저 들었다.

이마니는 굿웰 식당 앞, 강이 S자로 굽이지는 곳에서 속도를 높였다. 신나게 뱃머리를 휙휙 틀어서 갯벌에 닿을 듯이 가까이 갔을 때에는 썩은 내가 풍겼다. 서머턴 마을의 불빛이 가물가물하게 보이는 곳에 이르러서야 코로나 포인트로 뱃머리를 돌렸다. 선뜩한 바람이 얼굴을 후려쳤다. 물살이 거센 해협으로 들어섰다. 먼저 옛날 정박장의 흔적부터 찾아보았다. 몇 안 되는 탑문들과 뒤틀린 잔교의 잔해들만 남아 있었다. 가느다란 한 줄기 달빛에 기대어 잔해들을 요리조리 피해 가며 배를 몰았다. 그러고 나서 시동을 끄고 물살에 맡긴 채 물가로 둥둥 떠갔다.

배를 모래밭으로 끌어 올려놓은 뒤 키 낮은 덤불숲과 바다 갈대를 헤치고 나아갔다. 마침내 절벽 계단을 찾았다. 절벽 위가 누구든 갈 수 있는 공유지였을 때 만든 계단이었다. 몇 해 동안 방치된 탓에 헐거워지고 더부룩이 자란 잡초에 뒤덮였으며, 더러는 디딤판이 떨어져 나간 곳도 있었다. 위험하기 짝이 없는 오르막길인데도, 빈 병이 여기저기 나뒹구는 것으로 보아 출입 금지 표지판은 있으나 마나였다.

무사히 절벽 꼭대기까지 올라서고 보니, 누구네 집 뒤뜰 같은데 어마어마하게 컸다. 정문까지 돌아가는 데만 몇 분이나 걸렸다. 다시 숲 속 오솔길 같은 기다란 자동차 길을 따라 5분쯤 내려가자 코로나 포인트 거리가 나왔다. '변덕쟁이'라고 쓰인 나무 이름패가 보였다. 눈을 휘둥그렇게 뜨고 쳐다보다가 문득 아버지가 했던 우스갯소리가 떠올랐다. 코로나 포인트 사람들은 집에도 이름을 지어 준다고, 숫자만으로는 부족한 모양이라고.

　나무가 우거져 차양처럼 덮인 어둑한 길을 따라 걸어가기 시작했다. '절벽 안식처', '달돌이'를 거쳐 얼토당토않게 겸손을 떠는 '부자네 헛간'을 지났다. 마침내 숫자로 번지수를 쓴 사유지 찻길을 몇 개 발견했다. 찻길을 따라가 보니 3번지가 나왔는데, 그 집에는 이름패가 달려 있지 않았다. 진입로는 비포장도로였고 양쪽으로는 나무와 덤불이 무성했다. 찻길이 끝나는 곳에 3층짜리 석조 저택이 서 있었다. 꽤 오래돼 보였고 여느 집보다 작은 반면, 주변의 자연 환경과 잘 어우러졌다. 상대적으로 작달 뿐이지 여느 성채 못지않게 으리으리했다. 1층과 3층에 하나씩 방 두 개에만 불이 켜져 있고 나머지는 어둠에 잠겨 있었다.

　이마니는 무엇이 있는지 보려고 건물 옆으로 돌아갔다. 덮개를 씌운 수영장, 트램펄린, 석제 바비큐 그릴, 철제 탁자와 의자 세트에다 시합하다 말고 잔디밭에 그대로 둔 듯한 크로케 장비도 보였다. 운동장만 한 나무 테라스 밑에 디에고의 검정 스쿠터가 놓여 있었다. 맨 처음 도착했을 때는 아무 소리도 못 들었는데, 다시 정문으로 돌아가니 피아노 치는 소리가 났다. 널돌을 깔아 놓은 길을 따라 현관에 이르자, 움직임 감지 등이 켜졌다.

　피아노 소리가 뚝 그쳤다. 이마니는 얼어붙은 듯이 서서 순간적으로 그냥 있을까 도망칠까 갈등했다. 마음속 실랑이는 현관문이 벌컥 열리면서 끝났다. 이마니는 심호흡을 하면서 주눅 든 티를 내지 않으려고 애썼다.

청바지에 하얀 셔츠를 입은 디에고가 맨발로 나타났다.

"왔구나. 절벽 계단으로 올라온 거야?"

"그래. 세 번이나 죽을 뻔했어. 너 고소할 거야."

디에고가 히죽거리며 말했다.

"행운을 빌어. 우리 엄마가 변호사걸랑."

"그건 나도 들었어."

디에고가 문을 열어 주자 이마니가 안으로 들어갔다.

현대풍으로 산뜻하게 꾸민 실내는 색깔이 짙은 원목 가구를 배치해 중후한 분위기를 풍겼다. 벽에는 액자에 넣지 않은 대형 그림들이 걸려 있었다. 커다란 동굴처럼 휑뎅그렁한 주방에는 반짝반짝 빛나는 기구들이 갖춰져 있었다. 전문 요리사나 쓸 법한 수준급 설비였다. 디에고가 청량음료를 건네자, 이마니는 고개를 가로저으며 사양했다. 디에고는 주방보다 몇 배나 더 넓은 거실로 이마니를 안내했다. 양쪽 벽은 바닥에서 천장까지 닿는 책장들로 채워져 있고, 가운데에는 그랜드피아노가 놓여 있었다. 보면대에도 피아노 의자에도 거실 바닥에도 악보가 펼쳐져 있었다.

"부모님은 안 계셔. 하지만 엄마 서류 상자 몇 개를 내 방에 갖다 놨어."

디에고는 이마니의 대답을 기다리지도 않고 계단을 오르기 시작했다. 이마니는 잠깐 망설이다 뒤따라갔다. 널따란 나선계단 가장자리에도 책이 무더기무더기 쌓여 있었다.

"가족이 책깨나 읽는 모양이다. 응?"

"전부 아빠 책이야. 당분간 책 좀 그만 읽으라고 엄마가 책장을 이용하지 못하게 하니까 인제 집 안 여기저기에 책을 놓아 두셔."

2층을 지나쳐 곧장 3층으로 올라가면서 디에고가 귀띔했다. 2층은 '숲쥐'(물건들을 모아 집에 쌓아 두는 습성이 있는 설치류) 아빠가 책을 부지런히 주워다가 쌓아 놓는 곳이라고.

집 규모에 걸맞게 디에고 방도 침실이 아니라 숫제 아파트나 다름없었다. 욕실은 말할 것도 없고 주방까지 딸려 있었다.

"우아, 너 집세 내야 하는 거 아니야?"

디에고는 순하게 웃으며 손으로 침대 발치를 가리켰다. 페르시아 카펫에 보드상자 세 개가 놓여 있었다. 그 상자들 때문에 페르시아 카펫의 문양이 끊겼다. 벽에는 악보를 한 장씩 넣은 액자들이 걸려 있었다.

디에고가 서류 상자 앞에 책상다리를 하고 앉았다.

"엄마 모르게 가져온 거라서 원래대로 갖다 놓아야 해. 그러니까 순서를 잘 기억해 둬. 알파벳순으로 정리해 두신 게 아닌 모양이야."

이마니는 디에고 맞은편에 앉았다. 짜임새가 짱짱하고 광채가 은은한 카펫에 눈이 갔다. 이마니네 거실에도 '페르시아 카펫'이 깔려 있었다. K마트에서 산 것으로, 실크스크린으로 인쇄한 디지털 디자인의 무늬 가장자리가 뾰족뾰족해 보였다.

"우리 엄마가 좀 유명한 사람인 건, 너도 알지?"

이마니는 어깨만 으쓱했다. 이마니네 엄마는 옛날에 클램 차우더 요리 대회에 나가 우승했고 그 덕분에 레드 삭스 팀 야구 선수도 만났다. 그러나 이름은 거의 알려지지 않았다. 기자와 레드 삭스 팀 야구 선수가 찍힌 신문 기사 사진에서 뒤쪽에 들러리로 서 있는 모습을 찾을 수 있을는지는 몰라도.

"너도 우리 엄마 인터뷰해 봐. 다들 그러더라. 엄청 바쁘긴 하지만 너라면 시간을 내줄 거야. 그런데 멍청한 질문을 하면 자리를 박차고 나가 버릴 거야. 우리 엄마가 워낙 그래."

"내가 멍청한 질문을 할 사람으로 보여?"

"어쨌든 네가 아직 학생이라는 사실은 감안해 줄 거야."

디에고는 종이찍개로 박아 묶은 서류 한 꼭지를 들고 상자에 걸터앉았다.

"이건 쓸모 있겠더라. 셰리 포터가 실종되기 몇 달 전에 한 인터뷰의 녹취록 사본이야."

디에고는 몇 장을 휙휙 넘기더니 문제의 대목을 소리 내어 읽었다.

"'집단 일체성에 주안점을 둔 것은 타당해요. 아주 충실한 자료를 바탕으로 삼기도 했고요. 제가 그걸 부정하려는 게 아닙니다. 하지만 막상 우리가 카스트와 같은 일종의 계급 제도를 만든 것 같아서 두려워요.'"

디에고는 잠깐 의미심장한 눈길로 이마니의 기색을 살피고는 계속 읽어 내려갔다.

"'그러니까 그건…… 음, 충격적이었어요. 조심스럽게 말씀을 드리자면, 아이들이 스스로, 정말 순순히 그 제도에 동참하는 걸 보았달까요? 그건 우리 의도가 절대 아니었다는 걸 아셔야 해요.'"

디에고는 마지막 네 마디를 손가락으로 짚어 보였다. 그러고는 서류 꼭지를 건네주며 물었다.

"쓸모 있겠어?"

이마니는 다시 서류의 첫 장으로 종이를 획 넘겼다. 《계간 신경 과학》이라는 전문지에 실린 인터뷰 기사인데, 분량이 스무 장쯤 되었다.

"어쩌면."

"일부에서는 성적 집단 때문에 셰리 포터가 손을 떼고 잠수 탔다고 생각해. 인터뷰 말미에서는 감시 평가제 전체를 『멋진 신세계』에 비유하거든. 그런데 너 그 책 안 읽었을 것 같은데, 그렇지?"

맞다. 안 읽었다.

이마니는 짐짓 지겹다는 듯이 한숨을 내쉬었다.

"작작 좀 해라. 그 책도 예전엔 필독서였어?"

"네 부모님께 여쭤 봐."

"신경 꺼."

이마니는 녹취록 사본을 건성건성 훑어보기 시작했다. 아닌 게 아니라 감시 평가제는 계급 제도의 한 유형으로 창안되었다는 자기 논문 주제를 뒷받침해 줄 만한 증거들이 수두룩해 보였다.

"이상하네. 왜 나는 눈을 씻고 봐도 '경계가 분명한 능력주의'라는 표현이 안 보이지?"

이마니는 마치 그 표현을 털어내기라도 할 듯이 서류 꼭지를 마구 흔들어 댔다.

디에고가 손사래를 치며 말했다.

"의미를 따져야지. 중요한 건 어떤 유형의 계급 제도냐 하는 거고. 그래서 말이지, 내 논문에서는 감시 평가제와 다른 계급 제도들을 비교해 볼 생각이야."

이마니가 정말 못 말리겠다는 듯이 디에고를 바라보았다.

"그건 내 아이디어잖아."

디에고가 씩 웃으며 대답했다.

"난 너랑 반대 주장을 펼 거거든. 내 논문 주제가 뭔지 들어 볼래?"

이마니는 열 받아서 잠깐 입을 꾹 다물고 있다가 짐짓 시큰 둥하게 말했다.

"내가 네 입을 틀어막아도 되니?"

"괜히 웃기려고 애쓰지 말지?"

이마니는 일껏 눌러 참았던 화가 치밀어 올랐다.

"너나 잘난 척 좀 하지 마."

디에고가 으하하 웃음을 터뜨렸다.

"알았어. 아무튼 내가 주장하려는 것은……."

이마니가 분을 다 삭이지 못해 디에고의 말을 무지르고 나 섰다.

"나보다 잘난 것도 없으니까."

이렇게 쏘아붙이고 한숨을 돌린 뒤에야 조금 누그러진 목소 리로 덧붙였다.

"네 생각이 어떻든 상관없이."

디에고의 파란 눈이 이마니를 노려보았다.

"내 생각을 네가 어떻게 아는데?"

이마니도 질세라 눈길을 피하지 않았다. 네가 얼마나 자신만만하든 얼마나 부자이든 절대 기 죽지 않겠다고 단단히 결심한 사람 같았다. 둘 다 움쭉달싹하지 않았다. 눈조차 깜박하지 않았다. 수도꼭지에서 물방울 하나가 똑 떨어져 정적을 깼다. 이마니가 얼굴을 돌리자 디에고는 자신이 이겼다는 듯이 낄낄거렸다.

"제발 계속하자. 얘기를 하다 보면 너도 내 주장에 맞장구치게 될 거야."

이마니는 눈길을 피하려고 일부러 주방을 요모조모 뜯어보았다.

"내가?"

"게다가 아주 기발하거든."

"오호, 그렇담 잘 알아듣게 설명 좀 해 주겠니?"

"좋아. 난 말이지, 서열을 정하는 건 인간이 타고난 성향이라고 주장할 거야."

"그래?"

이마니가 콧방귀를 뀌었다.

"그래."

디에고가 이마니 말투를 흉내 내 대답하고는 말을 이었다.

"누구나 말로는 얼마든지 평등을 외칠 수 있어. 하지만 실제로는 평등하다고 믿지 않아. 우월한 사람과 열등한 사람은 따로 있다고 믿지. 사람들을 신분 집단으로 나누는 건 인간의 본성이야."

"그건 그래. 성적 집단처럼."

"맞아. 하지만 심지어 감시 평가제 이전에도 특정 집단은 있었어. 몸짱 운동선수와 비실비실한 괴짜 천재들. 인기 많은 아이들과 부적응자들. 폭주족과 범생이들."

"부유한 사람과 가난한 사람도 있고."

이마니 말에 디에고가 잠깐 멈칫하더니 어떻게 받아들여야 좋을지 생각하는 듯했다. 그러나 반격하지는 않았다.

"그렇지, 그것도 인간의 본성 때문이야."

이마니가 일깨우듯 말했다.

"지금도 여전히 계속되고 있어. 다만 인제는 사람 대신 과학기술로 가를 뿐이지."

"아니야. 네가 잘못 생각하는 것이 바로 그 대목이야. 성적 집단은 버그일 뿐이지 본질적 속성이 아니야. 감시 평가제는 잘만 하면 집단을 해체하는 행동 패턴 차단 장치로 활용할 수 있어."

행동 패턴 차단? 이것도 포터-클라인 부부가 인터뷰에서 한 말일까? 아니면 방금 질문을 주고받다가 내 말에서 실마리를 얻었나? 이마니가 그런 생각을 하는데, 디에고가 이마니 손에 들려 있던 녹취록 사본을 낚아채더니 휙휙 넘겨 가며 무엇인가를 찾았다.

"여기 있잖아."

그러고는 큰 소리로 읽었다.

"'감시 평가제의 취지는 개인의 역량을 키우는 것이었어요.

그런데 막상 결과는 반대로 나타났지요. 성적 집단이 일종의 목발 구실을 하게 된 겁니다. 서로 기대다 보니 집단 구성원들에 관해 판단하는 걸 의식적으로 피하게 된 거예요. 그러니까 성적 집단이 처음에는 잘해야 성적을 반영하지 않는 중립적인 요소밖에 되지 않았죠. 지금은 최악의 경우예요. 실질적으로 집단 이동을 제한하는 요소로 작용하니까.'"

"잠깐, 그러니까 지금 네 말은……."

"내 말이 아니야. 셰리 포터가 한 말이지."

이마니는 그 대목을 직접 읽어 보았다. 셰리 포터 말대로라면, 60점대 학생이라고 해서 반드시 60점대 동급생들과 같은 식탁에 앉아야 할 필요는 없었다. 소프트웨어는 어디에 앉아서 점심을 먹든 개의치 않았다는 뜻이다. 성적 집단은 포터-클라인 부부가 애당초 의도한 게 아니었던 것이다.

"말도 안 돼."

"나도 처음엔 믿기지 않더라니까."

이마니는 성적 집단이 끔찍이 싫었다. 케이디와 우정 맹세를 한 것도 그래서였다. 자기가 좋아하는 모든 사람이 하룻밤 사이에 자기 인생에서 사라질 수 있다고 생각하면 견딜 수 없었다. 하지만 감시 평가를 받는 한 어디까지나 성적 집단은 불가피한 부분이라고 여겼다. 그런데 만일 성적 집단이란 게 없었다면?

디에고가 침대 가장자리에 등을 기대고 앉아 물었다.

"자, 뭐 또 생각나는 거 있어? 할 말은? 내가 뭐 빠뜨린 건 없나?"

이마니는 꼬투리 잡을 거리를 찾아내려고 기를 썼다. 디에고의 주장이 독창적이고 어쩌면 새로운 돌파구가 될 수도 있다는 점은 인정했다. 그러나 저렇게 으스대는 꼴은 도저히 참을 수 없었다. 당연히, 디에고가 틀려야 했다. 빼도 박도 못하게, 이왕이면 코가 납작해질 만큼 틀려야 했다.

이마니는 인정했다.

"좋은 생각이네."

디에고가 머리를 숙여 까딱하며 말했다.

"고마워."

"그런데……."

"그런데? 또 무슨 토를 달려고?"

이마니의 마음이 소용돌이쳤다.

"절대 안 돼. 요놈은 내가 애지중지 키워 갈 생각이야. 죽어도 못 바꿔. 감시 평가제의 단점은 하나같이 그 제도를 악용한 결과물일 뿐이야."

"정작 너는 믿지 않잖아."

"믿어, 이 논문을 쓰기 위해서라도 믿어야지."

디에고가 경쟁심을 내비치는 것을 보면서 이마니는 기꺼이 겨뤄 주겠다고 작정했다.

"좋아. 감시 평가제가, 제대로 활용하기만 하면, 개인이 집단을 뛰어넘을 수 있는 능력을 길러 준다는 데는 동의하겠어. 그런데 너는 집단이란 본질적으로 악하다고 가정하고 있잖아. 물론 그렇지 않은데도 말이야."

"아니, 나빠. 집단에 속하게 되면, 개인은 이내 억압당하게 되니까."

"가끔은 개인을 억압해야 할 때가 있어."

"알았어. 이건 알아 둬. 정말이지 넌 이따금 나를 섬뜩하게 할 때가 있어."

이마니가 깔깔 웃었다.

"넌 세계관이 너무 좁아. 전 세계적으로도, 역사적으로도 생각할 줄 몰라."

디에고가 멀거니 이마니를 바라보았다.

"성차별에 따른 계급 제도를 한번 생각해 봐. 이를테면 사우디아라비아 같은 나라를."

"아니, 됐거든?"

"웃기려 들지 말고. 아무튼 만약에 그 나라에서 여성 해방을 이룬다고 치면, 어떻게 이룰 것 같아? 저마다 따로따로 해방을 얻을까? 개인이 각자 능력껏?"

"음, 그건 아니지."

"그래, 맞아. 함께해야 해. 그런데 만일 성차별 자체가 개인의 역량을 키우는 계급 제도의 일종이라면 어떤 일이 생길 것 같아?"

"무슨 소리야?"

"기를 쓰고 노력하면 여성이 남성의 자리까지 올라갈 수 있을까?"

디에고가 고개를 갸웃하면서 말했다.

"말이 되는 소릴 해야지."

"이런 걸 사고 실험이라고 해. 만일 가능하다고 하면, 여자들은 서로 뭉쳐서 자유를 얻기 위해 싸울까? 아니면 자기들끼리 짓밟으면서 서로 올라서려고 들까?"

디에고의 표정이 어두워졌다.

"내 말의 요지는, 네 주장이 옳다는 거야. 감시 평가제는 그야말로 개인이 집단 위에 서게끔 역량을 길러 주는 제도니까. 오늘은 둘도 없는 친구였는데 내일은 아예 눈에 보이지도 않는 사람이 되게 만들 수도 있어. 얼마나 오래 사귀었든 서로 얼마나 아끼든 그딴 건 중요하지 않아. 자기가 앞서가려면 누구든 기꺼이 희생시켜야만 해. 보답받을 수 있는 충성은 오로지 감시 평가제에 바치는 충성뿐이야. 애닐은 그걸 알았어. 한때는 나랑 친구였지만 인제는 아니야. 앞으로 내게 애닐은 없는 사람인 거지. 애닐은 그런 식으로 90점대 최고 자리까지 올라갔어. 그게 바로 감시 평가제가 개인을 집단 위에 올라서게 하는 방식이지."

디에고가 고개를 힘껏 가로저었다.

"내가 주장하려는 건 그게 아니야."

"글쎄, 너야 고상하게 어디든 원하는 곳에 올라갈 수 있겠지. 사실상 감시 평가제는 개인들끼리 유대 관계를 오래도록 이어 가지 못하게 막아. 각자 개별적으로 역량을 갖추게 하는 방식으로 말이지. 이를테면 개인을 무력하게 만드는 노예 제도나 여성을 억압하는 제도와는 다른 거지. 이 두 가지 제도에서는 죽었다 깨어도 개인이 성공할 길이 없어. 그렇기 때문에 공동 대의를 찾을 수 있는 거고."

"노예제 사회에서 성공한 노예도 분명히 있었어."

"그렇지만 백인처럼 되지는 못했잖아, 아니야?"

주거니 받거니 잘 나가던 토론이 갑자기 멈췄다. 디에고가 안절부절못했기 때문이다. 그것은 유색인이 인종 문제를 들먹일 때면 백인이 이따금 보이는 태도였다. 지난날 죄를 저지른 범죄 집단 전체와 자신을 싸잡는다고 짐작한 모양이었다. 그럴 의도는 없었지만 토론의 주도권을 잡으려다 옆길로 새고 말았다. 백인이라면 일반적으로 드러내는 죄의식을 건드린 것을 이마니는 후회했다.

그렇지만 디에고는 금세 평정을 되찾았다.

"가만, 그러니까 네 말은 노예제와 여성 억압 체제는 개인을 무력하게 한다, 따라서 감시 평가제가 더 낫다, 이런 뜻이야?"

"내 요지는, 그런 계급제도들은 개인을 무력하게 만들기 때문에 끝내는 무너질 수 있다는 거야. 네가 원하면 본질적 속성이 아니라 버그라고 해도 좋아. 아무튼 바로 그 점 때문에 노예제나 여성 억압 체제가 무너질 수 있다는 거지. 그런데 감시 평가제는 반대거든. 바로 그 점 때문에 아마 영원히 계속될 거라는 얘기야."

잠깐 침묵이 흐른 뒤 디에고의 입술이 벌어졌다. 반박하고 싶은 눈치였다. 이마니가 보기에는 자신이 놓친 핵심을 찾으려고 되작거리는 것 같았다. 입술을 달싹거릴 기운조차 떨어진 것처럼 멈칫하더니 일어나서 주방으로 갔다. 작은 냉장고 문을 열고 맥주 두 병을 꺼냈다. 이마니는 믿을 수 없는 그 광경을 멀거니 바라보았다. 고등학생이 침실에 맥주까지 두다니. 디에고가 병따개로 병을 땄다. 한 병은 자신이 한 모금 마시고, 한 병은 조리대 위에 올려놓고 이마니에게 쭉 밀어 주었다.

"아, 나는 안 마셔."

디에고는 한 모금을 더 마시고 나서 조리대 맞은편을 물끄러미 보았다. 이마니를 바라보는 것도, 그렇다고 이마니 속을 꿰뚫어보려는 것도 아니었다. 아니, 이마니가 아예 거기 없는 것처럼 굴었다. 이마니의 못난 분신이라면 좋아할 광경이었다. 순전히 논쟁 능력만으로 디에고가 술을 마시지 않고는 배기지 못하게 만들었다고. 그러나 이마니가 진심으로 바란 것은 디에고의 반박이었다. 의견 충돌은 배경이 다른 자신과 디에고의 관계에서 자연스레 생겨날 수밖에 없는 잡음과도 같았다. 그리고 이제야, 이마니는 자신이 실제로 즐기고 있는 것이 무엇인지 깨달았다.

디에고가, 어둡던 얼굴을 활짝 빛내면서 불쑥 물었다.

"저기 말이야, 우리가 해야 할 일이 뭔지, 너 알아?"

싸움, 논쟁과 경쟁, 이라고 이마니는 생각했다.

"논문 한 편을 쓰는 거야. 우리 둘이서 같이. 내 견해를 먼저 제시하는 게 좋겠어. 감시 평가제를 통해 개인주의가 팽창되는 사례를 열거하는 거지. 그다음에 결국은 개인이 어떻게 철저히 짓밟히는지를 보여 주는 거야. 너무나도 소름 끼치는 아이러니잖아."

이마니가 맞장구쳤다.

"그렇지, 그렇지."

"오티스 연구원들이 솔깃해할 거야. 감시 평가 대상자와 비대상자의 공동 작업이라는 걸 알면 더더욱."

나쁘지 않은 발상이라고 이마니는 생각했다. 팽팽한 평형을 이루며 말씨름을 할 때부터 이미 낯설고 독창적인 생각들은 진화한 셈이었다.

"그런데 장학금은 어쩌지?"

"너 가져도 돼. 난 필요 없어."

이마니의 눈이 디에고 너머, 근사한 주방 기구들을 오락가락 떠돌았다. 하나같이 기다란 유럽 상표명이 붙어 있었다. 디에고한테 장학금이 필요 없다는 것이야 두말할 나위 없었다. 이 방에 갖춰 놓은 세간만 내다 팔아도 한 학기 등록금은 댈 수 있을 테니까.

"그럼 왜 그렇게 이 논문에 매달리는데? 너 당선되고 싶은 거 아니었어?"

"그러고 싶어."

"왜?"

"내가 할 수 있다는 걸 증명하려고."

이마니는 너무 기가 막혀서 할 말을 잃었다. 디에고를 멀거니 보다가 일어나서 창가로 갔다. 수영장이 내려다보였다. 열불이 났다. 자신에게는 구명줄 같은 오티스 장학금을 한낱 보이스카우트 배지쯤으로 여기다니.

이마니가 등을 돌리고 선 채로 물었다.

"너 아니? 내가 왜 위험을 무릅쓰고 여기에 왔는지?"

"그런 위험까지 다 따져 본 줄 알았지. 그러게 내가 이기면 장학금 너 준다니까? 애초부터 그럴 작정이었어."

이마니는 돌아서서 디에고를 마주 보면서 쏘아붙였다.

"난 절대로 너한테 돈 안 받아. 알아들어? 죽어도."

"알았어, 알았어. 그래. 내가 잘못했어."

디에고는 항복하듯 두 손을 들어 보이며 사과했다. 그러고는 양손에 맥주를 들고 이마니한테 하나를 내밀었다.

"말했잖아, 나는 술 안 마신다고."

디에고는 조리대를 빙 돌아 이마니 쪽으로 걸어갔다.

"이건 성적에 불리한 사항이 아니야. 내가 다 찾아봤어."

이마니는 기가 차서 한숨을 쉬었다.

"음주의 여파가 성적에 불리하지 않을 때란 거의 없어."

디에고가 고개를 가로저었다.

"알코올은 적절한 환경에서는 섭취할 수 있다. 단, 절제해야 하며, 취기를 유발할 목적으로 마시면 안 된다."

디에고는 이마니와 몇 발짝 떨어진 곳에 멈춰 서더니 덧붙였다.

"이렇게 쓰여 있더라."

"나처럼 술 못 마시는 사람은 한 모금만 입에 대도 취기가 오르거든."

디에고는 먹잇감을 앞에 둔 맹수처럼 떡 버티고 서서 히죽거렸다.

"논문, 나랑 같이 쓰자."

"싫어."

"우리 분명코 해낼 거야. 어쩌면 우리 엄마 소개로 책도 낼 수 있어. 출판사에 연줄이 있거든. 우리 아빠도 마찬가지고. 아빠는 세인트제임스 대학교에서 정치학을 강의하셔."

"네 부모님 연줄에 덕 볼 마음 없어. 네가 주는 맥주도, 그 빌어먹을 네 자선도 싫어!"

디에고는 눈을 끔벅거렸고, 이마니는 홱 돌아서서 다시 창밖을 내다보았다. 수영장에 덮어 둔 기포 포장재에 골마다 나뭇잎이 쌓였다. 저걸 깨끗이 치우는 일은 누가 할까 싶었다. 아마도 자식을 서머턴 고등학교에 보내는 몇몇 학부모겠지.

둘은 한참 동안 잠자코 서 있었다. 그 사이사이에 수도꼭지에 맺힌 물방울이 느릿느릿 떨어졌다. 얼마 뒤 디에고가 맥주 두 병을 커피 탁자에 내려놓는 소리가 이마니 귀에 들렸다.

디에고가 조용히 물었다.

"꼭 그래야겠니? 왜 그렇게까지 날 미워하는데?"

이마니가 디에고를 등진 채로 대꾸했다.

"어떤 것이든 내가 너한테 받아야 할 이유가 없어."

수영장과 드넓은 잔디밭 너머는 절벽이었다. 이마니는 디에고네 집에서 절벽 계단까지 가는 길을 기억해 내려 애썼다. 지름길이 있었나? '변덕쟁이' 따위의 문패를 붙인 저택들을 거치지 않고 돌아가는 길은 없을까?

"이마니?"

이마니는 한사코 돌아보지 않았다. 여기 있는 게 견디기 힘들었다.

"나는 네가 당선되면 좋겠어. 나랑 함께하든 경쟁을 하든. 일부러 져 줄 용의가 있다는 말은 아니야. 하지만 네가 이기길 바라. 살아가면서 네가 원하는 걸 모두 다 가졌으면 좋겠어."

캄캄한 유리창에 디에고의 모습이 또렷이 비쳤다. 그러나 표정까지 읽을 수는 없었으므로 이마니는 비아냥거리는 말로 받아들였다.

"고마워."

이마니는 툭 내뱉고 나서 곰곰이 생각했다. 절벽 계단은 내려갈 때가 훨씬 위험하리라는 사실을.

16
껌 종이처럼

그 화요일 오후는 5월이 약속하고도 어지간해서는 지키지 않는, 모처럼 따사로운 날이었다. 이마니가 디에고네 집에 찾아가기에 앞서 방에서 숙제하고 있던 그 시각, 케이디는 파커와 테일러네 농장 들판으로 나갔다. 아이볼이 없는 곳이었다. 둘이서만 있으려고 갔다. 단풍나무가 햇볕을 가려 주었고, 가장 가까운 길은 구불텅구불텅 비탈진 언덕에 가려 잘 보이지 않았다. 그러나 그 둘과 옥수수 밭에 배를 깔고 엎드려 있는 40점대 2학년 두 명 사이에는 아무것도 없었다. 녹음하기에는 조금 먼 거리였지만 망원렌즈는 성능이 좋았다. 그들의 촬영 솜씨도 전문가 수준은 아니지만 카메라 초점을 안정되게 맞출 실력은 되었다.

　케이디와 파커가 팬티를 다시 올릴 무렵, 동영상은 이미 업로드가 되었다. 두 사람이 들판을 떠났을 즈음에는 동영상에 태그가 붙고 등급이 매겨지고 검색 순위에 올랐다. 그리고 밤 사이에 바이러스처럼 퍼져 나갔다.

수요일 아침, 학교에는 동영상 내용을 자세히 들려주는 쪽과 열심히 듣는 쪽 두 부류밖에 없었다. 도서실 태블릿도 다들 하나씩 꿰차고 앉았다. 누군가가 인쇄해서 뿌린 동영상 스틸 사진이 남학생 화장실에서도 복도 바닥에서도 나뒹굴었다.

서머턴 고등학교 학생 한 쌍이 온라인에서 망신을 당한 건 이번이 처음은 아니었다. 아마추어가 올린 음란물은 인터넷의 활력소였고 끊임없이 올라왔다. 그러나 이번은 달랐다. '농장의 뻘짓,' 일명 '농장의 섹* 파티' 동영상은 경각심을 일깨우는 교훈담이었다. 모든 것을 내팽개치고 감시 평가 비대상자와 공공연하게 성관계를 가진, 한때 90점대였던 학생의 사례를 보여주는 것이었다.

파커와 데이트를 시작했을 때 케이디는 이미 70점대였다는 사실과, 두 사람한테는 그 행위를 널리 유포할 의도가 없었다는 사실에 관해서는 일언반구도 없었다. 복잡한 내막은 쏙 뺀 채, 케이디의 추락을 키아라 히슬롭과 정반대되는 본보기로 삼았다. 이러한 놀라운 성공담과 실패담이야말로 감시 평가제의 뼈대였다.

그날 점심시간, 60점대 동급생들이 계속 이마니를 노려보았다. 너도 어떤 식으로든 얽혀 있거나, 적어도 살짝 오염되었을 거라고 여기는 눈빛들이었다. 이마니는 무시했다. 그 문제에 관해서라면 아무런 할 말이 없었다. 하려고 들었으면 벌써 백 번을 하고도 남았을 이야기였다. 다들 나름대로 분석해서 저마

다 이러쿵저러쿵 떠들어 대는 소리에도 아랑곳하지 않았다. 교
실에서 주워들어 알 만큼 알았지만, 동영상은 끝끝내 제 눈으
로 확인하지 않았다. 케이디를 존중해서였다.

코너가 참다못해 물었다.

"그러니까 넌 듣긴 한 거야, 뭐야?"

이마니는 너 천치 바보지 하는 눈빛으로 코너를 바라보았
다. 어떻게 안 들을 수가 있는가. 그때였다. 옆 식탁에 앉아 있
던 3학년 열등반 학생 몇몇이 동영상 장면 일부를 재연하고 있
었다. 잽싸게 인쇄한 스틸 사진들은 식당 바닥에 잔뜩 널려 있
었다. 문득 코너가 하려던 얘기가 어쩌면 새로운 소식인지도
모른다는 생각이 들었다. 설마하니 케이디가 그새 또 다른 추
문을 일으킬 행동을 했겠어?

무슨 대답이 나올까 마음 졸이며 이마니가 물었다.

"듣다니, 뭘?"

앰버가 촉새처럼 나섰다.

"휠러 교장이 학교 뒷문에서 기다리고 있다가, 두 사람을 곧
장 집으로 되돌려 보냈어. 퇴학시켰다고!"

"아무리 교장이라도 함부로 퇴학시킬 순 없어!"

"맙소사. 너 그 동영상 보기나 한 거야?"

"아니. 넌 봤어?"

"난…… 아니. 하지만…… 얘긴 들었어. 누가 자세히 설명
해 주더라."

"그럼 그게 교내에서 벌인 일이 아니라는 것도 알겠네."

"그래서?"

"그러니까 농장에서 남자애랑 잤다는 이유로 퇴학시킬 수는 없다는 얘기야."

"낙서 사건도 있었잖아. 그걸 잊으면 안 되지."

"낙서를 걔네가 했다는 증거는 없어."

제일라가 끼어들었다.

"본 사람이 있다던데."

"그럴 테지. 농장에서 몰래 훔쳐본 애들과 똑같은 얼간이들이 봤겠지. 어쩌다가 우연히 촬영해서, 모두가 다 보도록 동영상을 올린 바로 그, 40점대 같은 얼간이들이."

코너가 이마니 머리 바로 위에 있는 아이볼을 쓱 쳐다보더니 말했다.

"너 왜 걔네를 두둔하는 거야?"

"코너, 너 수완 좋다. 그런데 내 생각엔 말이지. 저 소프트웨어는 아주 똑똑하거든. 그래서 부적응 행위를 두둔하는 거랑 교육받을 권리를 옹호하는 건 별개라는 걸 알거든. 성관계를 했다는 이유만으로 학생을 퇴학시킬 순 없어. 아마 법에도 어긋날걸? 디온, 너 지금 뭐 하는 거니?"

디온이 식탁 밑으로 팔을 내뻗은 채 무언가를 보더니 커다란 갈색 눈이 통방울처럼 휘둥그레졌다. 제일라가 식탁에 배를 대고 넘겨다보더니 두 손으로 얼른 제 눈을 가리면서 말했다.

"디온, 너 빨리 그거 치워."

그러나 디온은 눈을 떼지 못했다. 결국 코너가 디온의 손에서 종이를 홱 낚아채서 아주 냉철하게 객관적으로 검사하듯이 훑어보고는 식탁에 엎어 놓았다.

네모난 백지밖에 보이지 않도록 뒤집어 놓았지만, 사진은 떡하니 식탁에 놓여 있었다. 나머지 아이들은 빤히 내려다보기만 했다. 뒤집어서 보고 싶은 마음이야 굴뚝같을지라도 그대로 두는 것에 두말하지 않았다. 그런데 디온은 그 사진 한 장으로 확 바뀌어 버린 것 같았다. 어느 누구보다 지켜 주어야 할 아이였고, 같은 족속인 인간과 가장 친밀감이 떨어지는 아이였다. 이제야 어렴풋이 그 궁극의 친밀감을 엿본 것이다.

"나, 가 봐야 해."

이마니는 자리에서 일어났다. 비상구로 나오는 길에 먹다 만 샌드위치를 던져 버렸다.

휠러 교장은 불쑥 찾아온 이마니를 보고 깜짝 놀랐다. 그러나 교장실로 들어서는 것까지 막지는 않았다.

"보아하니 케이디 얘기를 들은 모양이구나. 문 닫고 이리 와서 앉아."

이마니는 문만 닫고는 그대로 서서 분노를 애써 삼키며 말했다.

"어떻게 퇴학을 시킬 수 있는지 이해가 안 돼요. 합법적인 조처이긴 한 건가요?"

"만사가 꼭 흑과 백처럼 간단명료한 게 아니야, 이마니."

휠러 교장의 태도는 여전히 싹싹했다. 그러나 자신의 문제 제기를 무례하게 여기는 기색이 역력했다.

"때로는 미끼를 던져 놓고 반응을 살피는 것만큼 좋은 전략도 없지."

휠러 교장은 하던 말을 멈추고 다시 권했다.

"앉으라니까?"

이마니는 고개를 가로저었다.

"당황한 걸 보니 아직도 케이디를 좋아하는 모양이구나. 성적에 불리하다는 걸 뻔히 알면서도 말이지."

"저는 다만 사적인 문제를 이유로 퇴학을 시킨다는 게 이해가 안 될 뿐입니다."

"그건 저쪽 변호인단이 다 알아서 할 거야."

휠러 교장은 마치 날벌레들이 화르르 날아오기라도 한 것처럼 손을 탁 치고는 말을 이었다.

"걔들이 데나 랜디스를 소송 대리인으로 내세웠으니까."

"정말요?"

휠러 교장이 고개를 주억거렸다. 자기만족에 겨운 기쁨이 얼굴에 얼비쳤다.

"내일 밤에 긴급회의를 열기로 했다. 학부모, 교사, 변호사, 기자 들이 모두 그 자리에 올 거야."

"기자까지요?"

"데나 랜디스는 기자단 없이는 좀처럼 납시지 않거든."

휠러 교장이 눈을 되록되록 굴리더니 말했다.

"나야 걱정할 게 없지. 아니, 실은, 긴급회의와 때를 맞춰 그 여자 아들에게 일어날 일이 기대된다."

휠러 교장은 입술을 샐그러뜨리며 웃었다.

"다 네 덕분이야. 기자들이 앞다퉈 보도하겠지? 그렇지 않겠니? 데나 랜디스 아들이 체포됐다고."

"체포되다니요?"

이마니는 의자를 끌어당겨 앉고 나서 다시 물었다.

"이유가 뭔데요? 설마 오늘밤에 열리는 카오스 파운데이션 모임 때문은 아니죠? 그렇죠? 무엇보다도 꼭 범죄를 저지른다고 볼 수도 없잖아요? 집회의 자유를 누릴 권리도 없나요?"

휠러 교장이 눈썹을 샐쭉 치켜세우며 말했다.

"가만, 넌 시민 의식 교육을 받지 않았니? 집회의 자유니 뭐니 하는 걸 보면 캐럴 선생 수업에서 배웠을 법도 한데."

배웠다. 하지만 이것은 별개의 문제 같았다.

"그건 그렇고, 천시 해변 사건은 까맣게 잊은 모양이지?"

"모래언덕에서 모닥불 피운 거요? 그게 이 일과 무슨 관련이 있나요?"

"네가 그랬잖니. 해변 감시단을 유인할 목적으로 그런 것 같다고."

"그건 제 어림짐작일 뿐이었어요!"

그만하라는 듯 휠러 교장은 두 손바닥을 들어 보였다.

"진정해. 거기서 걔들이 무슨 짓을 꾸미려고 했는지 알 게 뭐니? 문제는 그런 부류가 자기네는 법 위에 있다고 생각한다는 거야. 그리고 우리는 그렇지 않다는 사실을 증명해 보이려는 거고."

휠러 교장은 가죽 의자에 등을 기대앉더니 물었다.

"설마 너 디에고 랜디스가 걱정돼서 이러는 건 아니겠지? 걔한테 넘어간 거니?"

넘어가다니, 휠러 교장이 그렇게 묻는 속뜻은 잘 모르겠지만 이마니는 자기 때문에 디에고가 체포되는 걸 보고 싶지는 않았다. 결단코 그건 거래 조건에 없었다.

"흠, 나라면 개가 어떻게 되든 별로 걱정 안 할 거야. 기껏해야 하루나 이틀쯤 교도소에 있다 나올 테니까. 그건 본보기일 뿐이야. 그래도 데나 랜디스는 그 일에 매달리느라 한동안 정신없겠지. 너도 알겠지만, 그 사람들과 맞서면 대체로 우리가 불리해. 그들이 행동하면, 우리는 대응을 하니까. 어떤 카드를 내밀지 알 길이 없는데 무슨 수로 대비를 하겠어? 훌륭한 전략이지. 그래서 이번엔 내가 그 전략을 빌려 쓰기로 했다. 나는 한꺼번에 모든 카드를 다 들이밀 생각이야. 제적, 체포, 서머턴 고등학교에서 감시 평가 비대상자의 입학을 전면 금지하는 긴급 주민 투표 건까지."

휠러 교장은 생각만 해도 흥분되는지 눈이 이글거렸다.

이마니는 어안이 벙벙했다. 이제껏 보았던 휠러 교장의 모습은 온데간데없었다.

"이미 주민 자치회에서 지지하겠다는 약속까지 받아 뒀어. 대책을 세워야 한다는 의견에 만장일치로 찬성했다. 감시 평가 비대상자들이 우리 아이들을 희생물을 삼는데도 두 손 놓고 구경만 할 수는 없는 일이야. 파커 그레이를 만나기 전까지 케이디 파지오는 70점이었다, 70점."

이마니가 맥없는 목소리로 말했다.

"그건 저도 알아요."

"그 아인 소규모 사업체나 보건소에서 일할 수 있었어. 70점이면 얼마든지 일자리를 얻을 수 있단 말이지. 그런 아이가 지금은 어떻게 됐지?"

휠러 교장은 안쓰럽다는 듯이 고개를 저었다.

그러나 이마니로서는 믿음이 가지 않았다. 지난주까지만 해도, 케이디를 '치워 버린' 자신을 축하해 준 교장이었다. 그런데 이제 와서 케이디를 소중히 여기는 사람이라고 믿기를 바라는 거야?

"물론 너는 아무것도 신경 쓸 것 없어. 너 자신한테만, 네 적응성 문제에만 집중해라. 그게 중요해. 곧 알게 될 거야. 너도 모르는 사이에 성적이 장학금 기준선을 넘게 될 테니까."

휠러 교장은 환하게 방긋 웃어 보이고는 탭 패드를 펼쳐 자판을 두드리기 시작했다.

"하지만……."

이마니는 말을 하려다 그만두었다. 휠러 교장의 기억을 되살려 줄 작정이었다. 장학금 기준선을 넘기는 게 불가능해서, 애당초 그 사실 때문에 모든 계략을 꾸며서 디에고와 함께할 수 밖에 없었던 것이 아니냐고. 휠러 교장은 어느새 그런 사실을 홀홀 털어내 버렸다. 예전 같았으면 그런 휠러 교장의 태도에 주눅이 들었을 테지만 지금은 화가 치밀어 올랐다. 필요한 정보를 다 얻었으니, 이제는 하나 마나 한 약속으로 살살 달래면서 떼쳐 낼 셈인가. 교장은 자신을 두루뭉술하게 덮고 넘어가도 되는 사소한 문제처럼 다루고 있었다. 버리게 마련인 껌 종이처럼.

이마니가 일어서서 문을 열고 나가려는데 휠러 교장은 얼굴도 들지 않고 말했다.

"문 좀 닫아 주겠니?"

이마니는 문을 닫지 않았다. 점심시간이 끝나려면 아직 10분이 남았지만 식당으로 돌아가지 않았다. 곧장 사물함으로 가서 겉옷과 책가방을 낚아채듯 꺼내 교문을 나섰다.

17
헤아릴 길 없는 강

아브루치 주차장에는 여기저기 깨져 나간 인어상이 있고 그 옆
에는 한쪽 날개를 잃은 백조 석상이 있었다. 이마니는 코끼리
석상에 걸터앉아 다리를 까닥거리며 백조를 물끄러미 바라보
았다. 의아했다. 아브루치 노부부는 저렇게 깨진 조각상들을
어디서 발견했을까? 도대체 왜 샀을까? 사 갈 사람이나 있을
까? 거저 준대도 끙끙거리며 끌어다가 트럭에 싣고 집까지 운
반하는 고생을 할 사람은 없지 싶었다. 어쩌면 노부부가 벗 삼
아 곁에 두려고 샀을지도 몰랐다.

　날씨가 화창했다. 이마니는 가만히 겉옷을 벗으면서, 일어
나서 아이볼을 마주 보자고 마음을 다졌다. 그러나 몸이 따라
주지 않았다. 상처투성이 조각상들과 계속 눈을 맞추고 있는
게 더 좋았다. 조각상들을 보고 있으면 마음이 편했다. 자신이
아무도 달가워하지 않는 그 동물원의 일부 같았다. 한때는 유
망했으나 지금은 돌이킬 수 없는 치명상을 입은 신세로 전락한

조각상들.

이마니는 코끼리 석상의 등에 기댔다. 서늘했다. 맑고 파란 하늘에 떠 있는 점처럼 아이볼이 대롱거리는 게 어서 자백하라고 부추기는 것 같았다. 그러나 이마니로서는 어느 쪽이 자기 죄인지 확신이 서지 않았다. 그 죄들은 서로 모순되는 것 같았다. 마침내 아무려나 상관없을 거라고 판단했다. 소프트웨어가 이미 알고 있을 테니까.

저 소프트웨어는 속속들이 알 테니까.

이마니는 저녁을 걸렀다. 배가 아프다고 둘러대고 저녁 내내 방에 틀어박혀 에스파냐어 숙제를 하고 또 했다. 막 8시가 지났을 때 계단을 올라오는 둔중한 발소리가 들렸다. 아버지가 아예 말을 붙이지 못하도록 에스파냐어 책에 고개를 처박고 다 끝낸 숙제를 또다시 시작했다.

르몽드 씨가 똑똑 문을 두드린 뒤 문을 열고 얼굴을 삐죽 디밀었다.

"빵 좀 가져왔다."

이마니가 곧장 대답을 하지 않자, 르몽드 씨는 문을 활짝 열고 안으로 들어섰다. 그러고는 키친타월에 받쳐서 들고 온 버터 토스트를 내밀었다.

"뭐라도 먹어야지."

"고맙습니다."

이마니는 토스트를 받아 끄트머리를 입으로 살짝 뜯어 먹었다. 에스파냐어 책은 일부러 계속 펼쳐 두었다.

그렇다고 그냥 물러갈 르몽드 씨도 아니었다.

"아이제이어 말이 내일 밤 학교에서 회의가 있다던데, 학부모가 참석하는 거냐?"

아버지가 침대 끝에 걸터앉는 것을 보고, 이마니는 옆으로 비켜나 자리를 내주었다.

"네, 그런데 굳이 가실 것 없어요. 내일 밤에 아이제이어 연습 경기 있지 않나요?"

"우리도 한 표를 행사해야 하나 어쩌나 궁금해서 물어본 거야. 그뿐이다."

이마니는 픽픽 웃었다. 휠러 교장과 주민 자치회가 짬짜미한 일에 발언권을 가지고 있다고 믿는, 너무나도 아버지다운 말이었다. 부유층의 권력 남용에 대해 냉소적인 반응을 보일 때가 많았지만, 실제로는 이상주의자였다. 이마니는 어디까지나 그런 아버지가 좋았다.

"언젠가 주민 투표를 하기는 하겠죠. 그런데 이번 건 그저 과시용 회의일 뿐이에요. 감시 평가 비대상자의 입학을 전면 금지하도록 휠러 교장과 주민 자치회가 주민을 설득하는 게 원래 목적이거든요."

르몽드 씨는 이를 악물고 잇새로 숨을 들이쉬었다.

"케이디와 그 동영상 사건 때문인 거냐?"

"네."

"그러니까 이제부터 감시 평가 비대상자를 모조리 학교에서 쫓아내겠다는 거야? 그 사람들이 그럴 수도 있어?"

"어쩌면요."

결국은 변호인단이 법령에 따라 해결하게 되리라는 걸 이마니는 알았다. 법령이라면 어차피 자신도 아버지도 모르는 내용이었다. 그러나 주민 투표에 붙인다면 짐작건대 휠러 교장이 이길 터였다. 서머턴에는 감시 평가 대상자가 더 많고, 학부모는 덮어놓고 자기 자식에게 유리한 쪽에 표를 던질 테니까.

르몽드 씨는 머리를 가로흔들었다.

"부당한 처사 같구나. 비대상자도 마땅히 교육을 받아야 하지 않겠니? 누구나 똑같이? 이건 아주 옳지 않은 일 같다."

이마니가 콧방귀를 꿨다. 옳고 그른 것이 도대체 무슨 상관이냐는 반감의 표시였다.

르몽드 씨는 실망스럽다는 듯 한숨을 푹 쉬었다.

"가만 보니 넌 얘기할 마음이 없는 게로구나. 너랑 제일 친한 친구 일인데도."

타박이 섞인 말투였다. 이마니로서는 받아들이기 힘든 비난이었다. 자신이 얼마나 고통스럽게 선택을 해 왔는데, 그 고통을 눈곱만큼도 모르는 아버지가 무슨 자격으로 날 몰아세우는가. 이마니는 에스파냐어 책을 탁 덮고 펜을 내려놓았다.

"좋아요. 그럼 한번 얘기해 볼까요? 제일 친한 내 친구가 자기 인생에다 내 인생까지 내동댕이치면서 어떻게 파커 그레이랑 데이트를 할 수 있는지요? 진짜 목적은 오로지 휠러 교장이 데나 랜디스를 웃음거리로 만드는 것뿐인데, 그딴 부질없는 회의에 나가서 다들 어떻게 '한 표를 행사할지'에 관해 토론이라도 벌일까요? 시치미 뚝 떼고 그 케케묵은 상식과 도덕심을 발휘하면 풀 수 있는 문제인 척해요? 상식도 도덕심도 아무런 상관없는 세상에서요?"

이마니가 마구 퍼부어 대자, 르몽드 씨의 얼굴이 딱딱하게 굳었다.

"아비도 말 좀 하자, 이 녀석아. 너도 잘 알지? 그렇게 버르장머리 없이 말하는 거 나는 못 봐."

"잘됐네요."

이마니는 다시 에스파냐어 책을 펼치고 동사 변화 숙제를 하기 시작했다.

"얘기를 접자고는 안 했어."

이마니는 계속 에스파냐어 책에 머리를 처박은 채로, 이제 곧 아버지가 책을 홱 잡아채 방바닥에다 패대기칠 거라고 생각했다. 아버지의 팔뚝 근육이 팽팽해지는 것을 보면서 드디어 왔구나 싶었다. 그런데 아버지는 꼼짝하지 않았다. 불같은 분노는 사그라지고 어느새 슬픔 같은 것이 차오른, 알아듣기조차 힘들 만큼 나직한 목소리로 르몽드 씨가 말했다.

"어쩌다 이 지경이 된 거냐, 이마니?"

이마니는 차라리 아버지가 노발대발했다면 더 나았을 것 같았다. 이마니가 아무런 대답이 없자, 르몽드 씨는 침대에 앉은 채로 기름때 낀 손가락을 멀거니 내려다보았다. 이마니는 다시 숙제를 시작했다. 오만상을 찌푸리고 집중하는 척했지만, 커다란 몸집과 그 몸집보다 더 큰 아버지의 슬픔에 온 신경이 뻗쳤다. 자신이 홀로 괴로움을 앓았듯이, 아버지도 딸을 바로 곁에 두고도 홀로 슬픔을 앓는 것 같았다. 아버지와 딸 사이에 헤아릴 길 없는 강이 흘렀다.

한참 만에 르몽드 씨가 일어났다. 침대가 공기보다 더 가볍게 튀어 올랐다. 터덕터덕 계단을 내려가는 발자국 소리가 났다. 아버지가 엄마한테 조용히 푸념하는 소리가 이마니 귀에 들렸다. 2층 방까지 들렸으니 그다지 조용한 건 아니었다. '가족은 이제 아무런 의미가 없다.'라고 했다. 위로하려 애쓰는 엄마의 목소리에서, 멀리서 듣는 자신도 느껴질 만큼 피곤함이 묻어났다. 이마니는 이때 처음 들었지만, 엄마와 아버지에게는 익숙한 이야깃거리인 게 분명했다. 듬성듬성 들려온 엄마 말은 '당신 자식들,' '기회,' '잃어버린'이었다. 아버지 것은 '평등화는 무슨, 개뿔.'이었다. 아무리 달래도 아버지가 목소리를 낮추지 않자, 엄마가 아버지를 끌고 주방으로 들어갔다. 거기서 나누는 대화는 점점 더 알아듣기 힘들었다.

이마니는 높아졌다 낮아졌다 하는 부모님 목소리에 한동안 귀를 기울였다. 부모님이 자신들이 '잃어버렸'다고 생각하는 것은 과연 무엇일까 궁금했다. 이윽고 힘겨웠던 하루를 그만 마감하려고, 8시 17분에, 불을 끄고 스르르 이불 속으로 들어가 눈을 감았다.

도무지 잠이 오지 않았다.

18
돌 조각상보다 못한 인간

그날따라 유난히 정박장 길이 깜깜했다. 구름도 달도 보이지 않았다. 새까만 하늘에 바늘구멍만 하게 돋은 별들은 저마다 빛을 쟁여 둔 것 같았다. 이마니는 살랑대는 갈대를 가만가만 헤쳐 가며 갈대숲을 천천히 거닐었다. 시원한 바람을 쐬면서 마음을 달래 보려 했건만, 바람은 두려움만 키워 놓았다. 키 높은 갈대들 너머에서 끼쳐 오는, 보이지 않는 무수한 삶과 죽음의 냄새가 자신을 돌아보게 했다. 나는 다만 내가 한 일들을 균형 있는 시각으로 바라보는 시늉만 하는 것뿐이라고. 나는 수십 억 생물 종 가운데 하나인 인간 종하고도, 수십 억 인간 종 가운데 하나인 작은 인간에 지나지 않는다고. 유구한 역사가 계획해 온 일을 통틀어 보면 내 행동은 별것도 아니고, 내 선택은 하찮고, 내가 한 실수는 사소한 것이라고. 아무리 그렇게 생각하려 애써도, 두려움은 하늘만큼이나 컸다.

걷다 보니 어느새 정박장 길 어귀였다. 코즈웨이 도로는 텅 비어 있었다. 도로 양쪽에 드문드문 서 있는 가로등마다 작은 불빛 웅덩이를 드리웠다. 불빛 웅덩이 하나가 코끼리 석상과 그 위에서 대롱거리는 아이볼을 비추었다. 이제는 그 아이볼이 자기 전용처럼 여겨졌다.

이마니는 주머니에서 휴대전화를 꺼내 번호를 눌렀다. 지난 두 주 동안 몇 번이나 누르고 싶었던 번호였다. 전화벨이 여섯 번 울린 뒤 익숙한 목소리가 흘러나왔다. '지금은 아주 중요한 일을 하는 중입니다. 메시지를 남겨 주세요.'

삐 소리에 이어 정적이 흘렀다. 그 잠깐 사이, 이마니는 영영 성적을 만회하지 못해도 괜찮다는 각오를 했다.

"전화해 줘. 아주 급한 일이야. 정말로."

이마니가 전화를 끊었을 때 차 한 대가 지나갔다. 이마니는 몸을 웅크리고 갈대숲 기슭으로 숨어들었다. 자신의 행동을 들키지 않아야 한다는 충동이 이제는 본능이 되어 버렸다. 손에서 휴대전화가 윙 울렸다.

"어쩌려고 나한테 전화를 해? 무슨 일이길래?"

"부탁이 있어. 디에고 랜디스랑 꼭 통화해야 해. 너 혹시 걔 번호 알아? 파커는 알겠지?"

"대체 이게 무슨 소리야? 너 지금 어디니?"

걱정스러운 목소리였다.

"아주 중요한 일이야. 지금 당장 통화해야 해. 파커는 디에고를 알 거 아냐. 지금 너 파커랑 같이 있어?"

케이디가 한동안 잠자코 있다가 말했다.

"이제 보니 헛똑똑이네."

"제발, 케이디."

"내가 다시 전화할게."

케이디가 전화를 끊었다.

슬슬 추워졌다. 부모님이 깰세라 손에 잡히는 대로 들고 집을 나섰는데, 하필이면 얇은 겉옷이었다.

휴대전화가 다시 울었다.

"방금 파커가 전화해 봤는데, 안 받는대."

이마니는 차가운 모랫바닥에 털썩 주저앉았다.

"그나저나 왜 디에고랑 통화를 하려는 건데? 나한테 전화한 건 또 뭐고."

"케이디, 나 좀 태워다 줘."

케이디가 땅이 꺼져라 한숨을 내쉬고는 물었다.

"도대체 무슨 일을 벌인 거야?"

이마니는 선뜻 대답하지 못했다. 자신이 한 짓을 두고 영구 불변하는 도덕성을 잣대로 삼아 비판할 깜냥은 못 되었다. 그렇지만 딱 꼬집기는 힘들어도 자신이 한 행동이 잘못되었다는 것만은 알았다. 마침내 디에고가 쪽지를 건넨 일부터 시작해서, 하나도 빠짐없이 모조리 털어놓았다. 케이디는 다 듣고도 묵묵부답이었다. 하도 말이 없어서 이마니는 욕을 퍼붓고 싶은 심정이었다. 네 숨소리 다 들린다고.

"케이디, 듣고 있는 거야?"

"네가 그런 짓을 하다니 믿기지 않아. 정말이지 도무지 믿을 수……."

그때 딸깍 소리에 이어, 발신음이 들려왔다.

이마니의 목소리가 떨려 나왔다.

"케이디?"

케이디가 전화를 끊어 버렸다.

이마니는 휴대전화로 시간을 확인했다. 9시 47분이었다. 집에 가서 자전거를 타고 죽자 사자 달려도 세인트제임스 대학교까지 가기는 글렀다. 디에고에게 조심하라고 귀띔해 주기에는 이미 때가 늦었다. 모르면 몰라도 이미 경찰이 출동해 있을 시각이었다.

이마니는 꾐에 빠졌다고 우기고 싶었다. 어쨌거나 디에고의 믿음을 배신하는 게 적응성 기준에 맞는 행동이라고 믿게 만든 것은 휠러 교장이 아니었느냐고. 그렇게 위안을 삼으려는 마음 못지않게 한편으로는 솔직한 마음이 솟구쳤다. 휠러 교장을 탓하지 말라고. 아닌 게 아니라 그 계략은 자신이 짠 것이었다. 게다가 자신이 아는 한 휠러 교장은 옳았다. 그 계략을 짤 때까지만 해도 자신이 해 온 행동은 모두 적응성 면에서 본보기가 될 수도 있었다. 자신이 끝내 파멸하게 된다면 그것은 아마도 뒤늦게 양심의 위기를 스스로 느꼈기 때문일 것이다. 자신이 믿고 따라야 하는 것은 감시 평가제와 적응성 5대 평가 요소였다. 만일 자신이 휠러 교장과 다른 90점대 최우등생들을 타산지석으로 삼지 않았다면? 만일 애닐이 정박장 갈대밭 기슭에 서 있었다면 감시 평가 비대상자를 위해 자신이 한 짓들을 뒤집어엎으려고 할까? 과연 디에고 랜디스도 어차피 버려야 하는, 또 하나의 껌 종이 같은 존재로 여기고 말았을까?

코즈웨이 도로에 바람이 쌩 불었다. 이마니는 갈대숲 속으로 더 깊숙이 들어갔다. 너무나도 사랑하는 습지대 밑에서, 지독한 냄새를 물씬 풍기며 푹푹 썩어 거름이 되는 개흙 속에 녹아들고만 싶었다. 이마니가 지금까지 키워 온 꿈은 아주 거창했다. 서머턴의 구세주가 되겠다는 꿈이었다. 일류 대학교에 진학해서 지식을 갈고 닦아 학위를 딴 다음, 배를 타고 강을 돌면서 몇 시간씩 연구를 하노라면 삶의 비밀들이 저절로 뇌 주름 속에 스며드는 그런 생활을 꿈꿨다. 그런데 지금 이 꼴이 뭔가. 길 건너편에 있는 저 돌 조각상들보다 못한 인간이 되고 말았다니. 저 조각상들은 적어도 친구를 버리고 믿음을 저버리는 짓 따위는 하지 않을 테니까.

이마니는 한참 동안 휴대전화 화면을 허벅지에 문질러 대면서 1분, 2분 시간이 가는 것을 지켜보며 앉아 있었다. 그때 멀리서 무슨 소리가 들렸다. 귀가 번쩍 뜨였다. 처음에는 기러기 떼가 낸 소리인 줄 알았다. 그런데 점점 가까이 다가오는 것이 무엇인지 깨닫는 순간, 심장이 벌떡벌떡 뛰었다. 일어나서 길가로 나가 숨죽이고 기다렸다.

몇 초 뒤 프랑켄스쿠터가 언덕바지에 나타났다.

케이디가 핸들 위로 몸을 잔뜩 구부리고, 무시무시한 속도로 내리달아 편의점 모퉁이를 돌았다. 자기 쪽으로 방향을 트는 걸 보고 이마니는 길가로 비켜서려고 걸음을 뗐다. 그런데 채 비켜서기도 전에 케이디가 스쿠터 꼬리를 뒤뚱뒤뚱 흔들며 이마니의 무릎께에서 딱 멈춰 섰다. 케이디가 이마니에게 헬멧을 던져 준 뒤 바이저를 올렸다.

"휴대전화가 죽었어. 속도위반은 피할 수 없을 거야."

이마니는 머리에 헬멧을 쓰고 스쿠터에 올라탔다.

"아무래도 상관없어."

두 사람은 뒤뚱뒤뚱 좌우로 심하게 흔들리는 스쿠터를 타고 출발했다.

19
자유 타락 카페

코즈웨이 도로에는 차가 몇 대뿐이었다. 그런데도 케이디는 요리조리 엇누비며 빨간불마저 무시한 채 스쿠터를 몰았다. 다른 운전자들이 소리소리 지르며 화를 냈다. 머리 위에서는 아이볼들이 찰칵거렸다. 성적이 다림추처럼 곤추 떨어지고 있을 터였다. 그 다림추가 배 속을 후벼 파고드는 것 같았다. 그러나 이마니의 마음속에서 불타오르는 것은 오직 하나, 디에고를 구해야 한다는 생각뿐이었다.

시간상으로 거의 불가능한 거리였지만, 두 사람은 아슬아슬하게 세인트제임스 대학교의 아치형 철문 앞에 도착했다.

"어디로 가?"

케이디가 소리쳐 물었다.

"어베이트 홀인데, 어디 있는지는 몰라."

"내가 알아."

케이디가 사각형 잔디밭을 엇질러 질주했다. 모든 지형을 다닐 수 있는 타이어를 끼운 프랑켄스쿠터가 벨벳처럼 고운 잔디를 진흙 범벅으로 만들었다. 대학 캠퍼스는 딴 세상 같았다. 장엄한 석조 건물들 옆에 현대식 유리 벽 건물들이 서 있고, 그 사이에는 울창한 숲이 우거진 멋진 공원을 꾸며 놓았다. 저 건물들이며 공원을 관리하는 일꾼은 자기네 부모와 같은 사람들일 터였다. 대학촌 하층민, 촌사람, 조개재비 들. 서머턴 최대 고용업체 가운데 하나가 대학교였다. 수위, 건물 관리인, 청소부, 정원사, 식당 종업원 등은 언제든 없어서는 안 되는 일꾼들이었으니까.

케이디는 성당 건물을 지나 자전거 보관대 옆에서 우뚝 멈췄다. 오래된 석조 건물 앞이었다.

"여기가 맞을 거야. 학생회관이라던가?"

앤서니 어베이트 홀이라는 이름이 석조 건물 정면에 새겨져 있었다. 건물 앞에 순찰차 넉 대가 주차되어 있었다.

"여기서 기다려 줘."

이마니는 헬멧을 벗어 케이디에게 건네주고 널찍한 돌계단을 올라가기 시작했다.

"무슨 소리."

케이디는 헬멧 두 개를 스쿠터 짐칸에 넣고 후다닥 이마니를 따라잡았다.

대학생 둘이 계단에 앉아서 담배를 피우다가 신기한 구경이라도 하듯 이마니와 케이디를 바라보았다.

건물 안으로 들어서니 석조 아치 아래 대형 코르크 게시판이 있었다. 덕지덕지 붙은 알림장들 한가운데에 카오스 파운데이션 행사를 알리는 전단이 보였다. 크기가 그림엽서만 했다.

자유 타락 카페, 수요일 오후 10시

"저 카페, 2층에 있는 것 같더라. 올라가자."

이마니는 케이디 뒤를 따라 널찍한 나선계단을 올라가며 물었다.

"넌 여길 어떻게 알아?"

"파커네 사촌이 여기서 열리는 파티에 꼬박꼬박 참석하거든. 가만, 저 소리 들려?"

확성 장치를 타고 흘러나오는 노래와 아우성 같았다. 소리를 따라 2층으로 올라간 두 사람은 자유 타락 카페 문 앞에서 두 가지 놀라운 광경과 맞닥뜨렸다. 하나는 완전히 분해해 문 위에 못으로 박아 둔 아이볼이었다. 오징어를 해부해 놓은 것처럼 내부 장치를 쫙쫙 펼쳐 놓은 모습이었다. 다른 하나는 작은 무대처럼 보이는 곳을 향해 서 있는 서머턴 경찰 부대였다.

카페에 대학생들이 꽉 들어차서 무대는 잘 보이지 않았다. 그래도 이마니는 흑백 줄무늬 머리 여자만큼은 알아보았다. 무언가를 가슴에 엇멘 채 손에 든 마이크에 대고 비아냥거렸다.

"이 자리에 함께해 주신 서머턴 경찰 나리들께 감사 인사를 전합니다."

관객이 환호성을 지르며 야유를 퍼부었다. 경찰들은 초조한 듯 어깨를 들썩거렸다. 얼추 대학생 또래로 보이는 경찰도 더러 있었다. 이름은 기억나지 않지만 이마니가 아는 얼굴도 눈에 띄었다. 3년 전 서머턴 고등학교를 80점대로 졸업한 선배였다. 푸른 경찰 모자를 써서인지 길쭉한 얼굴이 작아 보였다. 이마니는 케이디의 손을 잡고는 떼 지어 서 있는 대학생들 틈을 비집고 무대 쪽으로 나아갔다.

누군가 소리쳤다.

"야, 이 천것들아."

무대는 경찰과 학생들로 완전히 가로막혀 있었다. 몇몇 대학생이 의자에 올라서서 연호하기도 했다.

"경찰국가!"

흑백 줄무늬 머리 여자가 마이크에 대고 소리쳤다.

"이런, 이제부터 이 모임이 불법이 되는 건가요?"

이마니는 케이디의 손을 꽉 잡고 한 덩어리처럼 붙어 있는 대학생들을 밀쳤다. 그제야 살짝 벌어진 틈새로 무대가 보였다. 디에고가 무대 뒤쪽에 서서 손에 들린 무엇인가를 내려다보고 있었다.

"나는 아무것도 안 보여."

케이디가 점점 커져 가는 연호보다 더 크게 소리쳤다.

그때 어디선가 나직이 콰르릉거리는 소리가 났다. 계속 무대를 빙 에워싸다시피 가로막고 서 있던 경찰들이 권총 손잡이를 만지작거리기 시작했다.

흑백 줄무늬 머리 여자가 말했다.

"좋습니다. 이제 시작해 봅시다."

이마니가 잔뜩 긴장해서는 케이디를 자기 곁으로 바싹 끌어당겼다.

무대에서 귀청이 터질 듯한 날카로운 쇳소리에 이어 나직한 소리가 울려 퍼졌다. 딩 딩 딩!

이마니는 마음의 준비를 했다. 경찰들이 총을 쏘거나 관객이 비상구로 우르르 몰려들 줄 알았다. 그러나 경찰들은 움직이지 않았다. '경찰국가!'라고 힘차게 외치던 연호가 점점 잦아들었다. 그제야 비로소 이마니는 누군가 연주를 한다는 것을 알았다. 요란하고 괴상한 음악이었다.

경찰 두 사람이 마주 보더니 서로 귀에다 대고 뭐라 뭐라 고함을 질러 댔다. 그 틈에 다시 무대를 볼 수 있었다. 이번에는 디에고가 더 잘 보였다. 베이스 기타 목 위로 고개를 숙이고 있었다. 옆에서는 아까 마이크를 잡았던 여자가 디스토션(록 음악에서 많이 쓰는 전자 기타의 효과음. 소리의 파동을 왜곡해 징징 울리는 강한 소리를 낸다.)이 섞인 기타 리프(짧은 구절을 반복하는 연주나 멜로디)를 연주하면서 마이크에 대고 노래를 불렀다. 무의미한 낱말들로 이루어진 노래였다. 이마니는 케이디를 끌고 경찰 두 사람 사이를 비집고 앞으로 나갔다. 빡빡머리 남자가 무대 뒤쪽에 설치한 드럼 세트 앞에 앉아 불규칙 리듬으로 반주를 했다.

케이디가 이마니 귀에 입을 바싹 붙이고 물었다.

"이게 카오스 파운데이션이야?"

이마니는 이때만큼 자신이 어리석게 느껴진 적은 없었다. 바보 천치 같으니라고.

케이디가 다시 물었다.

"밴드인가 봐?"

3인조 밴드가 연주하는 것을 지켜볼수록 당혹스러움이 거대

한 버섯구름처럼 피어올라 이마니의 온몸을 휩쌌다. 디에고는
베이스 기타를 연주했다. 사회를 전복할 음모를 꾸미고, 위험
하고 과격한 행동을 하는 게 아니었다. 디에고가 연주자라니, 밴
드 활동을 하는 애였다니. 그 평범함에, 그 순진무구함에 이마니
는 기절초풍했다.

첫 곡이 끝나자 관객이 환호하며 휘파람을 불어 댔다. 그러
고 나서 절반쯤 되는 사람들이 비상구로 향했다. 공연이 마음
에 들지 않아서라기보다는 경찰이 펼칠지 모를 작전 때문이라
고, 이마니는 짐작했다. 경찰도 잠깐 자기들끼리 상의하더니
공연장을 떠났다.

누구도 체포되는 일 따위는 없었다.

케이디가 이마니의 팔을 잡아당기더니 어떻게 할 거냐고 물
었다. 이마니는 멍청한 짓을 저지른 자책감에서 아직 헤어나지
못했다. 그나마 한 가지 위안거리는 있었다. 휠러 교장은 자기
보다 훨씬 더 큰 자괴감에 빠질 것이었다. 사실상 경찰을 부른
건 교장이었으니까.

이마니는 자신도 모르게 씩 웃었다.

"잠깐만 앉아 있다가 갈래?"

케이디가 고개를 끄덕이자 둘은 뒤쪽 자리에 앉았다. 관객
이 듬성듬성 몇십 명밖에 남지 않아서 무대가 훤히 잘 보였다.
3인조 밴드는 벌써 다른 노래를 부르고 있었다.

카오스 파운데이션은, 뭐랄까, 비틀스 같은 밴드는 아니었
다. 그들의 연주곡은 춤을 추기에도, 흥얼흥얼 따라 부르기에
도 좋은 노래가 아니었다. 이마니가 듣기에는 음악이라기보다

는 자동차 소음에 더 가까웠다. 케이디도 박자에 맞춰 고개를 끄덕여 가면서 나름대로 몰입하려고 애썼다. 그런데 드럼 주자가 자기들이 규정한 음악 정신에 따라 본격적으로 드럼을 연주하기 시작하자, 이내 뭐가 뭔지 모르겠는지 또다시 난감해했다.

"춤추는 사람이 아무도 없네. 이거 별로라는 뜻 아닌가? 넌 이런 음악이 좋니?"

이마니는 좋다고도 싫다고도 단정할 수 없었다. 그건 자기 능력 밖의 일 같았다. 하지만 자리를 뜨고 싶지는 않았다. 얼마 후 자신의 온 신경이 디에고에게 집중되어 있다는 걸 깨달았다. 소음의 벽 속에서도 베이스 기타가 내는 깊은 울림과 디리링 소리를 가려낼 정도였다. 흰 셔츠 소매를 팔꿈치 위까지 걸어 올려서 기타 줄을 뜯을 때마다 디에고의 다부진 오른팔에 근육이 불뚝불뚝 솟았다. 베이스 기타 위로 고개를 숙이고 눈을 꼭 감은 채 검은 머리채를 이리저리 흔들어 댔다. 저렇게까지 완전히 무장 해제한 디에고의 모습은 처음 보았다.

케이디가 이마니의 얼굴 앞으로 손을 뻗어 휘휘 내저으며 말했다.

"얘가 아주 넋이 나갔네?"

이마니는 몸을 곧추세우고 똑바로 앉아 마지못해 드럼 주자 쪽으로 눈을 돌렸다.

노래가 끝났다. 디에고는 튜닝 페그로 기타 줄을 조율하며 드문드문 앉은 관객을 살폈다. 조명 때문에 눈이 부신지 눈을 가늘게 뜨고서.

"쟤 진짜 귀엽다."

케이디 말에 이마니가 어깨를 으쓱했다.

카오스 파운데이션 밴드가 다시 연주를 시작했다. 이번엔 꽤 조용한 곡이었다. 케이디가 의자를 끌어당겨 이마니 옆에 바짝 붙였다.

"아무래도 물어봐야겠어. 너……."

케이디가 슬그머니 말문을 열더니 입술을 깨물었다.

"너, 봤어? 그……."

"그 동영상?"

가뜩이나 작은 케이디의 몸이 오그라들었다.

"으, 그 말만 들어도 진절머리 나."

"나도 그래. 당연히 난 안 봤지."

케이디가 휴, 한숨을 내쉬었다.

"너라면 그럴 줄 알았어. 아무튼 고마워."

보고 싶은 유혹을 뿌리치기가 얼마나 어려웠는지 케이디는 상상도 못 할 것이다. 이마니는 궁금한 게 한두 가지가 아니었다. 그렇게까지 할 값어치가 있었는지, 정말 좋았는지, 아프진 않았는지, 케이디는 지금도 파커를 사랑하는지.

"그건 그렇고 이제 어쩔 거야?"

케이디가 묻는 말에 이마니는 고개만 살래살래 흔들었다. 최종 성적 발표일이 채 일주일도 남지 않았다. 아마도 성적이 더 떨어지는 것은 막을 수 있을 시간이었다. 그러나 성적을 올리기는 이미 글렀다. 브론슨 부인이 유리 벽에 테이프로 붙일 이번 달 성적표에는 과연 몇 점이라고 적혀 있을까? 52점? 42점? 그보다 더 낮을까? 그럼 이제 나란 아이는 뭐지? 양심적인 열등생?

"너 괜찮아?"

그제야 이마니는 자신이 부들부들 떨고 있다는 걸 알아챘다.

"혹시 너 자신을 의심해 본 적 있어? 이를테면 네가 누구인지 정말 모르겠다는 생각이 든 적이 있니?"

케이디가 이마니에게 머리를 기댔다. 이마니보다 작은 몸집과 귀염성 있는 얼굴 때문에 그 모습이 어리광 부리는 아이처럼 보였다.

"네가 누군지는 내가 알지."

"그러네. 넌 나를 잘 알지, 응?"

노래가 끝나고, 보컬리스트가 관객에게 감사 인사를 하고, 몇몇은 벌써 스탠드바 쪽으로 향해 갔다.

"방금 쟤가 너 봤어."

케이디가 고갯짓으로 무대를 가리켰다. 디에고가 이마니를 바라보면서 기타용 전선을 감고 있었다.

"나, 스탠드바나 다른 자리로 가 있는 게 낫겠지?"

"모르겠어. 쟤한테 뭐라고 해야 할지 잘 모르겠어."

"음, 벌써 오고 있으니까, 얼른 생각해."

케이디가 의자에서 빠져나와 스탠드바로 걸어갔다.

어느새 디에고가 베이스 기타를 어깨에 걸메고 이마니 쪽으로 와서 말했다.

"왔구나."

"으음, 네 말이 맞았어. 뭐라는 건지 가사를 하나도 못 알아듣겠더라."

그렇지만 기절초풍할 만큼 큰 도움이 됐다고, 이마니는 속으로 생각했다.

　디에고의 어깻죽지가 살짝 처졌다.

　"끔찍했나 보구나."

　"아니야. 나는 끔찍하다고 말할 자격이 없는 것 같아. 뭐가 뭔지도 모르는걸."

　디에고가 베이스 기타를 탁자에 비스듬히 세워 두고 의자에 앉았다.

　"누구는 그러더라. 듣다 보면 좋아하게 되는 음악이라고."

　"블루피시 밴드처럼?"

　이마니가 환한 목소리로 물었다.

　"어, 그래, 블루피시처럼."

　디에고가 어정쩡하게 얼버무리고는 고개를 돌려 스탠드바를 둘러보았다. 케이디가 혼자 자리에 앉아서 진저에일을 마시고 있었다.

　"케이디 파지오랑 같이 온 거야?"

　"응."

　케이디가 주뼛거리며 손을 흔들자 디에고도 마주 흔들어 주었다.

　"네 성적에 불리한 거 아니야?"

　"불리해."

　뭔가를 읽어 내려는 듯 얼굴을 살피는 디에고를 보면서, 이마니는 자신이 또다시 헤아리기 어려운 사람이 되었다는 것을 깨달았다.

"디에고, 뭐 하나 물어봐도 돼?"

"얼마든지."

"너 염탐꾼이니?"

디에고의 눈이 휘둥그레졌다.

"그래서 부모님이 널 서머턴 고등학교로 전학시킨 거야? 휠러 교장을 염탐하려고?"

디에고는 기습 공격을 당한 사람처럼 어리바리했고, 이마니는 한순간 어쩌면 맞다고 대답할지도 모른다는 희망을 감히 품어 보았다. 만에 하나 디에고가 먼저 속였다면 자신의 배신행위를 고백하기가 한결 쉬울 테니까.

"어라, 농담으로 한 말이 아닌 모양이네? 진심으로 묻는 거니, 내가……."

따로 떼어 놓고 생각해 보면 말뜻을 정확히 이해할 것처럼, 디에고는 잠깐 숨을 돌리고 나서 덧붙였다.

"**염탐꾼인지?**"

이마니는 이를 악물고 잇새로 숨을 들이마셨다.

"그럼 아니라는 거야?"

"도대체 왜 내가 휠러 교장을 염탐해야 하는데?"

이마니는 기운이 쭉 빠졌다. 케이디를 힐끔 바라보았다. 케이디는 유리컵을 입에 댄 채 이마니를 빤히 쳐다보고 있었다.

"금방 올게."

이마니가 반쯤 몸을 일으킨 순간, 디에고가 손을 덮쳐 탁자에 딱 붙였다. 이마니는 엉거주춤한 자세 그대로 굳어 버렸다.

"무슨 일 있지?"

"아무 일 없어."

이마니는 우두커니 디에고의 손만 내려다보았다. 너무 긴장해서 움직일 수 없었다.

"난, 그냥, 좀 이상했을 뿐이야. 그러니까 그렇게 돈 많은 부잣집 아이가, 왜 사립학교 같은 데 가지 않았을까 싶어서. 하지만 이젠 상관없어."

디에고가 이마니의 손을 놓고 의자에 앉아서 말했다.

"알겠어. 그게 말이지, 원래는 벤퍼드 예술 학교에 다녔는데 황당무계한 이유로 쫓겨났어."

이마니도 다시 의자에 앉았다.

"뭐라고? 다른 학교에서 쫓겨나?"

디에고는 잠깐 눈길을 돌리고 마음을 가라앉혔다.

"내가 높은 분들이랑은 사이가 좀 껄끄러워. 그걸 어떤 사람들은 내 단점으로 여기고."

"쫓겨나다니? 퇴학당했단 말이야?"

디에고가 고개를 끄덕이고 나서 덧붙였다.

"부모님이 앞으로는 사립학교에 돈을 쓰지 않기로 결심하셨어. 그런 뒤에 나더러 서머턴에서 고등학교를 마치라고 하시더라."

"벌을 주신 거구나."

이마니는 기분이 점점 울적해졌다.

"사실 난 예전에 다닌 사립학교들보다 서머턴 고등학교가 더 맘에 들어. 으스스하기는 한데, 감시 평가를 받는 수많은 아이들이랑 어울리는 게 좋거든. 나는 적응성 평가를 걱정할 필요도 없고. 워낙 자동 낙오자인 셈이니까."

이마니가 디에고를 멀거니 바라보았다.

"왜 그런 눈으로 봐? 내가 감시 평가 대상자들을 좋아한다는
뜻은 아니야. 그래도 어쨌든 지나친 특권을 누리는 부유층 아
이들이랑 어울리는 것보다는 훨씬 좋아."

디에고는 잠깐 눈을 지그시 감았다 뜨더니 덧붙였다.

"그래그래, 알아. 나도 내가 부잣집 아들로서 지나친 특권을
누리는 거 알거든? 그러니까 제발 부탁인데, 굳이 그 사실을
꼬집어 낼 생각은 하지 말아 주라."

이마니는 이 뜻밖의 반전에 어안이 벙벙했다. 디에고는 이
마니가 무엇인가를 알아냈다 싶으면, 또 다른 모습을 드러내는
아이였다.

"너 전학 올 때 교장 선생님도 그 사실을 알았어?"

"말이라고 해? 그걸 빌미로 날 못 받아 준다고 생난리를 친
사람인데. 휠러 교장은 우리 엄마한테 악감정을 품고 있어. 그
런 사람 꽤 많아."

디에고가 눈을 치켜뜨며 말했다.

"이름 좀 날리는 엄마 때문에 여간 성가신 게 아니야. 옛날
처럼 그냥 기업 변호사 하면 좋겠다는 생각도 이따금 들어."

"잠깐만, 넌 네 엄마 일과 아무 관련이 없어?"

디에고가 콧방귀를 뀌었다.

"어이쿠, 무슨 그런 천만의 말씀을."

이마니는 까무러치게 놀랐다.

"아니라고?"

"모르는 소리 하지 마. 물론 엄마가 하는 일은 다 존중해. 그런데 나는 그런 일 하고 싶지 않아. 그저 학교 마치고, 음악 하면서 삶이 나를 어디로 데려가는지 보고 싶을 따름이야. 정치라면 털끝만큼도 관심 없어."

디에고는 정치라는 말이 얼결에 입속으로 날아든 벌레라도 되듯이 내뱉었다.

이마니가 디에고를 뚫어져라 바라보면서 따지듯 말했다.

"너 수업 시간에 엄청 정치적이거든? 게다가 도발적이고!"

디에고가 싱글싱글 웃으며 말했다.

"인정해. 참 웃기지, 응? 네가 옆에 있으면 유난히 더 그래. 당황하면 콧등을 찡그리는 네 모습이 기막히게 귀엽거든. 바로, 거기."

디에고가 이마니의 콧등을 가리켰다.

"너 지금도 그러고 있어."

이마니가 손을 콧등에 올렸다.

"진짜 예뻐."

이마니는 디에고의 짓궂은 눈빛을 잠깐 쏘아보다가 얼굴을 돌렸다.

"넌 왜 맨날 그래?"

"맨날 뭐?"

"얼굴을 돌리잖아. 한창 재미있어지려고 하면 꼭 얼굴을 돌려 버린다고."

이마니는 디에고를 똑바로 마주 보았다. 디에고의 얼굴에서 웃음기가 가셨다. 긴장한 것 같았다.

"그나저나 너 진짜 음악 때문에 여기 온 거야?"

이마니가 고개를 가로젓자 디에고가 웃으면서 말했다.

"그럴 줄 알았어."

"디에고……."

"괜찮아. 음악 들으라고 널 초대한 건 아니니까."

"디에고, 정말……."

디에고가 손을 들어 말을 막고는 목소리를 낮춰 속삭였다.

"그냥…… 아무 말 말고 그대로 날 보기만 해."

이마니는 디에고가 말한 대로 계속 바라보았다. 지금도 자기 콧등이 디에고가 좋아하는 짓을 하고 있는지 궁금했다. 초조하게 숨을 몰아쉬는 디에고의 가슴이 오르락내리락하는 게 보였다. 자기 가슴도 똑같이 오르락내리락하는 게 느껴졌다. 이마니는 의아했다. 어쩌다가 여기까지 왔는지. 자기는 디에고를 경멸하기만 했을 뿐인데, 그것도 마음껏 비웃었는데. 지금 디에고가 옛날 맬러카이 빈과 같은 눈빛으로 자신을 바라보고 있다니.

"최종 성적 발표일이 며칠 남았어?"

"디에고……."

"기다릴 수 있어. 네가 더 힘들어지는 일 만들고 싶지 않아."

디에고의 파란 눈이 이마니의 눈을 뚫어져라 바라보는 통에, 하는 수 없이 이마니는 고개를 돌리고 말았다.

"금방 돌아올게."

그러고는 디에고가 뭐라 따질 새도 없이 스탠드바로 갔다. 케이디가 남은 진저에일을 꼴깍 들이켜고는 만화영화 속 놀란

주인공처럼 입을 딱 벌린 채 이마니를 쳐다보았다. 이마니는 말없이 냅킨꽂이에서 냅킨 한 장을 뺀 다음 바텐더에게 부탁해 펜을 빌렸다. 그길로 디에고에게 돌아가서 냅킨에다 자기 전화번호를 적은 다음 쓱 내밀었다. 혹시라도 디에고가 오해할세라 냉큼 덧붙였다.

"어머니에게 전해 줘. 아침에 일어나시는 대로 나한테 전화부터 해 주십사 하고."

"우리 엄마?"

이마니는 딱딱하게 사무적으로 말했다.

"그래. 휠러 교장에 관해 알려 줄 정보가 있어. 네 어머니께 도움이 될 거야."

디에고가 어리둥절한 눈으로 이마니를 바라보았다.

"그리고 미안해."

디에고가 냅킨과 이마니를 번갈아 바라보았다.

"미안하다니, 뭐가?"

이마니는 냉정하고 침착한 모습을 보이려고 기를 썼다.

"내일 일, 미리 사과할게."

이마니는 케이디에게 따라오라고 손짓한 뒤 비상구 쪽으로 갔다. 단 한 번도 디에고를 돌아다보지 않고 내처 걸어갔다.

20
친구 비슷한 사이

디에고네 엄마는 그다음 날 새벽 6시에 전화를 했다. 전화벨 소리가 곤히 잠든 이마니를 깨웠다.

"우리 아들한테 듣자니 알려 줄 정보가 있다지?"

조심스러우면서도 미심쩍어하는 말투였다.

이마니는 전날 밤 잠자리에 들면서 확실히 깨달았다. 빠짐없이 모두 털어놓는 것이 순리임을, 디에고한테 솔직히 고백할 용기는 절대로 내지 못하리라는 것을. 그런데 막상 전화기 저편에 디에고네 엄마가 나타나자 마음이 흔들리기 시작했다.

"너랑 휠러 교장의 연대는 정확히 어떤 성격이지?"

이마니는 초조한 웃음을 흘렸다.

"음, 그게 좀 문제가 있는데요."

이렇게 말문을 연 이마니는 사실대로 털어놓기 시작했다. 한 1분쯤 지나자, 랜디스 부인이 불쑥 녹음을 해도 되겠느냐고 물었다.

"왜요?"

랜디스 부인은 경쾌하게 웃으며 말했다.

"받아 적기가 힘들어서. 벌써 손에서 쥐가 나. 괜찮겠니?"

"뭐, 그러시든지요."

이마니가 마침내 이야기를 끝냈다.

랜디스 부인이 다 듣고 나서 한동안 잠자코 있더니 물었다.

"이 일이 네 성적에 보탬이 될 거라고 휠러 교장이 그랬단 말이지?"

"처음에는 전인미답의 영역이라고 했어요. 하지만 어제 분명히 그랬어요. 이 일로 제 성적이 장학금 기준선을 넘게 될 거라고요."

"물론, 너는 그게 거짓말이라는 걸 알아챈 거고."

이마니는 가슴이 철렁했다. 스스로 생각해도 그런 자신이 어이없었다. 휠러 교장이 그 말을 했을 때도 믿지 않았다. 그리고 어쨌든, 그때부터 지금까지 자신의 성적을 망치는 데 가장 큰 영향을 미친 사람이 휠러 교장이었으니 고민할 것도 없었다. 그런데 희망은 어쩌면 이다지도 끈질길까. 그릇되고 기만적인 희망인데도.

"네, 거짓말이라고 생각했어요."

"알겠다. 그건 그렇고, 또 할 말은 없니?"

"없어요. 다 말씀드렸어요."

"우리 오늘 저녁 회의 때 볼 수 있을까?"

"저는 못 갈 것 같아요."

"그렇구나. 솔직하게 이야기해 줘서 정말 고맙다. 옳은 일을 한 거야."

"정말요?"

"아무렴. 때늦긴 했지만, 그래도 장하구나."

전화 통화가 끝났다. 이마니는 침대에 앉아서 물끄러미 창밖을 보았다. 동이 터서 하늘이 환히 밝았다. 고백하고 나면 무거운 짐을 내려놓은 듯 홀가분할 줄 알았다. 그런데 바람과는 달리, 마음이 오히려 더 무거웠다.

이마니는 그날 미국사 수업 시간에 여느 때보다 일찍 교실로 가서 늘 앉던 자리에 앉았다. 곧 나타날 디에고를 생각하면서 천천히 호흡을 가다듬었다. 랜디스 부인이 아들에게 자초지종을 설명해 주었을 거라고 짐작했다. 그러면서도 말하지 않았을지도 모른다는 희망을 버리지 못했다. 그릇되고 기만적인 그 희망을. 수업 시간에 디에고 쪽으로는 눈길도 주지 않겠노라고 벌써부터 단단히 마음먹었다. 힐끔힐끔 훔쳐본들 잘못을 바로잡을 길은 없을 테니까.

학생들이 한둘씩 교실을 채웠다. 캐럴 선생도 제시간에 왔다. 수업 시작종이 울리자 캐럴 선생이 가운데 책상에 앉았다. 이마니는 그제야 비로소 디에고가 오지 않으리라는 것을 깨달았다. 결석한다면 그것은 곧 디에고가 알았다는 뜻이다. 그것은 또 이야기를 다 듣고 너무 분해서 나를 보는 일조차 역겨워한다는 얘기였다.

그날 수업 주제는 공교롭게도 '반박 예절'이었다. 캐럴 선생이 이성적인 사람은 인격 살인이나 허물 들추기 따위의 비방을 하지 않고도 얼마나 반론을 잘할 수 있는지 설명했다. 그사이 이마니는 몇 번이나 디에고의 빈 의자를 힐끔거렸다. 머지않아 학교로 돌아오긴 할 것이다. 다른 건 몰라도, 자신을 애써 피하는 건 자존심이 허락하지 않을 테니까. 그러나 디에고가 수업 시간에 열띤 주장은 펼칠지라도, 이젠 자신과 맞붙는 일 따위는 없을 터였다. 아주 공정하게 말하면, 디에고는 몇 가지 흠은 있어도 생각할 머리가 있는 아이였다. 디에고랑 같이 공동 논문을 쓰는 걸 자신이 얼마나 즐겼는지 새삼 깨달았다. 그러나 이제는 그럴 수 없게 되었다. 자신은 소름 끼치는 배신으로 디에고는 감정을 고백하는 것으로 일을 그르치지 않았다면, 어쩌면 최종 성적이 발표된 뒤에는 친구 비슷한 사이가 될 수 있지 않았을까. 그런데 이제는 영영 모르는 사이가 될 터였다.

이마니는 미국사 수업 이후로 복도를 허청허청 걸어 다녔고 멍한 눈으로 수업 시간을 견뎠다. 교사들 목소리는 무의미하게 윙윙거렸고, 학생들은 하나같이 꼴도 보기 싫었다. 열등생도 우등생도 마찬가지였지만 우등생들이 더 싫었다. 부럽던 마음은 싹 가셨다. 생명력을 잃은 비인간처럼 보였다. 그 어느 때보다 절실하게, 강가가 그리웠다. 기어코 어제에 이어 오늘도 무단 조퇴하기로 마음먹었다. 비상구로 가다가 디온을 보았다. 디온은 누구와도 눈길을 마주치지 않으려는 듯 고개를 푹 숙인 채 화학 책을 끌어안고 지나갔다. 발을 질질 끌며 맥없이 교실로 들어가는 디온을 지켜보다가 문득, 학교를 나서기 전에 마지막으로 꼭 해야 할 일이 떠올랐다.

이마니는 곧장 도서실로 갔다. 순서를 기다렸다가 태블릿을 대출해서 기사를 인쇄했다. 디에고가 자기한테 보여 준 《계간 신경 과학》에 실린 그 기사였다. 수업 종료를 알리는 종이 울린 뒤 사물함 앞에서 디온을 발견했다. 이마니가 다가가자 디온은 슬금슬금 뒷걸음질했다. 이마니도 디온과 친선을 도모하려는 게 아니었다. 디온이 궁지에서 벗어날 길만 알려 줄 생각이었다. 이마니는 60점대 동급생들이 디온을 따돌리려고 한다는 앰버의 계획을 귀띔해 주었다. 그 엄청난 사실을 미리 알아도 대책을 세우지 못할 게 뻔한 아이였으므로, 이마니는 인쇄한 기사를 건네주었다.

"성적 집단은 버그일 뿐이지 본질적 속성이 아니야."

이마니는 이렇게 말한 뒤 기사를 휙휙 넘겨 표시해 둔 곳을 찾아서 보여 주었다.

"네 성적이 60점대라고 해서 점심시간에 60점대 아이들과 같은 식탁에 앉을 필요는 없어. 그건 너한테 도움이 안 돼. 아니, 오히려 네가 승급하는 데 방해가 될 수도 있어."

디온이 이마니의 눈길을 피한 채 물었다.

"그럼 나는 어디에 앉아야 하는데?"

"너만 괜찮다면 혼자 앉아도 돼."

기사를 내려다보던 디온이 얼굴을 들었다. 갑자기 희망이 샘솟는 듯한 표정이었다.

"60점대 동급생들에게 의무감 같은 거 갖지 마, 디온. 걔네한테 네가 얻을 수 있는 이득은 없어. 게다가 그 애들은 널 왕따 시키려고 해. 네가 먼저 왕따 시키지 말란 법 있어?"

디온은 고개를 숙이고 이마니가 표시해 둔 부분을 서둘러 읽었다.

"그건 너 가져도 돼."

이마니는 디온을 혼자 두고 떠났다. 자신이 아는 디온이라면 그쪽을 더 좋아할 터였다.

이마니는 망태기와 조개 갈퀴를 챙겨 프랑켄고래잡이배를 무시무시한 속도로 몰아 곧장 호그아일랜드 섬으로 향했다. 코로나 포인트 해협까지 갔을 때였다. 모터에서 철컥철컥 이상한 소리가 나기 시작했다. 할 수 없이 방치된 정박장을 따라 가느다란 띠처럼 길게 뻗은 해변에 배를 댔다. 그러고는 모터가 있는 쪽을 물에서 끌어 올려 살펴보았지만 뭐가 문제인지 도무지 알 길이 없었다.

저만큼 떨어진 곳에 디에고네 집으로 이어진 절벽 계단이 보였다. 디에고는 지금쯤 집에 있을까? 스쿠터를 타고 모래언덕을 미친 듯이 돌아다니는 건 아닐까? 자신과 같은 심경일 때 디에고라면 무엇을 할지 상상해 보았다. 그러다 그런 일 따위는 없다는 것을 깨달았다. 아무리 죽을 맛이라고 해도 자신보다 덜하면 덜했지 똑같을 리 없었다.

이마니는 배를 다시 물에 띄웠다. 자칫하면 꼼짝없이 호그아일랜드 섬에 갇힐지도 모를 상황이라 그냥 집으로 돌아갔다.

르몽드 씨는 이마니가 배를 몰고 정박장으로 서서히 다가오는 소리에 고개를 들었다. 로리네 고래잡이배의 배수펌프를 고치던 참이었다. 바지 앞에다 두 손을 쓱쓱 문질러 닦으며 딸을 맞이하러 계류장으로 내려갔다.

"엄마 말 들으니 오늘도 학교 조퇴했다면서?"

르몽드 씨가 큰소리로 말했다.

이마니가 프랑켄고래잡이배를 말뚝에 묶은 뒤 모터 쪽을 물바깥으로 끌어 올렸다.

"케이디가 바꿔 달아 준 회로 기판이 뭔가 잘못된 것 같아요. 좀 봐 주실래요?"

르몽드 씨는 꼿꼿하게 잔교에 서서 거절하겠다는 뜻을 대놓고 드러내며 물었다.

"이젠 아주 내 말에는 대꾸도 안 할 셈이냐?"

이마니가 변명하듯 대답했다.

"몸이 좀 안 좋았어요."

"그런데 기적처럼 회복한 게로구나, 이제 보니."

"아빠……."

이마니가 정박장 언저리에 있는 갯벌로 고개를 돌렸다. 프랑켄고래잡이배가 일으킨 잔물결이 찰랑댔다.

르몽드 씨는 한동안 꿈쩍도 않고 서서 딸이 마음을 돌려 말해 주기를 기다렸다. 이마니가 끝내 아무 말도 하지 않자, 나직이 신음을 토하며 배로 올라갔다.

"그렇담, 어디 한번 볼까."

르몽드 씨는 모터 안에 있는 칸막이 덮개를 열고 여기저기를 쑤석거렸다.

"옳거니, 스크루가 망가졌구나."

르몽드 씨가 스크루 하나를 이마니에게 들어 보였다.

"케이디는 동력 장치라면 모르는 게 없는데, 세부 장치는 진 득하게 배우지 못했어. 이런 걸 억지로 막 끼워 넣으면 못써."

"그래서 수고비를 바닷가재로 때웠어요."

이마니는 뱃전에 앉아서 조심조심 스크루를 빼내는 아버지 를 지켜보았다. 아버지와 더 많은 시간을 함께하면서 케이디처 럼 모터에 관해 배우지 못한 것이 아쉬웠다. 그랬다면 지금보 다 훨씬 더 많은 이야기를 나눌 수 있었을 것이다. 하지만 스코 어 코프에서 진단한 이마니의 강점은 기계가 아니라 인문계 쪽 이었다. 그런 진단을 받은 뒤부터 이마니는 쭉 그 공부에 매진 했다. 단 한 번도 그 진단 결과에 의문을 품은 적이 없었다.

"있잖아요, 아빠. 오늘 밤 아이제이어 연습 경기에 꼭 가셔 야 해요? 엄마가 대신 가도 되지 않아요?"

르몽드 씨가 회로 기판을 떼어 내며 물었다.

"왜?"

이마니가 주뼛거리며 말했다.

"저랑 같이 회의에 가시면 어떨까 싶어서요."

"그러니까 이제는 르몽드네 가족도 반드시 한 표를 행사해야 한다고 생각하는 거냐?"

이마니가 고개를 숙이고 멋쩍게 웃었다.

"네, 우리도 한 표를 행사하는 게 좋을 것 같아요."

르몽드 씨가 무게 중심을 옮기면서 물었다.

"이마니, 너 이 녀석. 대체 무슨 일을 벌이고 다닌 거야?"

이마니는 고개를 들어 아버지를 보았다. 하마터면 사실대로 털어놓을 뻔했다. 그러나 지금은 때가 아니었다. 말을 하자면 너무 길기도 했고, 마음의 준비도 되지 않았다.

이마니가 애교를 부리며 물었다.

"저랑 함께 가실 거죠?"

잠시 후 르몽드 씨가 배에서 내리는 이마니의 손을 잡아 주었다.

"세상에 둘도 없는 오직 하나뿐인 내 딸 부탁인데, 이 아비가 어떻게 거절해?"

아버지와 딸은 나란히 잔교를 내려갔다.

"있잖아요, 아빠. 혹시 고등학생 때 『멋진 신세계』라는 책 읽어 봤어요?"

"귀에 익은 걸 보면 숙제로 내준 책 같기도 하고. 그래도 만화책이나 음란 잡지 아니면, 나는 아마 안 읽었을걸?"

만일 십 대 청소년 때 감시 평가를 받았다면, 엘론 르몽드 학생은 분명코 열등반이었을 것이다.

21
깊은 곳에서 출렁이는

강당에는 서 있을 자리밖에 없었다. 휠러 교장은 연단 바로 옆에서 주민 자치회 의원들과 모여 은밀한 이야기를 주고받았다. 빳빳한 분홍빛 정장 차림으로, 강철처럼 곧은 심지에 언제든 다가가도 좋은 온화함까지 갖춘 교육자라는 인상을 풍기고 있었다. 세인트제임스 대학교에서 벌어진 불상사로 어떤 타격도 받지 않은 모양이었다. 이마니가 랜디스 부인에게 모두 까바쳤다는 사실도 전혀 모르는 눈치였다. 그러나 교장에게서 배어나는 그 침착함을 보면서, 이마니는 옛날 와카치에서 자란 십 대 소녀를 떠올리지 않을 수 없었다. 야망이 크고 대단한 절제력을 발휘하면서도, 완전히 실패할 가능성을 강렬하게 의식하는 그 소녀를. 함께한 시간 동안 숱한 사연이 있었지만, 이마니는 교장에게 연민을 느끼지 않을 수 없었다.

이마니는 딱히 자기가 할 일이 있을까 싶은 마음으로 아버지와 함께 강당 뒤쪽에 섰다. 하지만 들뜬 마음으로 회의가 어떻게 될지 조심스럽게 기다리는 아버지와는 달리, 이마니는 온 신경이 곤두서 있었다. 강당을 죽 둘러보는데 케이디와 파커가 눈에 띄었다. 두 사람 앞에는 키가 크고 날씬한 여자가 서 있었다. 한눈에 봐도 디에고의 어머니가 틀림없었다. 날카로운 눈매에 검은 생머리가 디에고랑 똑같았다. 케이디가 이마니에게 손을 흔드는 것을 보고는 랜디스 부인이 사람들을 헤치고 다가와 먼저 인사했다.

"네가 와서 기쁘구나, 이마니."

그러고 나서 르몽드 씨를 돌아보며 말했다.

"이마니 아버님이 맞으……"

"엘론 르몽드라고 합니다."

이마니의 아버지가 인사하며 악수했다.

"따님이 무척 자랑스러우시겠어요."

"그런가요?"

르몽드 씨가 이마니를 매섭게 쏘아보았다.

랜디스 부인은 르몽드 씨가 속사정을 모르고 있다는 것을 알아채고, 얼른 말머리를 돌렸다.

"내내 생각해 봤는데 말이다, 이마니. 오늘 회의에서 네가 발언하면 어떻겠니?"

"저더러 직접 얘기하라는 말씀이에요? 이 모든 사람들 앞에서요?"

"몇 가지 질문에 답변만 하면 돼. 네가 결정하렴."

이마니는 얼굴에서 피가 다 빠져나가는 기분이 들었다.

랜디스 부인이 이마니의 뜻을 수용하겠다는 듯이 싹싹하게 말했다.

"알겠다. 다른 방법을 쓸 수도 있어. 우리가 통화한 내용을 녹음한 걸 틀어도 돼. 그게 더 좋겠니?"

르몽드 씨가 끼어들었다.

"이마니? 너 도대체 무슨 영문인지 이 아비한테는 언제쯤에나 말해 줄 셈이냐?"

이마니는 랜디스 부인과 아버지를 번갈아 바라보았다. 두 사람이 원하는 대답은 달랐지만 대답을 기다리는 마음만은 똑같이 절실했다.

"너한테 강요할 마음은 조금도 없어. 네가 이미 얼마나 많은 일을 겪었는지 아니까. 하지만 서머턴 주민은 학교 교장이 어떤 사람인지 알아야 할 권리가 있지 않겠니?"

그럼 휠러 교장을 무너뜨릴 수 있겠죠, 라고 이마니는 생각했다.

랜디스 부인이 몸을 숙이고 부드럽게 속삭였다.

"휠러 교장은 멈추지 않을 사람이라는 거, 너도 알잖아. 감시 평가 비대상자의 입학을 전면 금지할 때까지 절대로 포기 안 할 거야. 그렇지 않을까, 이마니?"

랜디스 부인은 자신만만했다. 신념도 굳건했다. 그 점에서는 휠러 교장과 똑같다고 이마니는 생각했다.

"저기 말이야. 강요할 생각은 없어. 하지만……"

"트세요. 그건 다 사실이니까, 녹음한 거 틀어 주세요."

"잠깐, 잠깐."

르몽드 씨가 두 손을 내뻗으며 나섰다.

"대체 지금 이게 다 무슨 소리냐, 이마니?"

"그냥 트시라고요."

"좋아. 그럼 이렇게 하자. 내가 녹음기를 갖고 있을게. 이따 내가 올라가서 연설하는 동안 네 마음이 바뀌면 너는 그때 강당 앞으로 나오기만 하면 돼. 절대 강요하는 건 아니야. 어때?"

"저는 발언하지 않을래요."

"하든 안 하든, 너는 용기 있는 소녀야. 그것만은 알려 주고 싶구나."

이마니는 어정쩡하게 고개를 끄덕이며 생각했다. 용기가 있다니, 가당찮은 말 같았다. 잘못을 솔직히 털어놓은 것을 두고 한 말일 터였다. 하지만 용기란 신념이 굳은 사람에게만 쓸 수 있는 말이었다. 랜디스 부인은 미처 알아채지 못했겠지만, 자기한테는 굳은 신념이 없었다. 마음속 깊은 곳에서 출렁이는 어렴풋한 감정의 물결을 타고 왔을 뿐, 확신의 단계까지 오르려면 한참 멀었다. 자신을 이곳에 데려다 놓은 것은 사람을 끌어당기는 그 감정의 힘이었다. 아니, 어쩌면 집안 내력일지도 모른다. 어쩌면 유전자일 수도 있다. 여기에 온 것은 용기 있는 행동이 아니었다. 오히려 굴복에 더 가까웠다.

이윽고 랜디스 부인이 케이디와 파커, 그리고 자기 일행이 있는 곳으로 돌아갔다. 이마니는 자신 못지않게 감시 평가제 사업도 엉망진창이 되겠다는 느낌이 들기 시작했다. 그렇게 되면 진짜 중요한 취지도 잃어버릴 터였다.

문가가 술렁거리더니, 디에고가 문을 밀치고 강당으로 들어섰다. 저학년 우등생 몇 명이 냉큼 눈길을 돌리며 멀찍이 비켜섰다. 디에고는 줄줄이 늘어선 의자 마지막 줄 뒤편에 섰다.

이마니는 디에고를 지켜보다가 아버지의 손을 부르쥐었다.

"쟤가 누군데 그래?"

르몽드 씨가 디에고를 바라보면서 물었다.

디에고는 아직 이마니를 발견하지 못했지만, 계속 강당을 두리번거렸다. 이마니는 입이 바짝바짝 탔다.

이마니가 잠긴 목소리로 대답했다.

"내 피해자요."

무슨 말이냐는 듯 르몽드 씨가 딸을 불렀다.

"이마니?"

"걱정 마세요, 아빠. 이제 곧 죄다 아시게 될 거예요."

휠러 교장이 연단 가운데에 놓인 연탁으로 걸어갔다.

"이야, 대단히 많이 오셨군요. 뒤에 계신 분들은 앞쪽으로 오세요. 여기 빈자리 몇 개 있습니다."

디에고 옆에 서 있던 학부모 두 사람이 냉큼 자기네 자리라고 나서며 디에고를 스쳐 지나갔다. 그때 디에고가 고개를 돌리다 이마니를 보았다. 잠깐 동안 이마니에게 눈을 붙박고 있다가 싸늘하게 고개를 돌려 버렸다.

휠러 교장이 연설을 시작했다. 그러나 이마니는 '어려운 선택'이니 '모든 학부모님 자녀들의 더 밝은 미래' 따위의 몇 마디만 겨우 알아들었다. 기어코 자기를 보게 만들고야 말겠다는 듯이, 이마니는 디에고의 옆얼굴을 뚫어져라 바라보았다. 얼굴은 긴 머리에 가려 잘 보이지 않았지만, 디에고가 자기 존재를 의식하고 있다는 확신이 들었다.

휠러 교장은 자기주장을 아주 훌륭하게 펼쳐 나갔다. 감시 평가 비대상자는 '훼방꾼'으로서, 감시 평가제가 신분 상승과 참된 능력주의 사회를 구현하겠다는 '약속을 이행하는 데' 큰 걸림돌이 되고 있다고 했다. 자신의 주장을 뒷받침해 줄 '디에고 체포'라는 비장의 카드는 못 쓰게 되었지만, 교장은 학부모들을 설득하는 데 성공할 터였다.

이마니는 마음속으로 초읽기를 시작했다. 휠러 교장은 노련한 사람이다. 설득력 있으면서도 간단명료하게 연설할 것이다. 청중을 따분하게 만들 시시콜콜한 군더더기는 과감히 버릴 것이다. 논란의 여지가 없는 명백한 사실 두어 가지를 들먹이면서 온갖 편법으로 공포심을 잔뜩 심어 줄 것이다. 그러고는 스스로 행동하지 않으면 뒤따르게 될 무시무시한 현실은 각자의 상상에 맡길 것이다. 휠러 교장에 이어 랜디스 부인이 연단에 오르겠지. 그러면 내가 한 짓을 모두 알게 될 테고. 나를 보호하려고 가명을 지어냈을 테지. 나란 아이와는 무관해 보이지만 성교 문제와 관련이 있다는 것을 유추할 수 있는 이름으로. 그 여자애는 농장의 섹* 파티로 유명 인사가 된 케이디 파지오의 단짝이라는 사실도 짐작할 수 있는 이름이겠지. 결국 특별 첩자 이마니 르몽드 사건은 서머턴 사회 곳곳에 스며들어 잔재로 남겠지. 그 후안무치한 자기 정당화는 아주 오래도록 영향을 미치며, 애당초 그 사건을 낳은 바로 그 제도의 불쏘시개로 쓰이겠지. 감시 평가제는 강고하고, 무엇이든 자기 생존의 대의명분으로 바꿔치기할 수 있다는 것을 이마니는 깨달았다. 미루어 짐작건대 패트리나 휠러와 데나 랜디스가 벌이는 이 대결은 아무런 의미도 없는 한낱 쇼로 막을 내릴 터였다.

결국 승리를 거머쥐는 것은 스코어 코프 기업일 것이다.

휠러 교장의 연설이 막바지에 이르렀음을 이마니는 알았다. 곧이어 랜디스 부인이 무대에 오르면 자신이 비밀리에 저지른 죄가 낱낱이 드러날 터였다. 아마도 자신이 마땅히 받아야 할 비난들이 쏟아질 것이다. 그리고 그 순간이 지나면 자신은 공개 망신을 톡톡히 당했으니 그로써 죄를 깨끗이 씻어 냈다며 홀가분해할 가능성도 있었다. 그러나 무엇인가가 마음을 갉작 갉작 긁어 댔다.

"아빠, 저 가서 해야 할 일이 좀 있어요. 여기서 잠깐 기다려 주실래요?"

"뭐? 어디 가려고?"

르몽드 씨가 소곤소곤 물었다.

"저 믿으시죠?"

"이마니, 너 이 녀석!"

"제발요, 네?"

깨달은 사람이 아버지든 딸이든, 어쩌면 딸은 그 깨달음보다 아버지를 훨씬 많이 닮았을지도 모를 일이었다. 르몽드 씨는 잠깐 생각해 보더니 고갯짓으로 승낙했다. 이마니는 디에고가 서 있는 쌍여닫이 옆으로 갔다.

"나랑 좀 걸을래?"

디에고는 대꾸가 없었다. 그러나 이마니가 강당을 나가자 조금 있다가 뒤따라 나갔다. 복도를 걸어가는 이마니와 열 발 짝쯤 거리를 유지하며 따라갔다. 아이볼들을 속이려는 의도적인 행동이었다.

이마니는 디에고와 단둘만 있고 싶었다. 그런데 경찰이 곳곳을 돌며 복도에서 말썽을 일으키는 아이가 없는지 살펴보고 있었다. 이윽고 이마니는 캐럴 선생의 교실 앞까지 갔다. 교실 문은 잠겨 있지 않았다. 문을 연 채로 서서, 디에고가 복도 모퉁이를 돌아 나와 자신을 발견한 것을 확인한 다음 안으로 들어갔다. 초바늘이 8에서 10으로 돌아가기도 전에 디에고가 교실로 들어서서 문을 닫았다.

교실은 어두컴컴해서 아이볼이 이마니를 식별하기 힘들 것 같았다. 어쩌면 알아볼지도 몰랐다.

"나한테 원하는 게 뭐야?"

"얼마나 알아?"

"네가 우리 엄마한테 말한 것 모두."

디에고는 많이 알았다. 하지만 전부 다는 아니었다.

"사과하려고 나를 이리로 데려온 거야? 그렇담 그딴 거 필요 없어."

"날 용서했다는 뜻이야?"

"아니. 용서는 거르고 곧장 망각으로 건너뛸 참이야. 했던 말 또 해? 나한테 원하는 게 뭐냐니까?"

책상들은 여전히 한가운데가 갈라진, 엉성한 원형으로 배치되어 있었다. 이마니는 감시 평가 비대상자들이 앉았던 쪽에 놓인 책상에 기대앉았다.

"잘 들어. 진짜로 굳이 해명할 거 없어. 왜 그랬는지 빤하니까. 넌 네가 지키려는 그……".

이마니는 입맞춤으로 디에고의 말문을 틀어막았다. 책상에서 엉덩이를 떼자마자 눈 깜짝할 사이에 벌인 일이라 디에고는 미처 대비할 새도 없었다. 입술이 살짝 닿았을 때에야 비로소 비난에 찬 눈으로 쏘아보면서 이마니를 밀어냈다.

"대체 뭐가 문제야?"

"나도 모르겠어. 모든 것 다?"

디에고가 눈을 감고 고개를 뒤로 젖혔다.

"나를 갖고 노는 게 인생 목표야, 너?"

"그럴 리가."

디에고는 숨을 거칠게 내쉬며 이마니를 바라보았다.

"내 기분이 진짜 엉망이라……"

이마니가 또다시 디에고의 입술을 덮쳤다. 이번에는, 디에고도 금방 무너졌다. 두 사람은 입술을 뗀 뒤에도 눈을 맞추기 힘들 만큼 딱 붙어 있었다. 디에고는 두 팔로 이마니의 허리를 붙안고, 이마니는 두 팔로 디에고의 목을 감싼 채로. 따뜻한 디에고의 품에 안겨 있으니 이마니는 정신이 아찔했다. 오로지 감정과 욕구가 뿜어내는 그 몽롱하고 불온한 분위기 속으로 다시 풍덩 뛰어들고만 싶었다.

그러나 무언가가 이마니의 눈에 거치적거렸다. 디에고 뒤쪽에서 대롱거리는 아이볼이었다. 미국사 수업을 들을 때마다 보았던 아이볼이다. 세상 곳곳에서 대롱거리는 것들과 똑같은 아이볼이기도 했다. 이마니는 디에고에게서 떨어져 아이볼 밑으로 걸어가서 섰다. 소형 미국 국기가 이마니의 어깨를 살짝 스쳤다.

"윽, 이마니? 또 아이볼에게 고백하려는 건 아니겠지?"

"으응?"

이마니는 마치 아이볼을 난생처음 보는 것처럼, 반짝반짝 빛나는 그 까만 표면에 매료되었다.

디에고가 말했다.

"그러면 나 돌아 버릴지도 몰라."

진짜 작구나, 크리스마스 장식처럼 정말 반짝반짝 빛나네, 라고 이마니는 생각했다. 그러고는 깃대를 두 손으로 움켜잡고 홱 잡아챘다.

"이마니, 뭐 하는 거야?"

디에고의 목소리에서 걱정 어린 교사 말투가 배어났다.

그러나 이마니는 뭔가 강렬하고 심오한 것에 휘어잡혔다. 그런데 그 정체가 무엇인지는 확인할 수도 없었고, 도무지 알 길도 없었다.

이마니는 깃대를 등 뒤에서 빙그르르 돌려 바닥에 끝을 대고 세웠다. 뒤이어 작은 피냐타(사탕, 과자, 작은 장난감을 가득 채운 질그릇이나 종이 상자. 파티 때 천장에 걸어 놓고 아이들이 눈을 가린 채 막대기로 쳐서 깨뜨리며 논다.)라도 깨뜨리듯 신중하게 위쪽을 겨냥하더니 휘둘러 댔다. 탕탕, 쨍그랑 소리와 함께 아이볼이 박살 났다.

"어이쿠."

디에고가 뒤에서 짤막한 신음을 토했다.

이마니는 침착하게 깃대를 다시 제자리에 꽂고는, 가만히 서서 아이볼의 잔해를 지켜보았다. 절반이 떨어져 나간 아이볼이 앞뒤로 흔들리면서 내장처럼 늘어진 회로 장치들도 대롱거렸다. 디에고가 유리 조각들을 피해 걸어가서는 이마니와 나란히 서서 흔들리는 아이볼을 지켜보았다. 아이볼은 처음에는 크게, 다음에는 중간 크기로, 그다음에 작게, 호를 그리며 건들거렸다.

"도대체 뭐라고 말해야 좋을지 모르겠네."

디에고가 나직이 속삭였다.

"그럼 아무 말도 하지 마."

디에고가 이마니를 똑바로 바라보았다. 이마니는 이젠 눈길을 돌리지 않았다.

교실 바깥에서는 떠들썩한 소리가 갈수록 요란해졌다. 휠러 교장과 랜디스 부인이 외치는 소리, 여기저기서 터뜨리는 환호와 야유 소리, 경찰이 복도를 오락가락하다 뛰어가는 소리가 뒤범벅된 아우성판이었다. 회의는 대혼란으로 빠져들고 있었다. 이마니는 자신도 저 자리에 참석했어야 한다는 것을 알았다. 자기 행동에 대해 답변할 것은 답변하고 자기 믿음을 소신껏 밝혀야 마땅하다고. 그러나 그 믿음이라는 게 무엇인가? 그 믿음이란 자기 머릿속에 주입된 것, 할 수 있는 한 자신을 가장 적응성이 뛰어난 사람으로 만들어 가도록 설계된 것이었다. 결국 이제 남은 것은 자신을 파멸로 몰아넣을 믿음뿐이었다. 그래서 이마니는 희미한 불빛이 비쳐 드는 캐럴 선생의 교실에 디에고와 그냥 그대로 있기로 했다.

"있지, 이번 토요일에 나랑 조개 캐러 안 갈래?"

"그래, 좋아. 하지만 네가 가르쳐 줘야 할 거야. 난 여태껏 조개 갈퀴도 잡아 본 적이 없거든."

이마니가 어떻게 그럴 수 있느냐는 듯 고개를 잘래잘래 흔들었다.

디에고가 살짝 발끈해서 받아쳤다.

"얼씨구, 그러는 넌 베이스 기타를 한 번이나 잡아 봤고?"

"당연히 없지."

이마니는 배시시 웃으면서 대꾸한 뒤 물었다.

"분별력 있는 공동 작업을 제안해 볼래?"

디에고가 앞으로 다가서서 이마니의 한 손을 잡았다.

"모르겠어, 이마니. 과연 저 마지막 아이볼이 우리를 어디로 데려갈지 두고 봐야지."

두 사람은 부서진 아이볼의 움직임을 눈으로 좇았다. 이젠 거의 감지하기 어려웠지만 아직도 완전히 멈추지는 않았다.

"네가 제안만 하면 나는 그 게임 할래."

이마니가 손을 뻗어 나머지 손을 마저 잡았다. 그러고는 한때는 자신을 주눅 들게 했던, 눈매가 날카로운 디에고의 파란 두 눈을 들여다보며 생각했다. 그것이 운명이라면 기꺼이 감수하겠노라고.

"좋아, 나도 해 볼게."

디에고가 고개를 숙여 이마니한테 키스했다.

이마니는 키스에 취해 지그시 눈을 감기 직전에 보았다. 부서진 아이볼의 흔들거림이 마침내 뚝 멈춘 것을.

오티스 교육 혁신 연구소

친애하는 르몽드 양과 랜디스 군에게

본 연구소는 두 분에게 장학금 4만 달러를 수여하게 된 것을 무척 기쁘게 생각합니다. 장학금은 두 분이 적절히 분배하시기 바랍니다. 아울러 훌륭한 논문을 쓴 두 분에게 아낌없는 찬사를 보내는 바입니다. 개인주의와 동지애에 관한 두 분의 통찰력은 대단히 돋보였습니다. 본 연구소는 두 분의 학업 활동에 행운이 있기를 진심으로 바라며 몇 년 후 큰 성과를 거두었다는 소식을 듣기를 기대하겠습니다.

캐슬린 오티스
오티스 연구소 소장

감사의 말

지난 모든 여름들을 배에서 지낼 수 있게 해 주고 러프킨 정박장에 가서 좋은 추억을 쌓게 해 준 아버지께 감사드립니다. 원고를 읽고서 명쾌하지 못하고 엉성한 부분들을 지적해 준 최초의 독자들(어머니, 아버지, 앤드루, 스콧, 저스틴)에게 고마움을 전합니다. 출판 에이전트로서 언제나 최선이 무엇인지 아는 질 그린버그와 도전 의식을 북돋워 준 편집자 맬러리 로, 고마워요.

"위대한 감시 학교는 우리의 멀지 않은 미래다."

안광복(철학 박사·중등고 철학 교사)

2003년, 대한민국은 교육 행정 정보 시스템(NEIS, National Education Information System) 때문에 난리를 치렀다. NEIS에는 모든 학생들의 학교생활이 오롯이 기록된다. 학년이 올라가고 학교가 바뀌어도 기록은 끝까지 따라간다. 교육부의 명분은 좋았다. 한 명 한 명에 맞춤한 교육을 펼치려면 아이들 사는 모습을 속속들이 알아야 하지 않겠는가. 이전 기록들도 자동적으로 넘겨받으니 선생님들의 업무 부담도 크게 줄어들 테다.

하지만 반발은 무척 거셌다. 학생들의 일거수일투족을 기록으로 남긴다고? 이건 지독한 독재 아닌가? 사람에 대해 세세하게 알수록 통제하기도 쉬워지는 탓이다. 게다가 NEIS에 낱낱이 적어 놓은 개인 정보가 유출되기라도 하면 어떻게 할 것인가? 사람을 사람답게 하는 권리와 자유를 위해서 NEIS는 절대 받아들일 수 없다!

10여 년이 흐른 지금, 격렬했던 NEIS 논란은 흔적도 없이

스러져 버렸다. NEIS는 학교 현장에서 완전히 자리 잡았다. 학생들은 NEIS에 무척 신경 쓴다. 자기의 학교생활이 어떻게 적히는지에 따라 진학과 취업의 길은 크게 달라진다. 때문에 학생들이 조신해졌다고 좋아하는 선생님들도 적지 않다.

CCTV 논란도 비슷한 과정을 겪었던 듯싶다. 처음 학교에 CCTV가 등장했을 때는 엄청난 반발이 있었다. 지금은? 여기저기서 CCTV를 늘리라고 아우성이다. 그래야 더 안전한 학교가 된다는 이유에서다.

섬세하게 일상을 파고드는 정보화의 물결은 이제 대세가 되었다. 이런 변화의 방향은 일면 바람직할는지도 모르겠다. 대입 수능 시험을 고운 눈으로 보는 사람은 많지 않다. 시험 한 번으로 인생의 큰 방향이 결정된다는 게 말이 되는 소리인가. 게다가 수능은 사교육 영향을 많이 받는다. 부모가 부자여서 학원을 많이 보내면 성적도 덩달아 높아지지 않던가. 이런 구조에서 '공정한 경쟁'은 알고 속는 거짓말일 뿐이다. 제대로 평가하려면 학생들이 일상에서 보이는 노력을 가늠해야 한다. 학교생활을 충실하게 한 학생이 좋은 대학을 가는 구도가 자리 잡아야 한다는 뜻이다. NEIS는 이런 믿음으로 만들어졌다. 2015년 현재, 학교 생활 기록부로 대학을 가는 학생은 전체 수험생의 60퍼센트에 이른다. 이 수치만 놓고 본다면, 나름대로 결실을 거두고 있는 셈이다.

그럼에도 우리네 입시에 대한 불만은 여전히 크다. 돈 많고 권력 있는 집안 자제들이 좋은 대학에 가는 비율 또한 점점 늘어 갈 뿐이다. 도대체 뭐가 문제일까? 『위대한 감시 학교』는 이

물음에 답을 준다.

책에는 '감시 평가제'라는 놀라운 성적 매김 방식이 등장한다. 감시 평가제하에서 학생들은 시험으로만 평가받지 않는다. 하루하루를 규정에 따라 올곧고 성실하게 살았는지에 따라 '품성' 점수가 매겨진다. 곳곳에 빼곡하게 설치된 '아이볼'은 아이들의 행동 하나하나를 기록하고 분석해 성적을 매긴다. 이를 운영하는 '스코어 코프'라는 회사의 프로그램은 무척 뛰어나다. 학생들의 소소한 움직임 하나하나에 어떤 의미가 숨어 있는지 찾아낼 정도다. 때문에 아이들은 아이볼을 의식하며 알아서 자신의 행동을 다잡는다.

"과학 기술을 통해 보다 완벽한 인류를!" 스코어 코프가 앞세우는 표어다. 학생들은 감시 평가제 아래서 사회가 요구하는 삶을 성실하게 익히고 배운다. 하지만 이런 모습이 과연 아름답고 바람직할까?

『위대한 감시 학교』가 들려주는 학교의 미래는 유토피아가 아닌 끔찍한 디스토피아이다. 책은 독자들에게 깊은 물음을 던진다. 생활과 품성으로 성적을 매기는 감시 평가제는 과연 공정할까?

평가의 기준을 만드는 사람은 돈과 권력을 쥔 사람들이다. 옛 미국에서 흑인 노예들은 해방되었다 해도 백인의 지위를 누리지는 못했다. 감시 평가제하에서도 마찬가지다. 개천에서 용나는 경우는 한둘일 뿐이다. 대부분은 여전히 개천에서 이무기로 주저앉을 뿐이다. 가난한 자와 부자의 차이가 타고난 신분처럼 점점 굳어지는 현실, 감시 평가제는 과연 어떤 역할을 할까? 읽다 보면 문명의 본질에 대한 고민이 독자의 머릿속을 가득 채우게 된다.

『위대한 감시 학교』가 그리는 미래는 우리 현실과 멀지 않다. 빅 데이터 기술의 발전은 책에 등장하는 스코어 코프 회사의 평가 시스템으로 이어질 듯싶다. 우리 주변에는 이 책에 등장하는 아이볼들만큼이나 CCTV가 널려 있다.

『멋진 신세계』, 『1984』는 과학기술이 가져올 디스토피아를 보여 주는 고전이다. 어찌 보면 『위대한 감시 학교』는 이보다 더 큰 울림을 우리에게 준다. 이 책이 보여 주는 미래는 지금의 우리가 충분히 공감할 만큼 현실적이기 때문이다. 과연 올바른 세상은 무엇일지에 대한 철학적인 물음을 절로 이끌어 내면서도 흥미진진하게 읽힌다. 청소년 또래의 우정과 사랑을 중심으로 이야기가 풀려 가는 덕분이다. 재미있게 빠져들면서도 깊은 생각을 남기는 참 좋은 소설이다.

고민하지 않을 때 과학기술은 괴물이 되어 우리를 옥죈다. 제대로 된 문명은 건강한 비판 위에서 싹튼다. 아무쪼록 우리 청소년들이 『위대한 감시 학교』를 곱씹어 읽었으면 좋겠다. 건강한 비판 의식을 키웠으면 좋겠다는 뜻이다.